IHRE SKRUPELLOSEN PARTNER

INTERSTELLARE BRÄUTE® PROGRAMM, BAND 13

GRACE GOODWIN

Ihre skrupellosen Partner Copyright © 2020 durch Grace Goodwin

Interstellar Brides® ist ein eingetragenes Markenzeichen
von KSA Publishing Consultants Inc.
Alle Rechte vorbehalten. Dieses Buch darf ohne ausdrückliche schriftliche Erlaubnis des Autors weder ganz noch teilweise in jedweder Form und durch jedwede Mittel elektronisch, digital oder mechanisch reproduziert oder übermittelt werden, einschließlich durch Fotokopie, Aufzeichnung, Scannen oder über jegliche Form von Datenspeicherungs- und -abrufsystem.

Coverdesign: Copyright 2020 durch Grace Goodwin, Autor
Bildnachweis: Deposit Photos: Angela_Harburn, anasaraholu

Anmerkung des Verlags:
Dieses Buch ist für volljährige Leser geschrieben. Das Buch kann eindeutige sexuelle Inhalte enthalten. In diesem Buch vorkommende sexuelle Aktivitäten sind reine Fantasien, geschrieben für erwachsene Leser, und die Aktivitäten oder Risiken, an denen die fiktiven Figuren im Rahmen der Geschichte teilnehmen, werden vom Autor und vom Verlag weder unterstützt noch ermutigt.

WILLKOMMENSGESCHENK!

TRAGE DICH FÜR MEINEN NEWSLETTER EIN, UM LESEPROBEN, VORSCHAUEN UND EIN WILLKOMMENSGESCHENK ZU ERHALTEN!

http://kostenlosescifiromantik.com

INTERSTELLARE BRÄUTE® PROGRAMM

*D*EIN Partner ist irgendwo da draußen. Mach noch heute den Test und finde deinen perfekten Partner. Bist du bereit für einen sexy Alienpartner (oder zwei)?

Melde dich jetzt freiwillig!
interstellarebraut.com

GRACE GOODWIN

1

Harper Barrett, Sektor 437, MedRec-Einheit, Transportstation Zenith, Latiri-Sternencluster

Dunkles Haar. Stechend grüne Augen. Der Mann, der mich die letzten paar Minuten vom anderen Ende der Bar aus beobachtete, sah aus wie der fleischgewordene feuchte Traum einer jeden Frau.

Abgesehen davon, dass er kein Mensch war. Sondern ein Alien.

Und diese Bar befand sich nicht in Downtown Los Angeles, wo ich aufgewachsen war. Das hier war die Transportstation Zenith und jeder Alien-Krieger im Raum war mindestens zwei Meter groß, kampferprobt und außerordentlich kräftig. Und das waren noch die kleineren.

Mit meinen eins-achtundsiebzig hatte ich mich immer wie eine Bohnenstange gefühlt. Zu groß. Zu blond. Zu hübsch. Zu tussihaft, um ernst genommen zu werden. Männer hielten mich dank meinen blonden Haaren und meinen D-Körbchen ausnahmslos für ein Dummchen. Aber der Alien hier? Wie hypnotisiert kam er auf mich zu. An der üblichen, höflichen Distanz machte er nicht Halt. Nein, er kam mir nahe. Viel zu nahe.

"Diese Haarfarbe habe ich noch nie gesehen," sagte er und strich mir mit der Hand eine widerspenstige Strähne aus dem Gesicht. "Wunderschön."

Ich musste lachen und blickte mit

geübtem Augenaufschlag zu ihm auf, es war der sprichwörtliche Flirt. Seine unbefangene *Beinahe*-Berührung hatte meine Haut zwar nicht wirklich gestreift, das Herz schlug mir aber trotzdem bis zum Hals. Wahnsinn. Dieser Typ. Unglaublich heiß. Er war von Kopf bis Fuß in eine schwarze Kampfmontur gehüllt, die ich nie zuvor gesehen hatte. Definitiv kein Koalitionsmodell. Und das Silberband an seinem Oberarm war mir ebenso wenig geläufig. Keine Offiziers- oder Rangabzeichen. Nichts, was darauf deutete, dass er zur Koalition gehörte. Ich kannte die Alienrassen in der Koalitionsflotte, hatte ihre Verletzten vom Schlachtfeld auf Transportflächen gezerrt, sie mit ReGen-Stiften behandelt und ihnen beim Sterben die Hand gehalten. Dieser Typ aber? Er war *anders* und jede Zelle meines Körpers schrillte in höchster Alarmbereitschaft.

Warum aber mieden ihn die anderen Krieger im Raum? Warum warfen sie ihm fast schon verängstigte Blicke zu? Wie einem Tiger im Käfig? Nein, kein Tiger. Einer Schlange. Einer gefährlichen, giftigen Schlange. Die meisten dieser Krieger gaben sich sonst draufgängerisch, allzeit bereit zuzuschlagen. In seiner Gegenwart aber schienen sie allesamt den Schwanz einzuziehen.

Faszinierend. Ich wollte mir nichts anmerken zu lassen, aber meine Pussy wurde ganz heiß und hibbelig, meine Brüste schwer, mein Puls hämmerte wie wild. Schhh. Als ob ich seit ... einer Ewigkeit keinen Sex mehr gehabt hätte. Halt. Nein. Ich *hatte* seit einer *Ewigkeit* keinen Sex mehr gehabt und dieser Typ mit seinen massiven Schultern und seinem bohrenden Blick bewirkte, dass mein Körper jetzt die Befriedigung dieses elementaren Bedürfnisses einforderte.

Und zwar *sofort*.

An der Bar arbeitete eine hochgewachsene Atlanin, sie war etwa eins-fünfundachtzig groß mit Brüsten so groß wie Melonen und herrlich kastanienbraunem Haar. Sie war umwerfend. Und sie schmachtete diesen Typen an, als ob sie ihn von oben bis unten abschlecken wollte.

Leider verspürte ich genau dasselbe Bedürfnis.

Er lächelte sie an und sie reichte ihm einen Drink. Ihre Hand verweilte auf dem Glas und ihre Fingerspitzen strichen unverhohlen einladend über seine.

Am liebsten wollte ich ihr die Augen auskratzen.

Scheiße. Ich schüttelte den Kopf und wandte mich wieder meinem Drink zu; ich war fest entschlossen mich zusammenzureißen. Wenn er die Barkeeperin wollte, konnte ich es ihm nicht verübeln. Wäre ich eine Lesbe gewesen, dann hätte ich sie schließlich auch abgeschleppt.

Dieser Typ hatte *Achtung, Ärger* in Großbuchstaben auf die Stirn tätowiert.

Und wahrscheinlich noch ein paar andere Wörter. *Bad Boy. Sexy Schmacko. Rebell. Aufreißer.* Oh ja. Ein totaler Aufreißer und Weiberheld. Wahrscheinlich hatte er schon die Hälfte der weiblichen Zunft dieser Station durchgenommen.

Kannte ich alles schon. Mein Ex auf der Erde war auch fremdgegangen. Danke, aber einmal so einen Typen zu haben reichte mir vollkommen.

"Warum guckst du so misstrauisch?" fragte er und der tiefe Klang seiner Stimme fuhr bis in meine Knochen. Ich bekam eine Gänsehaut, seine Stimme glich einer physischen Berührung. Meine Nippel stellten sich zu harten Spitzen auf und ich hatte Mühe normal weiterzuatmen. Gefährlich? Hah! An meiner Risikobewertungskompetenz musste ich wohl noch arbeiten und außerdem meinen Wortschatz ausbauen. Gefährlich war nicht einmal annähernd korrekt.

"Ich dachte, nur die Typen auf der

Erde haben grottenschlechte Anmachsprüche," entgegnete ich.

"Anmachsprüche?"

"Du hast noch nie eine Blondine gesehen? Echt jetzt? Mehr hast du nicht drauf?"

"Das ist die Wahrheit." Langsam senkte er den Kopf und sein dunkles Haar fiel verwegen über seine Stirn.

Hatte ich schon erwähnt, dass er mich an Joe Manganiello erinnerte? Den heißen Feger aus der Serie *True Blood*? Während ich zwar davon ausging, dass dieser Typ kein Vampir war und null Absichten hegte, mich zu beißen, so machte er doch einen auf düsteren, grüblerischen TV-Helden. Ich hob mein Glas mit jenem Gebräu, das hier draußen im Weltall als Lagerbier durchging und machte ein paar Prillonischen Kriegern am anderen Ende des Raumes ein Zeichen. Einer war dunkelhäutig mit bernsteinfarbenen Augen und dunklen, rostbraunen Haaren. Aber der andere? Golden wie ein Löwe. Definitiv blond. Sie waren heiß, aber nicht atemberaubend. Nicht wie dieser Typ hier. "Und wie nennt man das?" Ich deutete auf den helleren der beiden Krieger.

Er kam näher an mich heran und würdigte die Prillonen nur mit einem herablassenden Augenflunkern. "Sie sehen aus wie von der Sonne verbrannt. Ihre Haut ist dick und hässlich." Er hob seine Hand, dorthin wo mein jetzt zerzauster Pferdeschwanz ein paar rebellische Strähnen freigegeben hatte. "Du bist reines Licht. Weich. Zerbrechlich."

Blanker Hohn. Wenn er nur wüsste. Ich war siebenundzwanzig, nicht siebzehn. Und ich war drei Jahre lang Krankenschwester in einer hoffnungslos überlaufenen Notaufnahme eines Großstadtkrankenhauses gewesen, bis ich vor fast zwei Jahren auf der Transportstation Zenith stationiert wurde und im Dienste der Koalition auf dem Schlachtfeld die Notfall-Triage und

Erstversorgung übernahm. Ich war eine Art Space-Sanitäterin—was mich immer noch verblüffte, wann immer ich zu lange darüber nachdachte. Ich, rein und zerbrechlich? Wohl kaum. Ich versuchte nicht mit den Augen zu rollen, als ich mich von ihm abwandte.

Ich war zwar kein unbeschriebenes Blatt, aber Gefühle hatte ich immer noch. Und nachdem ich meinen Kumpel Henry unter einem Haufen Hive hervorgezogen und in seine einst warmen, schelmischen braunen Augen geblickt hatte—die plötzlich ganz kalt und leblos waren—schmerzte mein Herz. Ich brauchte jetzt wirklich etwas mehr als nur ein Bier. Henry Swanson stammte aus London. Ein Brite. Vom 22. Luftwaffenregiment. Ein knallharter Militärveteran. Lustiger Akzent. Verdammt guter Pokerspieler. Vor zwei Tagen noch hatte er Zigarren gepafft und unserem Kommandanten bei einem Spiel ordentlich in den Arsch getreten.

Vor fünf Stunden hatte ich seine

Leiche unter einem Haufen ebenfalls toter Feinde hervorgezogen.

Wenigstens hatte er fünf dieser Bastarde mit sich genommen.

Daher war jetzt mehr als nur ein Drink vonnöten, um den Schmerz zu betäuben.

Ich blickte zur Atlanischen Barkeeperin auf. "Kann ich ein Glas Whiskey haben?"

Sie blickte einfühlsam und mir wurde klar, wie hübsch sie war. "Sicher, Liebes. Jack, Johnnie, Jim oder Glen?"

"Glen."

"Einen miesen Tag gehabt?" Ihr Job hielt sie zwar auf der Transportstation, aber sie wusste, mit was wir es zu tun hatten, welche Gräuel wir zu Gesicht bekamen. Wie wir uns fühlten.

"Ja."

Sie nickte und schob mir ein Glas mit einem Schuss synthetischen Whiskey rüber. Die S-Gen-Anlage der Transportstation—also der Materiegenerator, der all unsere

Ihre skrupellosen Partner

Kleidung, unser Essen und anderen Kleinkram von den verschiedenen Koalitionsplaneten materialisierte—war für Jim Beam, Johnnie Walker, Jack Daniels und Glenlivet programmiert worden, sowie einer Auswahl an Wodka, Gin, Bier, Wein und allen erdenklichen Alkoholsorten von der Erde. Auch mit vollkommen unbekannten Drinks von den anderen Planeten. Nachdem ich mir im College mit Tequila die Eingeweide ausgekotzt hatte, ließ ich meistens die Finger von Hochprozentigem.

Heute war aber nicht so wie meistens. Für eine Weile wollte ich einfach alles um mich herum vergessen. Zumindest, bis sie mich zur nächsten Säuberungsmission riefen.

Mein mysteriöser Alien-Schmacko beobachtete, wie ich mir den Whiskey hinter die Riemen kippte und genüsslich die Augen schloss, als der Alkohol sich seinen Weg meiner Kehle entlang brannte und ich das Schnapsglas wie einen alten Freund behutsam auf den Tresen stellte.

"Willst du noch einen?" wollte die Barkeeperin wissen.

"Nein Danke. Wir sind die zweite Einsatztruppe." Wir würden nicht als Nächstes ausrücken, nicht sofort jedenfalls, aber wir waren das Backupteam für den nächsten Notfall. Was bedeutete, dass ich mich nicht im Whiskey ertränken und in meinem Bett zusammenklappen konnte, so, wie ich eigentlich gerne wollte. Ich fummelte an meinem Armband herum, meiner Verbindung mit dem Alarmsystem und dem Rest meines Teams. Es war dunkler als meine grüne Sanitäteruniform und in der Mitte befand sich ein leuchtendes Bändchen, welches Einsatzbefehle, Koordinaten und was immer wir auf Bodenmission gebrauchen konnten, kommunizierte. In diesem Moment aber leuchtete das farbige Band in der Mitte hellblau. Babyblau. Zuckerwatteblau. Je nach Status änderte es die Farbe. Rot hieß einsatzbereit, blau auf Reserve und schwarz bedeutete, dass wir nicht im Dienst waren. Wir nannten das Totzeit und diese war genauso selten wie kostbar.

Auf der Zenith gab es nur drei Teams mit Rettungssanitätern und wir alle hatten mehr als genug zu tun.

"Was bedeutet das, zweite Einsatztruppe?" Er starrte mich an, als versuchte er ein Puzzle zusammenzusetzen. Als ich ihn ignorierte, lehnte er sich unbeirrt nach vorne, fast so, als würde er …

"Hast du mich gerade ausgeschnüffelt?" platzte es aus mir heraus. Wir blickten uns in die Augen und ich fühlte mich wie ein Reh im Scheinwerferlicht. Ich hätte aufstehen und einfach nur davonrennen sollen. Warum also war ich wie angewurzelt und beinahe erpicht darauf zu sehen, was er als Nächstes tun würde? Ich kam mir vor, als würde ich mit einer Kobra tanzen und der Kick war berauschend.

"Normalerweise muss ich nicht erst mit den Frauen reden, um sie ins Bett zu kriegen." Seine Augen waren hellgrün, um einige Stufen heller als meine; meine Mutter hatte immer gesagt, sie wären smaragdgrün. Seine aber waren intensiv, fast schon hypnotisierend und voll und ganz auf mich fokussiert.

"Weniger Gequatsche wäre auch besser für dich."

Er grinste amüsiert und sein Blick wanderte über mein Gesicht, auf meine Lippen, dann strich er mir übers Haar. Ohne es zu wollen neigte ich den Kopf in Richtung der hitzigen Berührung. Seine Hand war dermaßen groß, sie erinnerte mich an unseren Größenunterschied. Ich war groß, aber er war einen Kopf größer, wenn nicht mehr. Ohne Zweifel war er überall groß. Seine Hand glitt nach unten, über meine Schulter und weiter, bis zu meiner Hand, dann hob er sie hoch. "Du kommst von der Erde."

"Ja," bestätigte ich, obwohl seine

Bemerkung nicht wirklich als Frage gemeint war. "Noch nie einen Erdling gesehen?" Meine Frage triefte nur so vor Sarkasmus, aber sein Lächeln wurde nur noch breiter.

"Nur einen." Er gab keine Einzelheiten preis und ich fragte nicht nach. Wen er kannte oder wen nicht war mir vollkommen egal. Ging mich nichts an. Abgesehen davon, dass wenn es eine Frau war, ich ihr auch die Augen auskratzen wollte, was einfach nur beknackt war. Was er alles machte und mit *wem*, das ging mich nun mal nichts an. Keine Einmischung und basta.

"Warum rieche ich Blut?" Er schnüffelte erneut, seine Augenbrauen zogen sich zusammen und jeder Anflug von einem Flirt war verschwunden.

Ich zuckte die Achseln. Sicher, ich hatte geduscht und eine frische Uniform übergezogen, aber niemand aus meinem Team war zur Krankenstation gegangen, um unsere Kratzer und blauen Flecken versorgen zu lassen. Wie immer waren wir zurückgekommen, hatten den Schmutz des Todes abgewaschen und waren schnurstracks zur Bar marschiert. Wir waren es gewohnt Leute zu verlieren, aber Henrys Verlust schmerzte mehr als üblich. Er war ein wahrhaftiger Joker, jener Komiker und Spaßvogel, der mit allem davonkam und den Alltag auf dieser abgelegenen Station fast schon heiter machte. Alle Erdlinge auf der Station waren über seinen Tod informiert worden. Und das bedeutete, dass sie hier runterkommen und ihren Kummer ersäufen würden. In ein paar Stunden würde es hier rappelvoll werden.

Vielleicht sollte ich mir noch ein zweites Glas Whiskey gönnen. Das lautstarke Gesinge und Angestoße würde sich über Stunden in die Länge ziehen. Ich seufzte und rieb meine Schläfen. Ich spürte bereit den aufziehenden Kopfschmerz.

Sexy Alien kniff die Augen zusammen, als er meine Hand sah—also die, die die er nicht gerade festhielt—und den dunkelgrünen Verband. "Du bist verletzt."

Er wechselte zu meiner ramponierten Hand und in seinem Griff kam ich mir ganz klein vor. Seine Berührung war persönlich, intim und ich fühlte mich irgendwie besonders. Ich war hin und weg. Und ich musste feststellen, dass ich buchstäblich danach gierte. Er nahm sich die Freiheit und hielt meine Hand in seiner; als ob ich ihm gehörte. Dann wickelte er den straffen Verband ab.

"Das ist nichts. Wirklich." Meine Handfläche hatte einen kleinen Schnitt, von einem zerfetzten Metalltrümmer. Ich hatte auf Mission schon Schlimmeres davongetragen. Sehr viel Schlimmeres.

Er drehte meine Handfläche nach oben, legte sie in seine und seine Finger strichen sanft über die Schnittwunde. Sie hatte zu bluten aufgehört, bevor ich zurück zur Zenith transportiert war. Ein

Kratzer. Ich begrüßte den stechenden Schmerz. Manchmal war es das einzige Mittel, um sicher zu sein, dass ich noch lebte. Ich hatte mir nach dem Rücktransport ein paar extra Minuten Zeit genommen und sichergestellt, dass Henrys Leichnam in die Leichenhalle gebracht wurde und war dann zu meinem Team gestoßen.

Über Schmackos Schulter hinweg sah ich unseren zweiten Offizier, Rovo, und er beobachtete mich. Er war mit den anderen da, aber der Blick, den er uns zuwarf, brachte mich erstmal ins Stocken. Sein besorgter Blick—was mich betraf ein ganz normaler Ausdruck für Rovo—wanderte von mir auf den Rücken meines Begleiters. Dem Schmacko musste aufgefallen sein, dass ich abgelenkt war und er blickte seinerseits Richtung Rovo. Eine halbe Sekunde lang stierten sie sich an, eine Art Kräftemessen unter Alphamännern von dem ich sowieso nichts verstand. Aber ich machte mir keine Sorgen. Ich war sicher. Mein gesamtes Team war hier, sie saßen an der Wand aufgereiht und behielten mich im Auge, während sie sich ausquatschten und so diesen beschissenen, trostlosen Planeten von dem wir eben gekommen waren, vergaßen.

Wir kämpften um tote Planeten. Es erschien lächerlich, ergab aber Sinn. Niemand wollte einen Hive-Stützpunkt in diesem Sonnensystem. Verdammt, nicht einmal in dieser Galaxie. Folglich stritten die Koalitionstruppen um ein Stück Dreck. Um strategische Positionen. Um die Hive fernzuhalten.

Weltraum oder Erde, gewisse Sachen waren nicht im Geringsten anders. Nicht, wenn es um Gut und Böse ging. Krieg.

Er drehte sich wieder um, Rovo hatte er wohl schon vergessen. Er hielt immer noch meine Hand. Damit hatte ich nun *gar nicht* gerechnet, als ich mich auf der Suche nach einem Drink zur Bar begeben hatte. Eigentlich sollte ich jetzt bei meinen Teamkollegen am anderen Ende des Raumes sitzen, aber nein. Seit er in meinen persönlichen Bereich eingedrungen war, hatte ich mich nicht vom Fleck gerührt. Ich wollte es nicht. Selbst seine kitschige Bemerkung hatte mich nicht vertrieben.

Dieser Typ? Heilige Scheiße. Ich wollte alles tun, was er von mir verlangte. Was immer er sagte. Jetzt sofort.

Warum? Weil ich keine Zweifel hatte, dass er gut war. Sehr, sehr gut. Und hier draußen im Sektor 437, auch bekannt als der äußerste Quadrant im Nirgendwo, war meine Vagina vor mangelnder Zuwendung so ausgetrocknet wie die Trionische Wüstenlandschaft. Ein bisschen männliche Aufmerksamkeit würde mir guttun.

Insbesondere von jemandem, der so aussah wie er. Der mich anglotzte, als wolle er mich an Ort und Stelle verschlingen. Oder über die Schulter werfen und auf der nächstgelegenen horizontalen Fläche flachlegen—vielleicht würde er es auch einfach in der Vertikalen durchziehen. Eine Wand würde für eine schnelle Nummer reichen. Heiß, feste und derbe. Gefährlich? Vielleicht.

Aber genau danach sehnte ich mich. Etwas Waghalsiges. Etwas, das mich zittern und keuchen ließ vor Verlangen, vor *Bedürftigkeit*. Ich wollte jetzt nicht rational bleiben.

Ich wollte spüren.

2

Harper

SEINE BERÜHRUNGEN WAREN wie eine Droge, das Kribbeln nur allzu vertraut. Adrenalinjunkie? Hatte ich nie abgestritten. Aber in den letzten zwei Jahren holte ich mir meinen Schuss normalerweise auf den Rettungs- und Versorgungsmissionen der interstellaren Koalition. Mehr als zweihundertfünfzig Planeten, alle mit Zivilisationen. Ozeanen. Stürmen. Unfällen. Auf der

Erde war ich eine Rettungsschwester in der Notaufnahme. Von Schusswunden bis Enthauptungen hatte ich alles gesehen. Als die Aliens auftauchten und nach Kriegern und Bräuten für die Koalition verlangten, weil die Erde von diesem Moment an auch dazugehörte, hatte ich mich freiwillig gemeldet. Aber nicht als Braut. Nie im Leben. Ich war keine Zuchtstute für einen Alien. Und ich würde auch keine Waffe in die Hand nehmen. Ich war keine Soldatin; ich war Heilerin. Ich wollte ein Abenteuer leben, und zwar ohne dominante Partner oder erbarmungslose Gefechte. Ich wollte endlich sehen, was da draußen war, im Weltall, auf anderen Welten. *Beam mich rauf, Scotty.*

Also meldete ich mich freiwillig, sagte ihnen, was ich wollte und dann fand ich mich in dieser bizarren, außerirdischen Version einer medizinischen Erstversorgungseinheit wieder. Der Krieg gegen die Hive war endlos. Wortwörtlich gemeint. Diese

Alienrassen standen seit Jahrhunderten im Krieg gegen sie. Aber das bedeutete nicht, dass es keine Notfälle gab. Oder Naturkatastrophen.

Überraschungsangriffe. Nach jeder Kampfhandlung in diesem Sektor transportierten wir in die Gefechtszone, um die Verwundeten zu sortieren und ihnen zu helfen, die Nachwirkungen des Geschehens zu überleben.

Oder vor den Hive zu flüchten.

Wie auch immer. Es war riskant, aber ich hatte eine wichtige Aufgabe. Mein Einsatz war von Bedeutung und ich musste niemanden dafür erschießen. Mein Team bestand aus Menschen von der Erde und wir folgten den ebenfalls menschlichen Kampfeinheiten durch das Koalitionsgebiet, wie Cheerleader, die einer Footballmannschaft hinterher reisten. Sie kämpften und danach kamen wir zum Einsatz. Wie Blutegel hefteten wir an den Fersen der Kampfgruppe Karter. Sobald die

Kommandanten weiterzogen, blieben wir lange genug, um das Chaos zu beseitigen. Vorausgesetzt, die Koalition hatte gewonnen. Wenn nicht, dann gab es auch nichts mehr zu retten.

Die Hive ließen keine Rohstoffe zurück und für sie waren meine irdischen Brüder und Schwestern, wie alle Koalitionskämpfer da draußen nur ein Stück Fleisch, das es zu verarbeiten galt.

Die meisten Leute in meiner medizinischen Erstversorgungseinheit— der MedRec—kümmerten sich so gut es ging um unsersgleichen. Natürlich, ein Prillonischer Arzt oder eine Atlanische Rettungsschwester würde einem verwundeten Menschen zur Hilfe kommen, aber auf eine gewisse Art war es den blutverschmierten Kriegern hier draußen im Weltall wichtig, vertraute Gesichter zu sehen. Nämlich, wenn sie im Sterben lagen und mit jedem mühsamen Atemzug die Heimat stärker vermissten und vollkommen verängstigt dem Tod ins Auge blickten; hier, am anderen Ende der Galaxie.

Ich lebte jetzt hier, die MedRec Zenith und der Rest meines Teams waren mein Zuhause. Ich hatte mehr Planeten und Alienrassen gesehen, als die meisten hier in dieser Bar. Und doch, einen wie *ihn* hatte ich noch nie getroffen.

Mein Mund wurde ganz wässrig und ich wollte die Stoppeln an seinem kantigen Kiefer befühlen, als er meine Hand tätschelte. Ich hatte keine Ahnung, wie lange ich schon dastand, grübelte und ihn stumm anstarrte, aber seine Augen wichen keinen Zentimeter von meinem Gesicht. Rovo war vollkommen vergessen. Der Alien-Schmacko war voll und ganz fokussiert. Auf mich. Auf den Kratzer an meiner Hand.

"Das hättest du mit einem ReGe-Stift behandeln sollen." Er machte keine Anstalten, sondern zog einfach einen aus seiner Hose heraus, stellte das blaue

Licht an und wedelte ihn über meine Handfläche.

Ich war seit beinahe zwei Jahren im Weltraum unterwegs, benutzte den wundheilenden Stift bei unseren Verletzten und trotzdem hatte ich mich nie an das Ding gewöhnt. Der Stift— zusammen mit den komplizierteren Regenerationstanks—wirkte Wunder. Innerhalb von Sekunden verschloss sich der Schnitt in meiner Handfläche, er wurde rosa und dann verschwand die Wunde gänzlich. Vorher brannte es, jetzt aber spürte ich gar nichts mehr. Weg.

"Danke," hauchte ich, nachdem er den Stift wieder abgestellt hatte. Es war zwar eine nette Geste, fühlte sich aber irgendwie unangebracht an. Es war falsch, ohne ein Zeichen oder eine Narbe dazustehen, während der Anblick von Henrys Sarg auf dem Weg zurück zur Erde sich regelrecht in meine Augenlider gebrannt hatte.

"Warum hast du dich nicht behandeln lassen?" fragte er. Ich

bemerkte einen schärferen Tonfall in seiner Stimme und blickte von unseren verschlungenen Händen auf.

"Es war ein Kratzer." Ich zuckte leicht die Achseln und blickte ihm in die Augen. Ich konnte nicht wegschauen. Konnte nicht lügen. Ich wollte es nicht, also schluckte ich und schüttete ihm mein Herz aus. Jene Dinge, die ich sonst so gut zu verbergen vermochte. "Und Whiskey war dringender nötig als ein Arzt."

Langsam schüttelte er den Kopf und sein Daumen strich auf der frisch verheilten Wunde hin und her. "Na dann bin ich froh, dass ich zur Stelle war um dich zu versorgen."

Seine Worte waren dermaßen ernst. Seine Aufmerksamkeit war wie eine Droge, die Berührung ließ mich vor Freude zittern. Ich wollte meine Hand nie mehr wegziehen.

Ich saß in der Scheiße. Genau das war es. Ärger. Und ich wollte es. Ich wollte ihn.

Es wurde Zeit mich ein bisschen aufzumuntern und meine Einsatzpause auszukosten. Besonders viel Zeit blieb mir aber nicht für ein Abenteuer mit einem geheimnisvollen, fremden Alien; einem, der in ein paar Stunden schon wieder weg wäre, höchstwahrscheinlich für immer. Ein Abenteuer? Nein. Ein Quickie? Das könnte klappen. Aber ich war mir verdammt sicher, dass ich mich nicht mitten in einem heißen Techtelmechtel mit einem Fremden wiederfinden wollte, wenn der nächste Einsatzalarm schrillte.

Zurückhalten, Schatz. Ich muss los ...

Mittendrin abzuhauen stand außer Frage. Nicht mit diesem Typen. Aber ich wollte wirklich diesen Orgasmus haben —oder zwei—, denn ohne Zweifel würde er es mir ordentlich besorgen.

Seine Uniform gehörte zu keinem der üblichen Koalitionszweige. Er war von Kopf bis Fuß in Schwarz gekleidet— selbst sein Haar war pechschwarz. Am Bizeps trug er ein Silberband, sonst gab es keine Farbvariationen. Nur seine Augen stachen heraus. Grün. Er war kreideweiß, vielleicht sogar noch hellhäutiger als ich, was ungewöhnlich war, denn ich selbst war die typisch nordische Blondine mit einem irischen Vater und norwegischen Vorfahren mütterlicherseits. Ich bekam schon Sonnenbrand, wenn ich nur von der Sonne sprach.

"Da hab' ich aber Glück gehabt." Ich schenkte ihm mein zierlichstes Lächeln. Ich war zwar keine Expertin im Flirten, aber auch keine zimperliche Jungfrau. Es würde nur ein Quickie werden. Sobald der nächste Alarm reinkam, würde ich ihn nie wieder sehen. Warum also nicht? Ich würde Spaß haben, mich daran erinnern, dass ich eine Frau war—selbst in dieser schlichten Unisex-Uniform—und daran, dass er ziemlich maskulin war.

Er wendete die Hand und unsere Finger verschränkten sich. "Bist du noch irgendwo anders verletzt?"

"Nein." Sex-am-Stiel wollte meine Hand nicht mehr loslassen. Er war das vorzüglichste Exemplar der männlichen Spezies, das mir je untergekommen war. Und ich war viel herumgekommen. In Los Angeles wimmelte es nur so vor lauter Schönlingen, Schauspielern und Models, Surfern und Musikern. Ich kam aus dem Silikontittenland, wo Botox und Poimplantate die Norm waren, wo nichts echt war und jeder einfach nur umwerfend aussah.

Und keiner davon kam auch nur annähernd an ihn heran.

Die letzten beiden Jahre waren eine Bereicherung, und anstrengend. Die meisten Leute waren zum Ende ihrer Dienstzeit beim Burnout angelangt. So weit war es bei mir noch nicht, aber ich *war* dabei, ernsthaft mit einem fremden Alien zu flirten, also manifestierte sich der Stress bei mir vielleicht auf andere Art.

Sex war prima, um Stress abzubauen. Besonders mit Joe

Manganiellos Alien-Doppelgänger. Er würde mir Orgasmen verschaffen. Viele. Dann könnte ich so entspannt und formbar wie ein Karamellbonbon zum nächsten Dienst antreten.

Sein Blick wanderte nach unten über meinen Körper und meine Nippel unter meiner strahlend grünen Uniform ersteiften. Grün stand in der Koalition für Medizin. Die Ärzte trugen dunkle, tannengrüne Outfits, während wir diese hellere Kleidervariante trugen, wie Smaragde. Die Farbe betonte meine Augen, hatte man mir gesagt. Um den Torso war ein dickes schwarz Band geschwungen. Bei Frauen wie mir diente es natürlich nur dazu, die Kurve unserer Brüste hervorzuheben. Bei ihm würde seine Brust sicher noch gewaltiger aussehen, wenn er etwas anderes als nur Schwarz tragen würde. Wenn das überhaupt möglich war. Er war gebaut wie ein Panzer.

Er legte den Kopf schief und lehnte sich näher an mich ran, dann atmete er tief ein. "Ich rieche immer noch Blut, Frau. Ich kann dir das nicht richtig glauben. Würdest du mir gehören, dann würde ich dir die Kleider vom Leib reißen und jeden Zentimeter deines perfekten Körpers inspizieren, um sicher zu gehen, dass du unverletzt bist."

Daraufhin musste ich grinsen. "Du glaubst mir nicht?"

"Solltest du mich anlügen und etwas so Wichtiges wie deine Gesundheit und Sicherheit vor mir verbergen, dann würden dir die Konsequenzen nicht gefallen."

"Konsequenzen?" Mein Herz machte einen Hüpfer. Mit weit aufgerissenen Augen wartete ich auf seine Ausführung. Meine Zunge schnellte hervor und befeuchtete meine plötzlich so trockenen Lippen.

"Bestrafung," sprach er und seine Augen folgten der Bewegung meiner Zunge.

Mir klappte die Kinnlade runter. Ich hätte Angst bekommen sollen. Ein wildfremder Mann. Ein *Alien* mit einer Uniform von einem unbekannten Planeten redete darüber, wie er mir möglicherweise wehtun würde. Vielleicht konnte er auch Gedanken lesen, denn dann redete er weiter. "Ich *verletze* keine Frauen. Ich beschütze sie, auch vor sich selbst. Eine Runde Arsch versohlen würde dich bestimmt daran erinnern, dass es keine Geheimnisse gibt, dass ich für deinen Körper verantwortlich bin, ihn anbeten darf."

Hatte er da eben *Arsch versohlen* gesagt? Also mit seiner großen, heißen Hand auf meinem nackten Hinterteil? Warum war diese Vorstellung so verdammt geil? Wieder leckte ich mir die Lippen. "Du willst mich anbeten?"

Sein Blick verdunkelte sich. Unsere Finger waren weiter ineinander verschränkt, seine andere Hand aber verhakte sich um meine Taille und er zog mich näher heran. "Was ich mit dir tun werde …" Er erschauderte und lehnte sich an mich heran, sein Atem blies über meinen Nacken und seine Nase strich über meine Ohrmuschel. Wir waren nicht allein hier; die Bar war mindestens halbvoll, und doch schien es, als wären wir in unserer eigenen kleinen Welt. Einer Welt, in der nur er existierte. Wo ich nur seine tiefe Stimme hören konnte. "Ich werde jede sanfte Rundung an dir erkunden. Ich finde die Stellen, die dich nach Luft schnappen lassen, die dich vor Verlangen erbeben lassen. Ich werde deine Haut schmecken. Deine Pussy. Und das ist erst der Anfang. Ich werde dich mit meinem Mund anbeten."

Ein leichter Temperaturanstieg im Raum wäre eine Untertreibung. Meine Uniform war bequem, hatte aber zu viel Stoff. Ich wollte seine Hand auf meinem blanken Rücken spüren und am besten noch ein Stück weiter unten, damit er meinen nackten—

"Willst du wissen, was ich mit meinen Fingern machen würde?" Er setzte sich zurück und senkte das Kinn, sodass unsere Blicke sich trafen. "Oder meinem Schwanz?"

Ich musste schlucken. Feste. Als er seinen Schwanz erwähnte, lief mir das Wasser im Mund zusammen. "Mann, du bist echt gut." Meine Stimme klang ganz angehaucht und ich erkannte sie kaum wieder. "Entschuldige, dass ich dachte, du hättest nichts drauf."

"Was meinst du damit?" fragte er und machte einen Schritt zurück, um mich von der Bar zu geleiten. Er hielt weiter meine Hand und zog mich nach draußen auf den Gang. Ich ließ ihn gewähren, mein Bier blieb stehen. Der Gang war kurz und die Tür am Ende war mit einem weißen Rand beleuchtet, der auf einen Notausgang hinwies.

"Frauen aufreißen."

Mit einem Handschlag fand ich mich mit dem Rücken gegen die Wand wieder und er nagelte mich regelrecht fest. Ich spürte jeden harten Zentimeter an ihm und musste ein Stöhnen unterdrücken. Meine Hände waren über meinem Kopf fixiert, von seinem unnachgiebigen aber sanften Griff. Er beugte sich über mich, bis seine Hitze mich vollkommen einhüllte. Seine freie Hand landete auf meiner Hüfte, die Berührung schlug ein wie ein Blitz. Ich versuchte nicht, mich zu befreien. Ich wollte nicht. Er fühlte sich gut an. Zu gut.

"Ich nehme an, so sagt man das auf der Erde. Wenn ich dich aufreißen wollte, dann würdest du über meiner Schulter baumeln."

"Ich bin allein mit dir und ich kenne noch nicht einmal deinen Namen." War ich etwa dabei seine Hüften anzustarren? Ja. Ja, das tat ich. Und ich wollte wissen, wie sie sich gegen meine anfühlten, wie er schmeckte. Ich blickte auf und er beobachtete mich eindringlich.

Seine Augen gingen erneut auf Wanderschaft, sie begutachteten meinen Mund, meinen Hals, meine Brüste. "Du willst meinen Namen wissen, bevor ich dich küsse?"

Jetzt war mein Schlüpfer hinüber. Genau wie meine Selbstbeherrschung.

"Ein Name wäre nicht schlecht. Vielleicht sagst du mir noch, wo du herkommst."

Wieder strich er mir eine Strähne aus dem Gesicht und meine Knie wurden weich. "Mein Name ist Styx. Ich gehöre zur Styx-Legion auf Rogue 5."

Ich runzelte die Stirn. Was für schräge Namen. "Ein Teil des Planeten ist nach dir benannt?" Sein Finger glitt meinen Hals hinunter, um dann auf meiner Schulterlinie auf und ab zu streichen. Seine Augen folgten der Bewegung.

"Rogue 5 ist ein Mondstützpunkt. Ich bin Anführer der Styx-Legion, also trägt sie meinen Namen."

"Von Rogue 5 hab' ich noch nie gehört," entgegnete ich und neigte dabei den Kopf zur Seite, damit er leichter Zugang bekam.

"Wir sind nicht in der Koalition."

Das wusste ich allerdings. "Warum bist du dann hier?"

"Ich treffe einen Businesspartner." Die Art, wie er *Businesspartner* sagte erinnerte mich an eine Folge von *Die Sopranos*. Es klang voll mafiamäßig.

"Sind auf deiner Welt alle so wild wie du?"

Daraufhin grinste er, seine Zähne waren weiß und gerade. "Du meinst, ich wäre wild?" Er verlagerte sein Bein, sodass sein Knie zwischen meine wanderte und ich praktisch auf seinem Schenkel ritt.

Mein Mund stand offen und er nutzte die Gelegenheit und legte seine Fingerspitze an meine Unterlippe. Es fühlte sich rau an, selbst als er so zart wie möglich zudrückte und köstlich aufreizend hin und her zu reiben begann.

"Sag mir deinen Namen." Es war keine Frage, sondern der Befehl eines Alphatypen.

Ich war nie eine, die einfach so

nachgab, also beugte ich mich vor, nahm seine Fingerspitze in den Mund und saugte. Ein, zwei Mal schürfte ich seine Haut mit den Zähnen, dann ließ ich von ihm ab. Nur ein zartes Knabbern, damit er wusste, dass ich noch nicht gebändigt war. "Harper. Harper Barrett aus Kalifornien. Ich meine, von der Erde."

Na toll, ich klang wie eine Bekloppte. Aber er schien sich nicht daran zu stören. Seine Pupillen waren dermaßen geweitet, dass seine Augen fast schwarz erschienen und an seinem Hals pochte eine Vene. "Ich werde dich jetzt kosten, Harper."

Oh. Okay.

Ich erwartete etwas Gemächliches, aber er nahm sich meinen Mund mit einer Begierde, die mich einfach nur schwach werden ließ. Ich konnte nichts mehr sagen, nicht, dass ich es wollte. Ich hatte einen ungebändigten Hengst bezirzt, verführt und sogar angestichelt. Die Regeln oder Konsequenzen der Koalition betrafen ihn nicht. Und so, wie er küsste, voller ungezügeltem Verlangen und exquisiter Sorgfalt wusste ich, dass er die Dinge auf seine eigene Art machte.

Eine Art, die mir sehr stark zusagte. Genau wie meinen Nippeln und meinem Kitzler und meiner heißen Pussy. Allerdings. Ich stellte mir vor, wie er mir an Ort und Stelle die Kleider vom Leib riss, mich mit seinem Schwanz ausfüllte und so feste in mich rein stieß, dass mein Rücken gegen die harte Wand schrammte. Trotzdem war er Gentleman genug, um mir seine Absichten mitzuteilen, damit ich mich ihm, falls gewünscht, verweigern konnte. Was nicht der Fall war. Nein, er sollte weitermachen und nie mehr aufhören.

"Hier fehlt doch was."

Die Stimme kam von meiner Linken und ich erstarrte, denn wir waren nicht allein. Styx ließ sich aber nicht stören. Er erkundete weiterhin meinen Mund, und zwar mit einer nie gekannten Inbrunst. Aber es war, als ob ich in den buchstäblichen Eimer Eiswasser getaucht wurde.

Ich wich leicht zurück. "Styx," flüsterte ich vollkommen außer Atem.

"Hmm?" fragte er, während er an meinem Kiefer knabberte.

Ich wandte den Kopf, damit ich zur Seite blicken konnte und Styx nutzte die Gunst der Stunde und senkte den Mund auf meinen Hals, sodass ich mich nicht mehr von unserem Besucher abwenden konnte. Tatsächlich, wir wurden beobachtet. Von einem sehr großen, sehr prächtigen Mann. Er war enorm, wie Styx und er trug dieselbe Uniform. Dasselbe Silberarmband. Außer dass Styxs Haare kürzer und tiefschwarz waren und seine waren silberfarben, lang, gerade und glänzend. Sie waren nicht grau oder blond oder irgendeine andere normale Farbe. Und sein perfektes Gesicht war wie gemeißelt, seine Augen waren hell und grau. Er sah aus wie ein Krieger aus einer

Fantasiewelt von Dungeons and Dragons. Unwirklich.

Sein Grinsen, als sein Blick über meinen Körper wanderte und über Styxs Hand, die meine Handgelenke über meinem Kopf fixierte, war sündig. Und breit.

Ich verdrehte protestierend die Hände in seinem Griff, hielt ansonsten aber perfekt still. Die Spielereien waren jetzt vorbei. "Styx," wiederholte ich.

Er blickte nicht auf, sondern küsste und leckte einfach weiter, dann arbeitete er sich sogar knabbern an meinem Kiefer und bis zu meinem Ohr entlang, dann meinen Hals hinunter. "Das ist Blade."

Was für eine seltsame Bekanntmachung, aber offenbar kannten sie sich und störten sich nicht daran, eine Frau in ihrer Mitte zu haben.

"Ähm ... schön dich kennenzulernen," stotterte ich, obwohl ich mir nicht ganz sicher war, ob das wirklich stimmte. Ich verdrehte noch fester meine Handgelenke und erst dann hob Styx seufzend den Kopf.

"Lasst euch nicht stören," sprach Blade und trat einen Schritt näher. "Ich werde mich euch anschließen." Er legte eine Hand an meine Wange, seine Berührung ließ mich in jeder Hinsicht dahinschmelzen wie die von Styx. Behutsam. Ehrfürchtig. Und plötzlich fühlte ich mich … ganz in ihrer Mitte.

"Ähm—"

"Hab' ich erwähnt, dass Blade und ich uns gerne eine Frau teilen?" führte Styx aus.

"Teilen?" quietschte ich und mein Herz begann so heftig zu hämmern, dass ich fürchtete, es explodierte gleich. Ich blickte zwischen den beiden hin und her, ihre Erscheinung wie Tag und Nacht. Salz und Pfeffer. Heiß und … heiß. Oh. Mein. Gott.

"Doppeltes Vergnügen für dich." Blades ruhige Ankündigung schnitt mit der Scharfkantigkeit seines Namens durch die Luft. "Wir werden zusammen eine Partnerin erobern." Er beugte sich runter, seine Nase fuhr an meiner Wange entlang und schnaubte, genau wie zuvor Styx. "Unser Biss wird dich so empfindlich machen, so wild, dass du bei der kleinsten Berührung kommen wirst. Immer wieder."

Seine hitzigen Worte ließen mich erschaudern, das heiße Flüstern sank in meinen Geist wie eine Droge ein. Ihre Zuwendungen machten mich trunken, mein Körper war entschlossen die Fahrt zu genießen, selbst als mein Verstand sich wehrte und erstmal alles verarbeiten wollte.

Zwei von denen. *Zur selben Zeit.* Der Gedanke schüchterte mich nicht so sehr ein, wie es wohl sollte. Aber, eine Partnerin gemeinsam erobern. Partnerin? Wie für immer? Ich kannte die anderen Alien-Krieger gut genug, die Prillonen und Atlanen und den Rest dieser ultra-besitzergreifenden Prototypen von Alphamännern.

"Partnerin?" fragte ich nach. "Nein.

Ich bin keine Partnerin. Ich gehöre niemanden." Waren sie verrückt? Ich wollte nur einen Quickie. Eine gute Zeit. Spaß haben, bevor ich wieder ins Blut und Gemetzel der Schlachtfelder eintauchen musste. *Partnerin* war eben erst eingesackt, als der zweite Teil seiner Ankündigung sich schließlich in mein sexvernebeltes Hirn bohrte. "Warte. Biss? Hast du gesagt *Biss*?"

Ungläubig blinzelnd schaute ich zu Blade. Er grinste. Ich dachte, ich hatte in meiner Zeit im Weltraum schon alles gesehen. Aber das hier? Nie hätte ich Reißzähne erwartet.

Richtig. Reißzähne.

3

Unsere Partnerin war von Blades Küssen und Berührungen wie benommen, aber sie wehrte sich nicht gegen meinen Griff. Als sie in die Bar spaziert kam, war mir die Luft weggeblieben, wie bei einem kräftigen Schlag aufs Zwerchfell und mein Schwanz war sofort ersteift. Jetzt? Ich konnte sie nicht loslassen. Sie gefiel mir einfach zu gut; Arme überm Kopf, ihr

Leib entblößt und zutraulich. Ungeschützt. Verletzlich.

Sie verstand es nicht, diese unmittelbare Verbindung. Ich verstand es, die Frauen von der Erde taten es nicht. Besonders eine, die nicht über das Bräute-Programm hierhergekommen war. Ich kannte nur eine Erdenfrau. Katie. Sie war hübsch und freizügig, genau wie Harper. Aber sie hatte mich nicht um den Verstand gebracht. Ich war aufgebracht gewesen, aber nicht ihretwegen. Sie gehörte einem anderen, einem Everianischen Kopfgeldjäger, der über Leichen gegangen wäre, um sie zu behalten.

Jetzt, als ich Harper in den Armen hielt, konnte ich diesen irrsinnigen Besitzdrang und Beschützerinstinkt nachvollziehen. Harper gehörte zu mir und Blade. Keine Diskussionen. Keine Zweifel. Sie gehörte mir und ich würde jeden töten, der sie von mir nehmen, der ihr weh tun würde.

Sie schenkte mir sofort das, was ich

brauchte; als ob sie für mich erschaffen wurde. Vertrauen. Leidenschaft. Ihr goldenes Haar war wie ein Leuchtfeuer, ihre grünen Augen so ausdrucksstark, dass ich in ihre Seele blicken konnte. In ihnen sah ich alles. Ihr Verlangen, ihre Furcht. Sie versteckte nichts vor mir und der animalische Teil meines Wesens hatte sich bereits entschieden.

Mir.

Es würde keine Diskussionen geben. Keinen Widerstand. Ich wollte ihr nicht widerstehen, ich wollte sie. Ich wollte von ihrer heißen, feuchten Pussy begrüßt werden, während ich sie ausfüllte. Ich wollte ihre kehligen Lustschreie hören, wenn wir sie an ihre Grenzen brachten, sie immer wieder kommen ließen, bis sie die Kontrolle verlor. Ich wollte meinen Namen auf ihren Lippen hören, nicht so wie jetzt eben, sondern voller Sehnsucht in ihrer Stimme. Gefühlvoll. Zärtlich. Ich wusste, dass ich von ihren Lippen nie genug bekommen würde, oder vom irdischen

Whiskeygeschmack auf ihrer Zunge. Ich würde jemanden anheuern, der die S-Gen programmiert, damit sie den Drink auch immer zur Hand hatte.

Ich konnte sehen wie ihr Verstand nur so ratterte, wie sie krampfhaft herauszufinden versuchte, was wir von ihr wollten, was wir tun würden. Sie war mir freiwillig in den Gang hinaus gefolgt, auch wenn sie nicht wirklich verstanden hatte, wie sehr sie mich wollte. Ich erkannte ihre Zweifel. Sie dachte, wir wären verrückt—vielleicht zweifelte sie auch an ihrem eigenen Verstand—, denn wir machten Versprechungen, von denen sie annahm, dass wir sie nicht halten würden.

Sie irrte sich.

"Du gehörst mir, Harper." Ich hob mein Knie an ihren Schritt und Blade küsste sie, eine Hand hatte er an ihre Brust gelegt, die andere umpackte ihren runden Arsch.

Ihr zartes Stöhnen ließ meinen Schwanz schmerzen und ich sah zu, wie

Blade ihre Aromen erkundete. Sie erwiderte seinen Kuss und jede Gegenwehr war verschwunden. Ihre Handgelenke waren feingliedrig und zerbrechlich und ich umfasste sie wie ein Vogelküken, ich fürchtete sie zu verletzen und mein Verstand kalkulierte in jeder Sekunde alle möglichen Szenarios durch.

Blade war dabei sie zu verschlingen und sein Appetit wuchs sichtlich; genau wie meiner, als ich sie zum ersten Mal gerochen hatte. Sie zitterte, war am dahinschmelzen, unterwarf sich uns und ich wusste, dass es die richtige Entscheidung war, als Blade ihr jenes Angebot machte, das bisher keiner anderen Frau zuteilgeworden war— unser Biss. Unser Schutz.

Für immer.

Sie gehörte zur Koalition. Ihre Uniform. Die Pistole an ihrem Schenkel. Standardausrüstung der MedRec-Einheiten, also der Sanitäter und Säuberungsteams, die nach dem

Gemetzel eintrafen und jenen Kriegern halfen, die noch zu retten waren. Ich selbst war viele Male auf diesen Schlachtfeldern gewesen, nicht um Leben zu retten, sondern um Waffen zu erbeuten. Technik. Gerätschaften, die meine Legion auf dem Schwarzmarkt verticken konnte. Vorsichtig mieden wir dabei die Engel wie sie. Wir waren weder zum Kämpfen da, noch um zu retten. Wir kamen aus purer Notwendigkeit.

Aus Sicht der Koalition waren meine Leute Kriminelle. Außenseiter. Zenith war ein Knotenpunkt ziviler wie militärischer Aktivitäten, die Station gehörte der Koalition, war aber kein Stützpunkt. Der Ort befand sich in einer Grauzone zwischen einer utopischen Idealwelt und der Realität. Einer kalten, unbarmherzigen Realität.

Meiner Welt.

Blade hob sie sanft nach oben und platzierte sie so, dass ihr Kitzler immer wieder über meinen harten

Oberschenkel rieb und mit einem konstanten Zupacken und Loslassen ihres Arsches rollte er ihre Hüften. Sie keuchte und riss ihren Mund von seinem weg, während er weiter mit der freien Hand an ihren Brüsten herumspielte, erst der einen, dann der anderen.

Sie fing an zu zittern, ihre weiße Haut lief dunkelrosa an, ihre prallen Lippen waren rot und ausgereift. Ich wollte sehen, wie sie sich um meinen Schwanz dehnten, wenn ich erstmal diesen lieblichen Mund ficken und jeden Zentimeter an ihr erobern würde.

"Stopp," keuchte sie.

Blade und ich erstarrten und blickten auf unsere Partnerin. Wir warteten.

"Wartet. Stopp. Ich—das ist verrückt."

Sie blieb nicht unberührt. Im Gegenteil. Ihre eigene Reaktion erschreckte sie womöglich, vielleicht war das Ganze zu heftig. "Uns zu wollen ist nicht verrückt. Viele Frauen aus unserer Welt haben sich genau das erhofft, was wir dir geben."

"Viele Frauen, hmm?" Sie biss ihre Lippe und wandte sich von uns ab. "Ich bin keine Partnerin, Jungs. Ich wollte nur etwas Spaß mit euch haben." Sie blickte kurz zu mir, dann zu Blade. "Ihr beide seid ziemlich heiß. Wir können kurz Spaß haben, aber mehr nicht."

"Warum?" Seltsam. Sie war sofort auf mich angesprungen und hatte sich mit mir in den Gang verzogen, um etwas Privatsphäre zu haben. Sie hatte sogar zugegeben, dass sie uns beide wollte. Und jetzt hatte sie es sich anders überlegt? Hatte das "für immer" sie abgeschreckt? Ich konnte ihr nichts vormachen. Ich hatte die Absicht, sie zu behalten und diese Tatsache musste sie schleunigst akzeptieren. Sie gehörte mir.

"Warum? Weil ich keinen Partner will." Sie funkelte mich an und ich erkannte das Wirrwarr in ihren Augen und den verängstigten Ausdruck, als sie einen Blick zu Blade riskierte. "Oder zwei."

Stirnrunzelnd fragte ich mich, warum sie sich mit einer solchen Gegenwehr quälte. Beinahe wäre sie gekommen—vom bloßen Ritt auf meinem Schenkel. Warum hatte sie aufgehört? Warum verweigerte sie sich solch ein Vergnügen? Ich wollte ihr beim Kommen zusehen, wie ihre Augen glasig und unscharf wurden. Ich wollte die Gewissheit spüren, dass ich der Grund war, warum sie die Kontrolle verlor. Sie sollte mir so sehr vertrauen, um diese Kontrolle ab und sich der Intimität hinzugeben. Ich brauchte diesen verborgenen, leidenschaftlichen Teil von ihr.

"Du hast Angst," sprach ich und erforschte sie eindringlich. Ich würde sie mit Blade teilen, aber mit keinem anderen. Blade war für mich mehr als ein Bruder und keinem anderen würde ich darin vertrauen, sie zu beschützen. "Hast du Angst vor zwei Liebhabern?"

"Ähm, nein. Ich—egal. Was früher war, ist nicht wichtig."

Jetzt wurde sie knallrot, ihr Hals und Gesicht nahmen einen interessanten, purpurroten Farbton an. Es war ihr peinlich? "Du hattest schon zwei Liebhaber?" fragte ich.

Sie nickte und mein Lächeln tat fast schon weh. "Gut. Wovor hast du dann Angst?"

"Wir werden dir nicht weh tun," bot Blade an und lehnte sich einmal mehr eng an sie heran, sodass seine Lippen über ihre Wange strichen. "Wir werden auf dich aufpassen. Dich beschützen. Dich verehren."

Sie schüttelte den Kopf, zuckte unter meinem Griff.

"Du hast immer noch Angst? Vor uns?" fragte Blade.

Harper schüttelte den Kopf. "Nein. Nicht vor euch. Eurem Raubtiergebiss. Ihr wollt mich beißen? Ähm ..." Sie zerrte an meinem Griff und ich weigerte mich, sie gehenzulassen. Nicht jetzt, wo sie doch herausfinden würde, wie wir sie erobern würden. Es wäre so viel einfacher gewesen, wenn unsere Partnerin auch von Rogue 5 kommen würde, aber nein. Natürlich mussten wir über eine Frau stolpern, die nichts von unseren Bedürfnissen ahnte. Wir würden unsere Partnerin beim Ficken beißen, um sie zu erobern. Sie mit unseren Zähnen am Halsansatz zu markieren. Die bloße Vorstellung war sogar noch beängstigender, da ich und Blade sie gemeinsam erobern würden.

Nich alle Hyperioner teilten sich eine Partnerin. Es gab diesbezüglich keine Vorgaben. Zum Teufel, auf Rogue 5 gab es überhaupt keine Gesetze. Innerhalb unserer eigenen Regeln konnten wir tun und lassen was wir wollten, solange ebendiese Regeln befolgt wurden.

Regeln, die ich selbst vorgab.

Regeln, die ich jetzt brechen wollte. Ihretwegen.

Blade atmete sie ein und schloss

genüsslich die Augen, als er sie in sich aufsog. Er lernte ihren Geruch, genau wie ich zuvor. "Wir werden dich nicht hier beißen. Nicht jetzt. Nicht am Hinterausgang einer Kneipe."

"Also hebt ihr euch den Vampirbiss für später auf. Toll, ich fühle mich schon so viel besser. Damit hat sich *alles* erledigt."

Ihre Worte strotzten nur so vor Sarkasmus. Und was in Teufels Namen war ein Vampir?

"Vor der Eroberung musst du dich nicht fürchten. Bis wir unsere Reißzähne in dein Fleisch bohren, wirst du darum betteln," Blade flüsterte in ihr Haar und sie erschauderte, Augen geschlossen, und der Ruck fuhr durch ihren gesamten Körper und in meinen. Ja. Sie wollte uns. Brauchte uns. Brauchte das hier.

Sie wurde wütend. "Wenn meine Zeit bei der MedRec vorbei ist, gehe ich zur Erde zurück. Ihr beide irrt euch gewaltig mit diesem Gelaber von Verpartnerung und Gebeiße."

"Du fürchtest nicht unsere Zähne," sagte ich. "Du fürchtest dich selbst."

Sie riss die Augen auf und blickte mir in die Augen. Ja, ich erkannte den Anflug von Verletzlichkeit in ihrem Blick, die Verwunderung darüber, dass ich die geheime Wahrheit aufgespürt hatte. Sie versteckte sie gut, hatte ihre Ängste auf unsere Fangzähne gelenkt, um ihre wahre Furcht zu verschleiern. Sie mochte zwar unseren Biss fürchten, aber mehr noch fürchtete sie ihre Gefühle für uns.

"Hast du Angst zu kommen?" fragte Blade.

Als sie die Augen rollte, wusste ich, dass er nicht mal annähernd richtig lag.

"Sie hat Angst ... unseretwegen zu kommen." Sie schloss die Augen und seufzte. Ja, meine Worte kamen der Wahrheit schon näher. "Du machst dir Sorgen, weil du zu sehr abgehst? Dass du uns zu sehr willst? Dass du nicht mehr aufhören kannst?"

Sie lachte verhalten. "Na schön.

Vampirzähne beiseite. Aber wie kann ein Alien, den ich eben erst in einer Bar getroffen habe, mich nur dermaßen antörnen? Und sein Kumpel auch noch? Das macht mir ein bisschen Angst, ja. Ich kenne euch überhaupt nicht. Das Ganze ist also kompletter Wahnsinn."

"Du kennst uns nicht … noch nicht."

Sie verlagerte die Hüften. "Ich weiß. Es ist—"

Blade strich mit dem Finger an ihrem Arm entlang. "Heftig?"

Sie nickte, ihr Hinterkopf rieb gegen die Wand. "Ihr seid zu zweit. Ich, ähm … dachte, ich wollte einen Quickie, etwas Spaß haben und alles andere für eine Weile vergessen, bis ich wieder ausrücken muss, aber das hier? Ihr Jungs seid … krass."

Jetzt musste ich lächeln und war mehr als zufrieden, dass sie diese … Verbindung zwischen uns so schnell und deutlich spürte. Ich blickte kurz zu Blade, Worte waren überflüssig. Er konnte es auch spüren.

"Du musst kommen," sagte ich zu ihr, denn ich erkannte das Verlangen, die Sehnsucht in jeder zarten Kurve, jedem Atemzug.

Sie nickte.

"Wir werden dich nicht hier ficken. Ein Bett wäre besser. Und Privatsphäre."

"Und du nackt," fügte Blade hinzu. Seine Augen erkundeten sie, wie auch seine Hand, er machte sich mit ihr vertraut.

"Das auch," sprach ich. "Aber du hast es nötig, also lass es zu, dass deine Partner dir Erleichterung verschaffen."

"Ihr seid nicht meine Partner," konterte sie und widersetzte sich erneut.

Ich seufzte innerlich. Sie stammte nicht von Hyperion oder von Rogue 5 auf den äußeren Monden. Sie kam von der Erde. Während Katie ein Mal auf ihrem Körper trug, das auf ihre Everianischen Vorfahren verwies, so schien Harper ein reiner Erdling zu sein und hatte folglich kein instinktives Verständis dafür, was es bedeutete einen

Partner zu haben. Oder zwei. Weiter auf der Partnerfrage herumzukauen würde uns jetzt nicht weiterbringen. Es wäre nicht klug von mir, besonders da ich ihr Gesicht sehen wollte, wenn sie ihre Erleichterung fand. Wir würden ihr erstmal das geben, was sie brauchte und uns später mit dem Partner-Problem befassen. Und mit dem Biss. Ohne Zweifel würde sie noch einmal nachhaken, aber wenn sie hier im Flur schon dermaßen abging, dann würde sie nach der Eroberung durch uns überhaupt keine Vorbehalte mehr haben. Sie würde nämlich vor Verlangen den Verstand verlieren.

"Du wirst kommen," sprach ich mit tiefer Stimme, sodass es nach Befehl und nicht nach Frage klang. Sie würde mir gehorchen, selbst in dieser Sache.

Ihre Augen waren bis jetzt ein bisschen unruhig und zu sehr auf unsere Handlungen fokussiert. Sie wurde panisch. Nach diesen drei Worten aber blickten wir uns in die Augen und ihre

Pupillen waren so geweitet, dass das Dunkelgrün fast verdrängt wurde. Sie konzentrierte sich. Auf mich.

"Sieh mich an," befahl ich, als sie sich abwandte.

Ich senkte ihre Arme und stellte mich mit dem Rücken zur Wand, dann wirbelte ich sie herum und zog sie an mich heran, sodass ihr Rücken gegen meine Brust presste.

Blade beobachtete das Ganze mit einem wissenden Grinsen, er wartete geduldig auf das, was ich ihm anbieten würde.

Ihre süße, feuchte Pussy.

"Was macht—" Meine Partnerin konnte ihren Satz nicht zu Ende sprechen, denn ich packte ihr Haar am Hinterkopf und hob ihr Kinn hoch, bis unsere Lippen fast aufeinanderkrachten. Die verdrehte Position machte sie verletzlich. Bereit für Blades Zuwendungen.

Ich streifte ihre Lippen und flüsterte. "Blade wird deine Hosen runterlassen und dich kosten, Harper. Er wird deinen Kitzler in seinen Mund saugen und dich zum Kreischen bringen."

Harper keuchte, ihre Pupillen weiteten sich vor Verlangen, während ich sie an den Haaren zog. Das leicht schmerzhafte Stechen ließ sie nach Luft schnappen, ihr Herz raste schneller, als ich es je vernommen hatte, es war genauso wild wie sie. "Willst du kommen?" fragte ich.

Blades Hände machten es sich auf ihren Hüften bequem, an ihrem Hosenbund, und er wartete auf ihre Antwort.

Ein Schauer ging durch sie hindurch, aber sie hielt meinem Blick stand. "Ja."

Unsere Lippen berührten sich kaum und ich hielt sie fest, als Blade den Verschluss ihrer Hose öffnete und sie runterzog, sodass ihre Pussy frei lag. Ich konnte sie zwar nicht sehen, Blade allerdings schon und ich beobachtete, wie sich sein Kiefer vor Begierde verkrampfte. Er leckte sich die Lippen, als ob die Aussicht, sie zu kosten ihn geifern ließ. Wir beiden waren in höchster Alarmbereitschaft und lauschten nach unerwünschten Besuchern, aber ich kannte diese Station, kannte die meisten der Leute. Niemand würde es wagen uns zu stören, es sei denn ihre lärmigen Teamkollegen würden sich nach ihr umsehen.

Blade ging vor unserer Partnerin auf die Knie. Sie stand mit leicht gespreizten Beinen da, aber nicht weit genug. Sie hatte uns noch nicht alles gegeben, noch nicht, und sie klammerte sich am letzten Bisschen Kontrolle fest.

"Harper, mach die Beine breit," befahl ich ihr.

Blade schüttelte den Kopf. "Das reicht nicht. Sie soll sich weiter aufmachen."

Er zerrte an einem ihrer Stiefel, streifte ihn ab und dann zog er ihr an einem Bein ganz die Hose aus. Er packte ihre nackte Kniekehle und legte sie über seine Schulter, damit sie sich für ihn öffnete. Perfekt.

"Du rührst dich erst, wenn Blade es dir erlaubt. Verstanden?"

Sie schluckte, feste, und machte es sich bequem, sie überließ sich ganz unseren Zuwendungen. Diese einfache Geste war pure Unterwerfung. Vertrauen. Es war hinreißend. Ich hielt sie im Gleichgewicht, sodass sie weit geöffnet war, mit gut sichtbarer Pussy. Offen und bereit für Blades Mund.

Ich lehnte mich leicht zur Seite und sah, wie ihre Wangen erröteten, ich hörte, wie ihre Atmung sich änderte.

Blades Hände glitten ihre Schenkel hoch zu ihren Pussylippen und spreizten sie auseinander, sein Körper verkrampfte sich vor kaum kontrollierbarer Lust. Er ging näher und seine Zunge strich ein einziges Mal über ihre Falten, als ein Schauer ihn durchzuckte. "Styx, sie ist heiß und so verdammt feucht für uns. Klitschnass."

Er wartete auf meinen nächsten

Befehl, schließlich wusste er genau, dass ich ihn foltern und sie alle beide warten lassen würde, sollte er sie ohne Erlaubnis anrühren. Harper gehörte mir. Blade gehörte mir. Ihre Lust gehörte ebenfalls mir. Mein Bedürfnis sie beide zu beherrschen war purer animalischer Instinkt und ich wehrte mich nicht dagegen, weder im Kampf noch wenn ich eine willige Frau in meiner Gewalt hatte. Die Tatsache, dass Harper meine Partnerin war verstärkte nur meinen Drang.

Blade hielt komplett still und Harpers nasse Pussylippen waren geöffnet und bereit für seine Zunge. Für seine Finger. Seinen Schwanz.

Aber das würde ich nicht zulassen. Nicht hier.

Ihre Pussy gehörte mir und ich würde sie nicht hier, auf einem Flur nehmen. Zum Ficken würde ich mir Zeit nehmen, sie stundenlang wieder und wieder ausfüllen.

Die Stille im Flur hatte jetzt fast

schon etwas Betäubendes an sich und ich beobachtete, wie ihr Ausdruck sich wandelte und die ungefilterte Aufrichtigkeit in ihren Augen faszinierte mich. Ich hielt ihr Gewicht auf meinen Schenkeln und meine freie Hand erkundete die Rundung ihrer Brüste, ihrer Hüften.

Als ich nicht länger widerstehen konnte, wanderte ich tiefer in Richtung ihrer feuchten Hitze, spreizte sie weit auseinander und vergrub zwei Finger in ihrer nassen Pussy.

Ihr Stöhnen brachte meinen Schwanz zum Pochen und ich bearbeitete sie gerade genug, um sie bis an die Schwelle zu befördern, aber nicht weiter. Blades Augen folgten wie gebannt meiner Handbewegung. Er atmete schwer, als ihr Geruch den Flur erfüllte. Süß, moschusartig, berauschend.

Als sie zu zittern begann und ihr Kopf sich aus meinem Griff befreite, hörte ich auf. Ich nahm meine Finger und leckte sie ab. Götter, sie schmeckte gut.

"Styx." Den Klang meines Namens auf ihren Lippen würde ich nie mehr vergessen, ihre Wangen waren gerötet, ihr Körper bebte kurz vorm Höhepunkt. "Bitte."

"Blade kostet dich jetzt, aber du darfst erst kommen, wenn ich es sage. Hast du verstanden? Du wirst mich ansehen, deine Augen offenhalten. Aber du wirst nicht kommen."

"Ich kann nicht—"

Blades Mund setzte auf ihrem Kitzler auf und sie buckelte in meinen Armen, ihre Worte waren vergessen.

"Blade, fick sie mit den Fingern. Du musst spüren, wie heiß und eng sie ist. Aber lass sie nicht kommen."

Er grinste dreist und voller Begierde und ich wusste, dass wir uns einig waren.

Ich prüfte weiter ihre Mimik, erforschte jede Regung und jeden Gefühlsausdruck, als Blade mit dem

Mund ihren Kitzler bearbeitete. Ihre Hüften schoben sich vor und zurück, ihr üppiger Arsch ruhte auf meinen harten Oberschenkeln.

Sie war so perfekt. So empfindsam. So unterwürfig.

Sie blickte mir fest in die Augen, aber ihr Blick war unscharf, ohne mich zu sehen, verloren an das, was Blade mit ihrem Körper anstellte.

Er legte los und stoppte, er neckte sie so, wie ich es ihm aufgetragen hatte. Sie wusste es und ihr Körper lag weich und biegsam in meinen Armen. Blade bearbeitete sie, bis ihr vernebelter Blick von verzweifelter Begierde verdrängt wurde, bis sie so feste mit dem Kopf zerrte, dass ihre Augen tränten und dieses eine Wort wieder und wieder über ihre Lippen kam.

"Bitte, bitte, bitte." Ihr Singsang war leise, verzweifelt, keine wirklichen Worte, sondern ein konstantes Flehen.

"Sieh mich an." Meine Stimme war fest und entschlossen und ihr Blick erhellte sich lange genug, damit ich ihr klarmachen konnte, wer sie festhielt, wer jetzt ihren Körper kontrollierte, zu wem sie gehörte.

"Du gehörst mir, Harper. Sag es."

"Ja."

Mein Lächeln darauf glich eher dem eines Tieres als dem eines Mannes und ich schlang meine freie Hand um ihren Hals.

Wie erwartet begannen ihre Lider zu flattern und schlossen sich schließlich, ihr gesamter Körper reagierte auf meine dominante Berührung, er schmolz regelrecht dahin. Zufrieden senkte ich den Kopf und fuhr mit den Lippen über ihre Ohrmuschel.

"Komm, Harper. Komm jetzt."

Mein Befehl ließ sie abgehen wie eine Ionenpistole und mit einem Kuss erstickte ich ihren Schrei, während Blade ihre Pussy vereinnahmte, sie mit den Fingern fickte, ihren Kitzler saugte und sie winselnd und buckelnd die Kontrolle über sich verlor.

Er brachte sie wieder und wieder zum Höhepunkt, bis sie sich in meinen Armen schüttelte und Tränen über ihre Wangen kullerten.

Ich küsste sie weg, während Blade sie langsam und behutsam wieder runterkommen ließ. Seine Küsse waren nicht länger rau und fordernd, sondern sachte. Weich. Voller Zärtlichkeit, die sie eher beruhigen als anregen sollte.

"Harper?" Ich ließ ihr Haar los und legte meine Hand auf ihre Wange. Sie war so klein, so zerbrechlich. Von diesem Anblick, wie sie sich uns auslieferte, würde ich nie genug bekommen.

Sie blickte auf und ihr Mund öffnete sich, während sie die Augen schloss. "Ja," hauchte sie und ihre Muskeln entspannten sich in meinem Griff, während Blades Hände langsam und liebevoll über ihre Beine und Hüften kreisten, damit unsere wilde Partnerin sich wieder beruhigte.

"Du bist wunderschön," flüsterte ich

ihr zu. Ich wollte nicht mehr von der Wand weg, war nicht gewillt, sie loszulassen. Mein Schwanz drückte fast schon schmerzhaft gegen ihren unteren Rücken, meine Eier zogen sich feste nach oben und waren bereit, sie mit meinem Samen zu fluten. Aber nicht hier, sondern in einem Bett und dann würde ich—

Ein Piepen ertönte an ihrem Handgelenk. Ich blickte runter und sah, dass das leuchtende Bändchen an ihrem Unterarm nicht länger hellblau erstrahlte, sondern rot.

"Götter, nein. Ihr Alarm," raunte Blade und sein besorgter Blick wanderte mit einem Fragezeichen zu mir. Wir wussten, was das Armbändchen für unsere Partnerin bedeutete. Würden wir Harper wirklich auf eine weitere Mission gehen lassen? Allein? Schutzlos? Jetzt, nachdem wir ihr beim Kommen zugesehen hatten und wussten, wie sehr sie uns vertraute? Ich kannte den Zorn, der sich da hinter seinen Augen aufbäumte. Die Idee gefiel ihm überhaupt nicht.

Und mir ebenso wenig.

Aber Harper gehörte nicht zur Styx-Legion. Sie war ein Mensch und eine Koalitionsoffizierin. Wir hatten nicht die Absicht mit der Koalitionsflotte einen Krieg anzuzetteln. Und unsere kleine Partnerin mochte jetzt zwar unterwürfig erscheinen, mochte uns ihre wohl bediente Pussy vorführen, aber wie würde sie reagieren, wenn wir sie vom Dienst abhalten würden? Ich hatte das Gefühl, dass Harpers Gunst nicht bedingungslos war, dass ihr Vertrauen nur vorübergehend war. Für sie war diese Sache nur ein—wie hatte sie gleich gesagt—*Quickie*?

Abgesehen von ihren hastigen Atemzügen, dem Heben und Senken ihrer üppigen Brüste blieb Harper komplett still. Wie ich es liebte sie so zu sehen, so wonnig und satt, dass ihr gar nicht auffiel, dass ihr Alarm piepte.

Blades Worte drangen erst zu ihr

durch, als ich den Kopf schüttelte und mit einem stillen Befehl auf ihre Kleider deutete, damit er ihr die Hose und den Stiefel wieder überzog.

Er nahm ihr Bein von seiner Schulter und die Bewegung brachte sie schließlich zu sich selbst zurück. Ich ließ von ihrem Hals und Kopf ab und senkte vorsichtig die Hände an ihre Flanken um sie abzustützen, während Blade sie anzog. "Harper," flüsterte ich.

Diesmal wurde ihr Armband immer lauter und sie sammelte sich wieder. Ich konnte sehen, wie sie ihre Gedanken ordnete, ihre Gefühle bändigte und wie sie sich innerhalb weniger Herzschläge von einer gut gefickten Braut in eine effiziente Koalitionsdienerin verwandelte.

Ihre Selbstbeherrschung ließ meinen Schwanz hitzig aufzucken und ich musste gegen die Reißzähne in meinem Kiefer ankämpfen und verhindern, dass sie durchbrachen. Ich wollte sie beißen. Markieren. Sie riechen und erobern. Jetzt sofort. Verfickt nochmal.

Aber ich war keine Hyperionische Schlange; ich war ein Mann. Ich war Styx und die Namen einer ganzen Legion waren in mein Fleisch tätowiert, Namen, welche die Last jener Leben verkörperten für die ich verantwortlich war, die ich beschützen musste.

Ich konnte meiner Legion nicht die gesamte Koalition auf den Hals hetzen, nur weil ich diese Frau kidnappen wollte. Sie gehörte mir. Ohne sie würde ich die Zenith-Station nicht verlassen, aber ich würde eine andere Lösung finden.

"Scheiße. Schon wieder Latiri 4." Sie riss sich los und stampfte ihren Fuß in jenen Stiefel, den Blade ihr gerade mit einer Versiertheit anzulegen versuchte, die offensichtlich auf monatelanger Übung gründete. Sie war jetzt hoch konzentriert, diszipliniert, ohne jede Spur von Panik vor der bevorstehenden Mission. Zu wissen, dass sie nur wenige

Momente zuvor diese wertvolle Selbstbeherrschung an uns abgegeben hatte, ließ mein Herz schmerzen. Sie war jetzt kämpferisch, feurig und wunderschön und ihre Fähigkeit, im Namen der Pflicht ihre Lust mit kühler Effizienz zur Seite zu schieben musste ich einfach nur bewundern.

Meine Partnerin war zu mehr imstande, als sich einfach nur den Widrigkeiten und Regeln der Legionen anzupassen. Vielleicht würde sie dort richtig aufblühen. Mit mir.

Mit uns.

Blade wurde regelrecht von ihr weggestoßen und er ließ von ihr ab und trat zurück. Ich war als Nächstes dran, denn sie fertigte mich mit einem leichten Schulterklopfen ab, als wäre ich ein Haustier.

Ich versuchte, die herablassende Verabschiedung nicht persönlich zu nehmen, schwor aber insgeheim, sie für diesen Mangel an Respekt später zu bestrafen.

Nie wieder würde sie mich so abfertigen. Niemals würde sie vergessen, zu wem sie gehörte. Sobald sie mir gehörte, würde es keine Zweifel geben, kein Entkommen.

Jetzt aber war nicht der Moment, um mich an dieser Gewissheit zu laben, oder irgendetwas dagegen zu unternehmen. Sie wurde nach einer Kampfhandlung zu einer weiteren Mission gerufen. Sie hatte einen Job zu erledigen. Und es sei denn, ich wäre bereit Leben zu opfern und einen Konflikt mit der Koalition heraufzubeschwören blieb mir keine andere Wahl, als sie gehen zu lassen.

Ein gnadenloser Beschützerinstinkt überkam mich, überflutete mich mit einem Gefühl von ... Panik? Ich kannte zwar ihre Aufgabe hier auf der Station, aber die Gefahr, der sie sich dabei aussetzte, hatte mich bis jetzt nicht berührt. Bis wir sie gekostet, in den Armen gehalten und ihr beim Kommen zugesehen hatten. Ich wollte sie über meine Schulter schleudern und nach

Rogue 5 bringen, wo sie sicher war. Nicht nur vor meinen Feinden, sondern auch vor ihrem Job.

Aber nein. Wir hatten keinen Anspruch auf sie. Noch nicht. Sollte ich sie mitnehmen, dann würde sie sich nicht nur widersetzen, sondern ich würde auch ein Dutzend Gesetze der Koalitionsflotte brechen. Schließlich ließen sie mich in Ruhe, weil ich ihnen bisher immer aus dem Weg gegangen war.

Ein Mitglied ihrer MedRec-Einheiten zu kidnappen, und dazu noch ein weibliches, würde nur die Aufmerksamkeit tausender Koalitionskämpfer auf mich ziehen, die die Absicht hätten sie zu retten.

Die Prillonen, Atlanen, Trionen und selbst die Menschen beschützten ihre Frauen. Sollte ich sie wider Willen mitnehmen, dann würde innerhalb weniger Tage eine kleine Armada auf Rogue 5 einfallen.

Nein. Sie musste freiwillig mit mir

kommen. Jetzt war nicht der richtige Zeitpunkt. Sie war unsere Partnerin, eben *weil* sie so war, wie sie war. Eine Heilerin. Furchtlos. Mutig. Wir mussten sie ziehen lassen. Es würde mich umbringen, aber der Piepton an ihrem Handgelenk war nicht nur ihr Aufbruchssignal, es war das Signal, dass wir ihren Abschied akzeptieren mussten.

Hastig stand sie stramm, sie war wieder ganz sie selbst. "Verdammt. Tut mir echt leid," nuschelte sie und blickte auf ihr Armband. "Ich ... ich muss los."

Blade erhob sich zu seiner vollen Größe. Er trat beiseite und ließ sie vorbei.

Sie blickte kurz zu mir, dann zu Blade. "Das war ... nicht schlecht. Danke für—ihr wisst schon."

Blade nickte und schwieg. Seine Hände waren zu Fäusten geballt, als ob er sich beherrschen musste, um nicht zuzupacken, um sie nicht aufzuhalten. Er spürte den Verlust genauso stark wie ich, und sie war ja noch bei uns.

Ich war nicht in der Lage etwas zu sagen, konnte ihr nicht erklären, dass wir ihre Rückkehr erwarteten, dass wenn sie unversehrt zurückkehren sollte, wir genau da weitermachen würden, wo wir aufgehört hatten. Dass ich dann an der Reihe wäre, vor ihr auf die Knie zu gehen und sie zu kosten—und dabei nicht nur ihre Säfte von meinen Fingern lecken würde. Uns blieb keine Zeit. Sie musste sofort ausrücken.

Sie schenkte uns ein flüchtiges Kopfnicken und flitzte mit hastigen Schritten den Gang hinunter.

Diesmal mochte sie noch davongekommen sein, aber wir konnten uns ihre Abwesenheit zunutze machen und mehr über ihre Rolle in Erfahrung bringen, wie lange sie noch in der Flotte dienen musste. Und wie wir sie aus dieser Verpflichtung rausbekommen würden, ohne einen Krieg anzuzetteln, den ich nicht gewinnen konnte. Ich blickte zu Blade und wusste, was er dachte.

Er rückte seinen Schwanz in der Hose zurecht. Wenn er genauso hart war wie ich, dann würde nur die willige Pussy unserer Partnerin das Unbehagen lindern.

"Wenn sie offiziell verpartnert ist, dann darf sie nicht länger in die Kampfzonen ausschwärmen."

"Wir gehören nicht zur Koalitionsflotte. Wir können keine Partnerin beanspruchen."

"Schwachsinn," zischte Blade. "Dieser Mistkerl vom Geheimdienst hat uns viele Vorteile angeboten, die wir nie ausgeschöpft haben. Inklusive für eine interstellare Braut abgefertigt zu werden."

Blade hatte recht, aber ich wollte den Prillonischen Bastard, Doktor Mervan, nicht in die Sache reinziehen. Er war ein Spion, sein Herz war so schwarz und gnadenlos wie die dumpfe Kälte des Weltraums. "Was, wenn wir den Test durchlaufen und einer anderen zugesprochen werden?"

Blade fuhr mit der Hand durch sein langes silbernes Haar und fauchte. "Du hast recht. Im Bräuteprogramm ist sie gar nicht gelistet. Sie ist bei der MedRec. Wir würden mit jemand anderes verpartnert werden. Scheiße."

"Genau. Und ich will nicht, dass Doktor Mersan etwas von ihr erfährt. Das würde ihm zu viel Macht über uns geben."

Blade schlug frustriert die Hand gegen die Wand. "Wie lange noch? Wie lange muss sie noch bei der Koalition bleiben?"

"Das weiß ich nicht." Aber ich würde es herausfinden. Und sobald wir sie mitnehmen konnten ohne die Legion zu gefährden, würde sie sich auf Rogue 5 wiederfinden. In Sicherheit. Und in meinem Bett.

4

Harper, MedRec-Mission, Sektor 437, Latiri-Sternencluster

SCHUTT UND STAUB bröselten unter meinen Füßen als ich von Körper zu Körper eilte. Unser Team wuselte wie ein Ameisenhaufen um mich herum. Wir hatten das schon etliche Male hinter uns und brauchten keine Anweisungen, um zu wissen, wer wohin gehen würde. Wir hatten ein einstudiertes Muster, einen Arbeitsrhythmus und er funktionierte für uns. Wir erledigten unseren Job, insbesondere hier. Dieser Planet, dieser Weltraumsektor war die reinste Hölle. Buchstäblich. Hölle. Andauernd gab es Gefechte mit den Hive. So viel Blutvergießen. Ich konnte auch ohne Karte diesen Felsklumpen navigieren.

Ganz von selbst teilten wir uns in drei Gruppen auf, fünf Mann plus zwei gefechtsbereite Prillonische Krieger als Garde, sie schützten die Transportfläche —und uns—, während wir über das Schlachtfeld huschten und nach Überlebenden suchten.

Ich war für die Triage zuständig, suchte nach Lebenszeichen. Rovo trug die tragbaren Transporteinheiten—die Transportpflaster. Diese waren klein aber oho, nur etwa so groß wie eine Silbermünze. Sobald wir jemanden fanden, der umgehend transportiert werden musste, würde Rovo mit einem Handschlag die Vorrichtung am Patienten festmachen, einen Knopf drücken, und *voilà*. Weg. Direkt zurück auf die Zenith-Station zur sofortigen medizinischen Versorgung.

Irgendwie schaffte diese Technik die Leute zur nächstgelegenen kompletten Transportfläche, wie beim Froschhüpfen. Klar, es war Weltraumkram und zu fortschrittlich und technologisch, als dass ich es verstehen konnte. Das erste Mal, als ich es mit eigenen Augen gesehen hatte, war ich schwer beeindruckt gewesen. Und jetzt? Jetzt konnte mich kaum noch irgendetwas beeindrucken.

Na gut, so wie Styx und Blade mich zum Orgasmus gebracht hatten, hatte mich schon beeindruckt. Nein, ich war beeindruckt, weil sie mich dermaßen heiß gemacht hatten, dass ich es zuließ, dass Blade vor mir auf die Knie fiel, mein Bein über seine Schulter klemmte und mich wie ein Verhungernder ausaß. In einem Korridor! Aber ich konnte jetzt nicht über das Ende meiner Orgasmus-Dürre nachdenken. Ich würde die schlüpfrigen Erinnerungen beiseiteschieben und wieder hervorholen, sobald ich mich wieder allein in meinem kleinen Quartier auf der Zenith einfinden würde.

Erstmal musste ich mich auf den enormen Atlanischen Krieger konzentrieren, der vor mir auf dem Boden lag. Er war riesig. Genau wie der Rest dieser Aliens. Mit ihrer Ausrüstung mussten manche von denen bestimmt zweihundert Kilo schwer sein. Ich ging ins Fitnessstudio. Ich hatte Kraft. Aber nicht so viel Kraft. Nicht, wenn ein kleiner Flecken des Schlachtfelds mit reichlich hundert Verwundeten und noch viel mehr Toten übersät war. Und der Tatsache, dass wir über dreißig Meter von der Transportfläche entfernt waren.

Ich hob den Arm und bat Rovo um ein Transportpflaster. "Hier."

Er legte schnell noch eines bei einem meiner Teamkollegen an und lief zum nächsten, der eines benötigte. Ich musste warten, denn es gab zu viele Notfälle. In einer Minute würde er zu mir rüberkommen. Bis dahin bestand meine Aufgabe darin, den Krieger am Leben zu halten.

Der Atlane blinzelte zu mir auf, halb ohnmächtig. Schwach. Ich presste einen Verband auf die klaffende Wunde an seiner Schulter und er fing an zu knurren. Gott, er war riesengroß.

Genau das, was ich jetzt gebrauchen konnte. Ein wütendes Gerangel mit einer Bestie. "Wehe du wirst mir zur Bestie, Atlane, oder ich werde dich hier verrotten lassen."

Der Atlane schmunzelte und ein Teil seines Bestiengesichts zog sich vor meinen Augen zurück. Mein Kiefer und meine Schultern entspannten sich und ich konnte weiterarbeiten. Manchmal waren sie so außer sich, dass sie sich nicht mehr zusammenreißen konnten. Manchmal konnten wir sie dann nicht mehr retten.

"Du bist ein herrisches Weib." Seine

Stimme war so rau und gewichtig wie der Untergrund auf dem er lag.

Ich lächelte zu ihm herunter. "Natürlich. Ich bin ein Mensch."

Er grinste, dann stöhnte er, als ich den Verband um seinen Arm enger anlegte und ihn mit dem ReGen-Stift behandelte, damit die Blutung aufhörte. Es würde helfen, reichte aber nicht, um ihn wiederherzustellen. Dieser Typ brauchte eine Auszeit in einem der blauen Särge, in einem ReGen-Tank auf der Zenith.

"Ich weiß. Mein Kumpel Nyko ist mit so einer aufmüpfigen Erdenfrau verpartnert."

"Dann hat er ja Glück gehabt." Das breite, wölfische Grinsen des Atlanen brachte mich zum Lachen. Er war hart im Nehmen, das musste ich zugeben. Er lag hier rum, aus allen möglichen Stellen blutend, *sterbend*. Und er machte noch Witze. "Du brauchst einen ReGen-Tank, Atlane. Dann wirst du wieder flott und kannst dir eine eigene aufmüpfige Erdenfrau besorgen."

"Wulf. Mein Name ist Wulf."

Ich behandelte den Rest von ihm mit dem ReGen-Stift, aber es reichte einfach nicht. Er war regelrecht zerfetzt worden. Die Vorderseite seiner Panzerung war zerstört, als ob er mit einem Grizzlybären gerungen hätte, einem mit fünfzehn Zentimeter langen Krallen. "Was zum Teufel ist passiert, Wulf? Diese Schnitte stammen nicht von einer Kanone." Er musste wirklich schleunigst hier weg. Wo blieb das verdammte Transportpflaster? Ich schaute mich nach Rovo um, aber er war nirgendwo zu sehen.

Rovo war unser zweiter Offizier und ich war sofort nach meiner Ankunft von der Erde seinem Team zugeteilt worden. Er war ein früherer Truppensanitäter aus L.A., knallhart und mit einer giftigen Zunge. Da wir aus der gleichen Stadt kamen, teilten wir bei den meisten Diskussionsthemen dieselbe Meinung, von Football bis zum besten mexikanischen Essen. Rovo war sein italienischer Nachname. Seinen Vornamen kannte ich nicht und ich hatte auch nie gefragt. Nicht hier draußen. Namen waren hier nicht wirklich wichtig. Entweder man war ein Hive, oder man kämpfte eben gegen sie. Ein Dazwischen gab es nicht. Auch keine Verhandlungen.

"Dein Freund ist hinter dem Felsen dort verschwunden." Wulf streckte mühselig die Hand aus und deutete auf ein paar schwarzgraue Felsbrocken in der Landschaft. Sie waren nicht weit weg, vielleicht ein Footballfeld weit entfernt, aber ...

Wulf hustete und hatte plötzlich Blut an den Lippen.

Scheiße. Scheiße. Scheiße. Ich konnte ihn nicht allein lassen.

Was zur Hölle machte Rovo?

Ich stellte den ReGen-Stab permanent auf "an" und schob das Ende zwischen die klaffenden Lücken in

Wulfs Panzerung, da, wo er aufgeschlitzt worden war. Wulf ächzte vor Schmerz.

"Tut mir leid." *Oder auch nicht.* "Das wird dich am Leben halten."

"Sadistin."

"Richtig erkannt." Ich grinste, auch wenn ich Rovo insgeheim an die Gurgel gehen wollte, sobald er wieder auftauchte. Ihn. Langsam. Umbringen. Wollte. Aber selbst stinkwütend machte ich mir noch Sorgen. Das war untypisch für ihn. Hatte er hinter dem Felsen mehr Verwundete entdeckt? Brauchte er Hilfe?

Scheiße. Irgendetwas stimmte nicht. Ich konnte es spüren. Als ich mich umblickte, wirkte alles ganz normal. Die anderen waren beschäftigt. Alle arbeiteten unaufgeregt und effizient, um das hier hinter uns zu bringen, die Verletzten wurden markiert und herausgeschafft, sodass wir zur Zenith zurücktransportieren und uns ausruhen konnten. Von diesem Felsklotz verschwinden konnten. Dieser Einöde.

Als der ReGen-Stift Wulfs massiven Brustkorb provisorisch zusammenflickte, stand ich auf. "Ich komme zurück."

"Nein." Der Befehl des Atlanen war scharf. Beißend. Gut. Vielleicht bewirkte der Stift mehr, als ich dachte.

Von Wulfs entschlossenem Gesicht blickte ich zu den Felsen. Irgendetwas war faul hier.

Aber ich konnte Wulf auch nicht hier liegen und verrecken lassen. Er würde nicht mehr lange durchhalten.

Ich schaute nach den anderen in der MedRec, suchte nach ihrem Transportverantwortlichen.

Alle waren zu weit entfernt, auf dem Schlachtfeld verstreut. Verdammt. Dann blickte ich von Wulf auf die Transportfläche, ich schätzte die Distanz ein. Wir waren nah dran. Es war seine beste Chance.

Und Rovo würde ich umbringen.

"Aufstehen, Soldat. Auf die Füße." Ich schob meinen Arm unter seine unversehrte Schulter und zog, feste. Nix. Er rührte sich nicht.

Himmel, war er schwer.

Wulfs Blick wanderte zu den Felsen, dann zurück auf mein Gesicht und das schelmische Leuchten in seinem Blick war augenblicklich verschwunden.

Ich blickte in seine dunklen Augen. "Entweder du stehst auf, oder du wirst sterben, Wulf. Dein Ticket raus hier steckt hinter den Felsen in Schwierigkeiten und ich kann dich nicht tragen."

Ich zerrte erneut an ihm, stemmte die Hacken in den Boden und bekam ihn hoch und zum Sitzen.

"Los, Wulf! Auf jetzt!" Ja, ich war dabei ihn anzubrüllen, aber manchmal hörten diese Typen auf nichts anderes. Mir war klar, dass er Schmerzen hatte und müde war und mit dem Tod flirtete. Vielleicht würde seine Bestie auf ein bisschen Aggressivität anspringen.

Und ich setzte alles auf die Hypothese, dass er zäh wie Leder und nicht gewillt war, sich jetzt schon ins Jenseits zu verabschieden.

Wulf rappelte sich mühsam auf und ich klemmte mich unter seine Schulter. "Auf geht's. Ein Schritt nach dem anderen."

"Was für ein Weib," zischte er mit zusammengebissenen Zähnen, aber er bewegte sich. Ein Schritt. Zwei. Drei. Mein Rücken fühlte sich an, als würde er unter seinem Gewicht gleich einknicken, aber wir kamen vorwärts. "Wie heißt du?"

"Harper."

"Ein richtiger Name ist das aber nicht."

"Das hat mein Vater auch immer gesagt." Ich grinste und behielt den Untergrund im Auge, während wir uns voranquälten, damit er nicht noch ins Stolpern geriet. Ich hatte ihn zwar zum Aufstehen bewegt, bezweifelte aber, dass er ein zweites Mal hochkommen würde. "Aber meine Mom hat sich diesbezüglich durchgesetzt."

"Auch so ein Weib." Er röchelte.

"Ja. Und jetzt sei still und lauf schneller." Es dauerte nur ein paar Minuten, fühlte sich aber wie eine Stunde an bis wir die Transportfläche erreichten und einer der Prillonen herunterkam, um uns zu helfen. Er durfte die Transportfläche nicht verlassen, das wusste ich, aber ich war erleichtert als wir nahe genug dran waren, damit er die Regeln ein bisschen verbiegen konnte. "Schaffen Sie ihn zu einem ReGen-Tank, sofort," brüllte ich.

Der Prillone nickte und nahm mir Wulf schließlich ab, der gigantische Atlane sackte auf dem Podest zusammen. Er schaute mir nach, als ich mich entfernte. "Du kommst wieder in Ordnung, Wulf. Schaffen sie ihn zum Tank," kläffte ich erneut. Ich blickte über meine Schulter und beschleunigte meinen Gang, meine inneren Alarmglocken schrillten jetzt wie verrückt. Wo zum Teufel war Rovo? "Schaffen Sie ihn hier raus!"

Im Laufschritt sprintete ich zu den Felsen, wo Rovo angeblich hingegangen war. Plötzlich war ein Donnern zu hören, der grollende Motor irgendeiner Shuttleturbine und das Geräusch kam aus der verkehrten Richtung.

Gütiger Himmel. "Schafft sie alle raus hier! Sofort!" brüllte ich. Ich war kein stellvertretender Offizier, aber da Rovo verschwunden war, erteilte ich auf dieser Seite des Schlachtfelds jetzt die Befehle.

Keine Ahnung, womit ich alles gerechnet hatte, aber sicher nicht mit den zwei kleinen Shuttles, die am Rande des Schlachtfelds landeten. Und ganz sicher nicht mit dem Dutzend Söldnern, die heraussprangen. Ihre Panzerungen waren schwarz. Halb Männer, halb Frauen und alle hatten einen grimmigen Ausdruck auf dem Gesicht, den ich sofort wiedererkannte. Einige hatten silbernes Haar, so wie Blade. Einige waren dunkelhaarig, wie Styx. Aber alle hatte die markanten Züge der beiden

Männer, mit denen ich fast auf dem Korridor gevögelt hätte. Aufgrund unserer, wenn auch kurzen gemeinsamen Zeit konnte ich mühelos erkennen, wo diese Söldner herkamen. Rogue 5.

Ihre Uniformen waren beinahe identisch mit denen von Styx und Blade, bis hin zu den Armbändern am Bizeps.

Außer, dass ihre Bänder nicht silbern waren. Sie waren rot. Dunkelrot, wie Wein. Wie getrocknetes Blut. Einer von ihnen bemerkte, dass ich sie beobachtete. Ich blickte in seine blassen Augen und konnte nichts darin ausmachen. Keine Glut in seinen Augen, nicht wie bei Styx oder Blade. Kein Interesse, keine Emotionen. Nur Gleichgültigkeit. Obwohl ich vor Anstrengung schwitzte, fuhr mir ein kalter Schauer über den Rücken. Sein Blick sagte alles, was ich wissen musste.

Diese Söldner waren kaltblütige Killer.

Ich schrie, damit alle gefälligst von

hier wegkamen und rannte zu Rovos vermutetem Aufenthaltsort, zu der Stelle, wo Wulf ihn gesehen hatte. Ich musste ihn warnen. Ihn finden.

Chaos brach aus, als die Prillonen auf den neuen, unerwarteten Feind das Feuer eröffneten. Es waren keine Hive, und das machte mir eine Heidenangst.

Mein Team feuerte ebenfalls und das stille Feld voller Toter und Sterbender wurde in ein gellendes Tollhaus verwandelt.

"Rovo!" schrie ich und zückte meine eigene Waffe. Ich war zu weit, um auf das Getümmel zu feuern, aber ich hatte keine Ahnung, was mich hinter dem riesigen Felsbrocken erwartete.

Ich sollte es nicht schaffen. Drei Krieger, fast so groß wie Styx, tauchten hinter einem überdimensionalen Steinbrocken auf und kamen auf mich zu.

Scheiße. Scheiße. Scheiße.

Sie waren zu nahe. Ich war in vieler Hinsicht flink, aber Rennen gehörte leider nicht dazu. Im Moment wünschte ich mir, ich hätte das Tempo eines Everianischen Jägers.

Ich machte auf den Hacken kehrt und rannte so schnell ich konnte. Ein Schuss verfehlte meinen Kopf und ich duckte mich, ich schlängelte mich dahin und hoffte, so dem feindlichen Feuer auszuweichen. Einer meiner Verfolger ging schreiend und fluchend zu Boden.

Als ich nach vorne blickte, erkannte ich Wulf, der mit einem Ionengewehr in der Hand auf den Knien hockte und hinter mich zielte. Er war mehr Bestie als Atlane, aber das hielt uns jetzt beide am Leben. Die Prillonen schossen in das Gewühl auf der anderen Seite des Schlachtfelds, wo der Rest meines Teams in einen scheinbar aussichtslosen Kampf verwickelt war.

Keuchende Atemzüge. Lautes Stiefelgestapfe hinter mir.

Wulf feuerte erneut und ein weiterer meiner Angreifer ging zu Boden.

"Runter!" grölte er und ich ging

taumelnd zu Boden, als riesige Hände sich an der Rückseite meiner grünen Uniform vergreifen wollten, bevor sie wieder verschwanden. Ich rannte wieder los. Wulf feuerte, ich warf mich auf den Boden, aber der Schuss verfehlte den Söldner, als der auf der Jagd nach mir in Deckung gegangen war.

Halb auf allen Vieren stolpernd schaffte ich es bis zur Transportfläche. Dort fand ich Wulf, bewusstlos. Einer der Prillonischen Krieger blickte mich an. "Rauf. Sofort! Wir haben Befehl die Transportfläche zu räumen, damit Kommandant Karter seine Truppen reinschicken kann."

Truppen? Karter? Was?

Der Prillone packte mich eilig und zerrte mich auf die Plattform. Dann trat er zurück und feuerte erneut in das Durcheinander und tat sein Bestes, um den Rest meines Teams zu verteidigen.

"Los!" befahl er seinem Mitstreiter an der Steuerkonsole am anderen Ende der Anlage. Mir wurde klar, dass sie nicht abhauen würden. Sie würden hierbleiben und kämpfen.

Ich blickte zu Wulf und auf die wachsende Blutlache um ihn herum, der ReGen-Stift lag ein Stück weit entfernt, er war runtergefallen. Verdammt.

Ich krauchte zu ihm herüber, aktivierte den Stift und platzierte ihn auf seiner Brust, dann schnappte ich mir sein Ionengewehr.

Die Plattform begann zu Wummern und meine Haut und Haare knisterten elektrisiert, als das Energiefeld sich auflud. Ich hob die Waffe an, zielte und erledigte einen der Söldner, der mein Team aus sicherer Distanz unter Beschuss genommen hatte.

Bastard. Feigling.

Für Typen wie diesen hatte ich eine ganze Liste an Schimpfwörtern parat.

Seine Kumpels hinter ihm verschleppten unterdessen die Verletzten und Leute aus meinem Team, sie zerrten sie weg, lebendig, auf ihre Shuttles.

Warum? Was zum Teufel? Sie nahmen sich auch die Waffen. Alles, was sie sich unter den Nagel reißen konnten. Warum aber die Krieger? Mein Team? Warum ...

Ich feuerte erneut. Ein Treffer, aber der Typ ging nicht zu Boden. Er drehte sich in meine Richtung und fletschte wild fauchend seine Reißzähne, mit zusammengekniffenen Augen funkelte er mich an, außer sich vor Wut.

"Verflucht. Ich. Nein. Scheiße," ich ächzte und betätigte mein Armband.

Reißzähne. Styx hatte mir seine präsentiert, grinsend. Blade ebenfalls. Aber sie waren nicht gefährlich gewesen. Nein, ich hatte weder Angst noch Panik gespürt, nicht so wie jetzt, als ich einem ihresgleichen begegnete. Mit ihnen war ich aufgedreht. Furchtlos. So heiß, dass ich ständig an den Biss dachte, den sie mir versprochen hatten. Ich hatte die Augen geschlossen und wollte ihre Münder auf mir spüren. Wollte den Schmerz. Ich wollte zu ihnen gehören, in ihrer Mitte sein. Ich wollte mich vergessen und mich ihrem versauten Spielchen unterwerfen.

Waren dies Styxs Leute? Steckte er irgendwie dahinter? Hatte er mir etwas vorgemacht? War dieser *"Businesspartner"* etwa eines dieser Arschlöcher? Gab er für mich den dominanten Alphatypen und mit anderen war er ein gnadenloser Schlächter? Er sagte, er war ihr Anführer. War sein Interesse an mir, an meinem Team nur ein Schachzug, damit er *das hier* veranstalten konnte? Sollte ich mit den anderen zusammen sterben? Wir alle würden sterben, sollte die Verstärkung vom Schlachtschiff nicht schleunigst eintreffen.

Das alles wegen Styx? Und Blade.

Das Wirrwarr in meinem Kopf machte mich stinkwütend und ich zielte erneut. Feuerte. Ich beobachtete zufrieden, wie das vampirzähnige Arschloch umkippte. Ich war kein Killer, jetzt aber war ich wirklich wütend und ein nie gekannter Hass tat sich in mir auf, als ich ansehen musste, wie diese Monster sich auf mein Team stürzten. Wir waren keine Soldaten, sondern Ärzte, Krankenschwestern. Wir retteten Leben und sie griffen uns an, als wären wir der Feind.

Das Energiefeld gipfelte, der Transport stand unmittelbar bevor und ich zielte auf einen weiteren der rotarmigen Söldner. Mein Finger drückte den Abzug, aber er war zu schnell, zu wendig. Er wich dem Ionenfeuer aus und kam auf mich zu. Er erwischte einen der Prillonen. Der krümmte sich vor Schmerz, ging aber nicht zu Boden.

"Transport beginnt!" brüllte der andere Prillone und es war die einzige Warnung, bevor ich vom Schmerz gefoltert wurde. Alles wölbte sich. Quälendes Biegen und Zerren. Die Transporttechnologie war offiziell zum Kotzen.

Jener Söldner, der mir zuvor

nachgestellt hatte, sprang plötzlich vom Boden auf die Transportplattform und landete auf meinen Beinen und ich drückte kreischend den Abzug. Er packte zu und würde nicht mehr loslassen.

Dann begann er wild zu zerren, er wollte mich mit ihm von der Transportfläche herunterholen, aber Wulfs enorme Hand packte mich von hinten an der Uniform und hielt dagegen.

Der Stoff schnitt mir ins Fleisch, als ich zwischen den beiden kräftigen Männern hin und her gezogen wurde. Ich zielte aufs Gesicht des Söldners, der Lauf meiner Waffe war nur wenige Zentimeter von seiner Nase entfernt. Ich blickte ihm ins Auge und wusste, dass ich schießen musste.

Aber ich zögerte, denn mir wurde speiübel.

Ich wollte das hier nicht. Hatte ich nicht eben noch quer ins Getümmel gefeuert, um meine Freunde zu retten?

Ich hatte aus purem Instinkt gehandelt. Aber das hier war eine Sache zwischen ihm und mir. Auge in Auge, persönlich.

Seine Augen waren braun. Sein Blick wissend und resigniert.

Ich riss mich zusammen und drückte den Abzug.

Zu spät.

Alles verschwand und wir wurden in die leere Zwischenwelt des Transports gezogen.

5

Blade, Zenith-Station, Transportdeck

Die Tür zum Transportbereich öffnete sich und überall herrschte ein verdammtes Chaos. Der Angriffsalarm schrillte seit fünf Minuten, Lichter hüllten die gesamte Anlage in ein gedämpftes Rot. Schwer gepanzerte Krieger hetzten vorbei und für den Transport zu ihren Teams, nur um vorher von Kommandant Karters Anweisungen überrumpelt zu werden.

Ihre skrupellosen Partner

Karter war dabei, ein ganzes Kontingent vom Schlachtschiff zu entsenden und die Zenith musste stillhalten und ihre eigentliche Aufgabe tun, nämlich als Relaisstation für den Langstreckentransport von der Kampfgruppe ins Latiri-System herhalten.

Was bedeutete, dass alle Transportflächen geräumt werden mussten. Keine Ankünfte. Keine ausgehenden Transporte. Nicht, bis die Truppen am Boden angelangt waren.

Ich trat an einen Typen von der Kommunikationscrew heran. Er war dabei, einen Offizier auf dem Deck anzubrüllen, der die Befehle an das Transportteam weitergab. Alles verlief überaus effizient, als ob sie das schon hundertmal durch hatten.

Aber nie zuvor hatten sie dabei meine Partnerin auf einem fremden Planeten festgesetzt. Nie hatten sie mit ihren Verzögerungen ihr Leben in Gefahr gebracht.

Styx und ich befanden uns auf unserem Quartier, als der Alarm anschlug und auf dem Korridor war uns zu Ohren gekommen, dass die Zenith-Station zwar nicht gefährdet war, allerdings wurde das MedRec-Team auf dem Boden attackiert. Ein Blick zu Styx, und wir waren uns einig.

Harper.

Sie gehörte zum Rettungsteam, das zur Versorgung der jüngsten Gefechtsopfer ins Latiri-System entsendet wurde. Satt und zufrieden hatte sie uns zurückgelassen, nachdem ich sie mit Mund und Fingern verwöhnt hatte. Mehrere Male. Ja, sie war dermaßen leicht erregbar. So empfänglich für unsere Berührungen. Und doch war sie abgehauen, ausgezogen, um ihren Job zu erledigen. Um Leben zu retten, nicht, um mitten in einen verfickten Angriff zu geraten. Und auf meiner Zunge konnte ich noch immer ihr Aroma schmecken, ihr Duft klebte noch immer an meinen Fingern.

Unsere Partnerin war in Gefahr und wir konnten nichts dagegen ausrichten. Mit Mühe drängelten wir uns bis zur Transportstation durch. Die Gänge waren mit Koalitionskämpfern und Ausrüstung vollgestopft und die Verteidigungstruppen der Station machten sich für einen eventuellen Angriff bereit. Als wir endlich das Transportdeck erreicht hatten, wurden wir unsanft beiseite gedrängelt, weil die Transportflächen geräumt und andere Transportstationen und Planeten den Befehl hatten, keine weiteren Transporte zu initiieren. Alle hier hatten einen Job zu tun. Alle außer uns.

Wir hatten zwar keine konkrete Aufgabe—wir waren zu einem Treffen mit Styxs Koalitionskontakten angereist, um Waffen und Sprengstoff für den Weiterverkauf zu besorgen—, aber wir hatten eine Partnerin, die es zu schützen galt, die wir da rausholen mussten. Und das würde nur gehen, wenn wir dorthin transportierten, wo

Harper sich verflucht nochmal gerade aufhielt.

Wir waren voll bewaffnet, unsere Panzerungen waren voll gesichert und bereit, Ionenfeuer zu absorbieren. Ich packte den Kommunikationsoffizier an der Schulter. "Wo ist die MedRec-Einheit?"

"Latiri 4. Fünftes Gefecht in dieser Woche," entgegnete er, ohne darauf zu achten, wer ihm die Frage gestellt hatte.

Mein Herz kam fast zum Stillstand. "Hive? Sie werden von den Hive attackiert?"

"Nein, nein, nein." Er presste mit den Fingern gegen das Kommunikationsgerät an seinem Ohr und befahl einer anderen Transportstation, bis auf Weiteres alle ankommenden Transporte einzustellen. Dann blitzten seine Augen kurz in meine Richtung. "Nein. Es ist ein Überfall. Ein unbekannter Feind. Sieht nach Plündermilizen aus."

Styx erstarrte und einmal mehr

tauschten wir wortlose Blicke miteinander aus. Plündermilizen? Die einzigen Arschficker, die verrückt genug waren ins Latiri-System zu gehen waren unsere. Und da es sich nicht um eine Styx-Mission handelte, wurde unsere Partnerin wahrscheinlich von einer Söldnergruppe aus einer der anderen Legionen auf Rogue 5 attackiert. Von Killern. Kaltblütigen Mördern. Sklavenhändlern. Gottverdammt nochmal.

"Wir transportieren sofort," orderte Styx, ich aber lief schon zur Transportfläche. Wir würden zu unserer Partnerin transportieren, alle anderen konnten sich zum Teufel scheren. Styx folgte, ließ mir aber den nötigen Freiraum. Er mochte zwar der Anführer der Legion sein, ich aber war der Krieger. Er war ruhig, berechnend. Nie verlor er die Beherrschung. Ich auf der anderen Seite hatte einen legendär fiesen Charakter. Blade der Rebell. Nichts würde mir in die Quere kommen, besonders nicht, wenn ich angepisst war.

Irgendjemand bedrohte gerade das Leben meiner Partnerin und ich versuchte nicht einmal einen kühlen Kopf zu bewahren. Styx witzelte gerne darüber, dass er mich nicht ganz Hyperioner glaubte, dass meine Mutter bei meiner Abstammung geflunkert, dass sie ein wildes Techtelmechtel mit einem Atlanen gehabt hatte.

Ich kam mir vor, als hätte ich eine innere Bestie, sie war wild und unbarmherzig und würde Köpfe abreißen, um Harper zu beschützen. Meine Eckzähne wurden länger, mein Schwanz wurde steinhart. Mein gesamter Körper war mit Adrenalin geflutet und bereit zur totalen Verwüstung. Und Styx ließ mich gewähren.

Als wir uns der Steuerkonsole näherten, verstummte der Alarm, die roten Lichter jedoch blieben. Die Türen zur Transportfläche 4 schoben sich auf und dahinter stand eine Gruppe mit fünf Koalitionskämpfern in voller Kampfmontur und bereit, zum Schauplatz des Überfalls gesendet zu werden.

Ich stieg zu ihnen auf die Transportfläche, Styx tat es mir gleich.

Der Prillone an der Steuerung blickte auf. "Runter von der Plattform. Sie haben keine Transportgenehmigung."

Styx blickte ihn an. "Meine verdammte Partnerin ist da unten. Senden Sie uns, sofort."

Die Krieger drehten sich zu uns um, musterten uns und mussten zu demselben Entschluss gekommen sein, denn ihr Anführer wandte sich an den Transportoffizier. "Tun Sie es."

Der Prillone zuckte die Achseln. "Das kann ich nicht, Sir."

"Erklären Sie bitte," forderte der riesige Prillonische Captain. Vier Techniker überwachten die Steuerkonsole. Aus den Lautsprechern tönten mehrere Stimmen und überlagerten sich dermaßen, dass es unmöglich war, irgendetwas verstehen. Das statische Knistern der Anlage verstärkte nur meine Frustration. Nichts lief, wie es sollte, aber keiner dieser Typen hatte eine Partnerin da draußen in Lebensgefahr.

Der Techniker fuchtelte mit den Händen, hektisch prüfte er die Daten. "Ich habe einen ankommenden Transport. Ich kann ihn nicht überbrücken."

"Woher?"

"Kampfzone, Sir. Der Bodenoffizier hat einen Überbrückungscode eingegeben."

"Verdammt. Runter von der Plattform!" Der Prillonische Captain riss sich den Helm vom Kopf und stapfte zur Steuerkonsole, um selbst zu sehen. Er war gänzlich bronzefarben, mit lodernden gelben Augen. Und er war sauer.

"Kontaktieren sie ihn," befahl der Prillone. "Sofort!"

Der Techniker folgte seiner Weisung und wir stiegen von der Plattform. Laute Schreie, Ionenfeuer und entferntes Gebrüll erfüllten den Raum. Chaos. Ein Gefecht. Ich hatte es oft genug gehört.

"Verflucht. Ich. Nein. Scheiße." Eine feminine Stimme tönte durch die Lautsprecher, sie klang panisch und mein gesamtes Wesen verstummte.

Harpers Stimme. Styx richtete sich auf, seine geballten Fäuste waren das einzige Anzeichen seiner inneren Aufruhr. Bei Styx kam das allerdings bereits einer vollständigen Kernschmelze gleich.

Ich konnte ihre hastige Atmung hören, ihre undeutlichen Worte. Ich kannte diese Laute, spürte sie bis ins Mark. Harper steckte in Schwierigkeiten. Ein Schraubstock klemmte sich um mein Herz und zog sich zusammen.

"Leutnant Barrett? Berichten Sie,"

sprach der Techniker und ohne Zweifel war er dabei, über ihren Koalitionsbatch oder ihre NPU ihre Identität festzustellen. Als von dem Planeten keine Antwort mehr kam, übernahm der Prillonische Captain mit donnernder Stimme.

"Zenith an MedRec 4. Hier spricht Captain Vanzar. Berichten Sie."

Plötzlich erfüllte ihr Schrei den Raum und alle Mann verstummten.

"Harper!" rief ich und stürmte zur Plattform. Die Krieger zückten angesichts meines unerwarteten Ausbruchs ihre Waffen. Ich spürte das Knistern und Wummern des eintreffenden Transports und eine Hand an meinem Arm hielt mich zurück. Styx.

Eine Sekunde später flimmerte es und Harper tauchte auf, sie lag auf der Transportfläche ausgestreckt. Sie war nicht allein. Etwas weiter entfernt lag ein blutbesudelter Atlane, bewusstlos. Aber ich kümmerte mich einen feuchten Dreck um ihn. Es war der Typ, der Harpers Beine umklammerte, für den ich mich interessierte. Sie lagen auf der Plattform verstreut, als ob er mit einem Satz auf sie draufgesprungen war und sie gepackt hatte, als ob er ihr unteres Bein erwischt und sie kurz vorm Transport zu Fall gebracht hatte.

Seine Finger krallten sich in ihren Schenkel und sie blutete, er fletschte die Zähne und nutzte seine Fleischerhaken, um sie näher an sich heranzuziehen. Sie kreischte erneut und die Angst stand ihr ins Gesicht geschrieben, allerdings zielte sie mit einem Ionengewehr genau auf seine hässliche Fratze. Er kniff die Augen zusammen und zerrte sie weiter an sich heran. Mit einem stummen Schrei warf sie den Kopf in den Nacken und versuchte, ihn wegzutreten.

Warum drückte sie nicht ab?

Ich sah Rot. Zorn bäumte sich in mir auf, lodernd, urgewaltig. Harper kämpfte weiter, sie zerrte an seinem blutigen Griff, ihre blutverschmierten Hände versuchten irgendwie sich auf der glatten Metallfläche der Plattform festzuhalten. Ihr Angreifer war stark genug, um sie an sich heranzuziehen und griff mit ausgefahrenen Krallen und gebleckten Zähnen nach ihrem Hals.

Er war so gut wie tot. Er wusste es. Er achtete nicht auf die Krieger um ihn herum und konzentrierte sich auf meine Partnerin. Auf ihre weiche, entblößte Kehle, während er sie näher heranzog. Wie ein hungriges Raubtier fixierte er ihren Puls.

Ich kannte diesen Blick und die düstere Absicht hinter seiner Geste. Ich erkannte mich in ihm wieder. Er war nicht nur ein Feind, er war ebenfalls ein Hyperione. Und von Rogue 5. Seine Uniform war identisch mit meiner und Styxs, kompromisslos Schwarz, abgesehen vom dünnen roten Band an seinem Oberarm. Das tiefe Rot der Cerberus-Legion.

Außer—ich kannte dieses Gesicht.

"Lass mich los!" schrie Harper, ihre Augen waren wild und voller Schrecken. Ihr Haar war nicht länger ordentlich zusammengebunden, wie noch vor weniger als einer Stunde, als sie uns auf dem Korridor zurückgelassen hatte. Ihre Wangen waren schmutz- und blutverschmiert. Ihre grüne Uniform war an Schulter und Knie eingerissen. Und sie war voller Blut.

Ich sprang auf die Plattform, vorbei an Harper. Mich um den Angreifer zu kümmern bedeutete, mich um sie zu kümmern. Er sah mir so verdammt ähnlich, silbernes Haar und helle, entschlossene Augen.

Mein Eingreifen bewirkte, dass er seine Anstrengungen verdoppelte und sich krampfhaft bemühte den Job zu Ende zu bringen. Das war es, was er in ihr sah; eine Beute. Zum Abschuss freigegeben. Er packte sie an der Hüfte und mit einem Ruck landete sie mit dem Rücken auf dem Boden. Harper schrie und trat ihn mit den Füßen. So entschlossen und fokussiert wie er vorging, konnte sein Angriff auf Harper kein Zufall sein. Vielleicht war er angerückt, um sie gezielt zu eliminieren. Koste es, was es wolle.

Mit einem Knurren warf ich mich auf ihn. Da seine Klauen mit meiner Partnerin beschäftigt waren, konnte er mich nicht abwehren.

"Ich will ihn lebendig!" brüllte Captain Vanzar. Zu spät. Mit einem blitzschnellen Ruck—mit der einen Hand packte ich seinen Nacken, die andere umfasste seinen Unterkiefer—brach ich ihm mit einem abscheulichen Knacks das Genick; noch bevor ich den geraunten Befehl registriert hatte. Wie Abfall schleuderte ich den leblosen Körper weg. Vergessen.

Der Captain fluchte, als der Körper dumpf auf der Plattform aufprallte.

"Verdammt nochmal. Nehmt ihn fest," befahl Captain Vanzar und sofort wurden sechs Ionenkanonen auf mich gerichtet. Allerdings schenkte ich ihnen keine Beachtung, meine gesamte Aufmerksamkeit galt jetzt Harper.

"Sie ist meine Partnerin," fauchte ich,

und alle sechs Krieger senkten ihre Waffen.

"Scheiße." Der Prillon wusste, dass ich das Recht hatte den Killer umzubringen, weil er es gewagt hatte, ihr weh zu tun. Jeder Krieger hier im Raum hätte dasselbe getan. "Prüfen Sie die Frau," wies er einen der anderen an.

Ich knurrte protestierend, als ein Atlane an sie herantrat und ihren Kopf betrachtete. Er richtete sich zu seiner vollen Größe auf, blickte zu seinem Captain und nickte. "Sie trägt seinen Geruch."

"Bestens. Kümmern Sie sich um Ihre Partnerin und verschwinden Sie von hier." Styx eilte zur Transportfläche und der Captain rief die Sanitäter.

Styx wollte Harper fassen, aber sie schob seine Hände weg und robbte zu dem gefallenen Atlanen hinüber. "Kriegsfürst Wulf braucht einen ReGen-Tank. Sofort!" Sie brüllte zwei Prillonische Krieger an, die neben der Plattform standen und sie sprangen auf, hoben den riesigen Atlanen auf und eilten mit ihm in Richtung der grün bekleideten Sanitäter, die gerade eingetroffen waren.

Erst als ihr Patient versorgt wurde, wandte sie sich Styx zu, um bei ihm Trost zu suchen und ich sah, wie mein Freund, mein Anführer erleichtert erschauderte, als er sie in seine Arme nahm. Er trug sie die Stufen herunter, weg von der Möglichkeit, aus Versehen zurück ins Kampfgeschehen transportiert zu werden.

"Bringen Sie uns runter. Sofort!" Captain Vanzar gab seine Anweisung und die Einheit stieg hastig auf die Transportfläche, während Styx und ich Harper in Sicherheit brachten.

Sekunden später waren sie verschwunden. Harper blickte ihnen nach und zuckte zusammen. "Sie kommen zu spät," flüsterte sie.

Ich richtete mich auf, ballte die Hände zu Fäusten und versuchte meine Atmung zu beruhigen. Es war zu einfach gewesen, also der Tod des Hyperionen. Ich wollte ihn noch einmal umbringen. Und noch einmal. Langsam.

"Was ist passiert?" fragte Styx. Seine Hände wanderten über ihren Körper und suchten nach Verletzungen. "Bist du verwundet worden?"

Genervt stieß sie seine Hände beiseite. "Nein. Das ist nicht mein Blut. Es ist Wulfs." Sie reckte ihren Hals um, vielleicht suchte sie nach ihm, vielleicht sah sie einfach nur der Transportcrew zu, wie diese das Chaos auf der Transportstation bewältigte.

"Was war los, Harper?" fragte ich ungeduldig. Ich konnte sie nicht berühren, denn ich würde sie aus Styxs Armen reißen und ihr noch mehr Angst machen.

"Da waren drei von denen. Wulf hat mich gerettet," erklärte Harper, aber sie wehrte sich gegen Styxs feste Umarmung. Er lockerte ein bisschen, ließ sie aber nicht los.

"Drei Angreifer haben dieses Chaos angerichtet?" fragte ich.

Sie schüttelte den Kopf und starrte auf die jetzt leere Plattform. "Nein. Es waren Dutzende. Alle mit denselben Armbändern. Sie haben sie mitgenommen. Sie nahmen die Waffen und unsere gesamte Ausrüstung. Die Überlebenden haben sie in ihre Shuttles gezerrt." Sie blinzelnde, jetzt klammerte sie sich an Styx. Es schien, als konnte sie nicht entscheiden, ob sie ihn weg schubsen oder festhalten wollte. "Warum machen sie das?"

Dutzende? Wollten sie die Zenith etwa auch angreifen? Würden noch mehr Typen aus der Cerberus-Legion unserer Partnerin nachstellen? "Schalten sie die Transportanlage ab," wies ich einen der Techniker an.

"Sie erteilen mir keine Befehle, Söldner. Gleich trifft eine Kampfeinheit von der Karter ein. Es gibt verletzte Krieger, die auf die Krankenstation gebracht werden müssen. Das restliche

MedRec-Team muss evakuiert werden. Schaffen Sie Ihre Partnerin hier raus. Ich habe zu tun."

"Jemand hat versucht Sie umzubringen—" Mit zusammengebissenen Zähnen fauchte ich ihn an. Harper war der einzige Grund, warum ich ihm nicht das Genick brach. "Diese Station ist nicht mehr sicher." Ich deutete auf die leere Transportplattform.

"Blade." Styxs Stimme schnitt durch den Raum und ich wandte den Blick vom Transporttechniker ab, war aber irritiert, als dieser erleichtert die Schultern hängen ließ. Besorgt wandte ich mich meinem Kumpel zu. "Er gehört zur Cerberus-Legion."

Ich atmete tief durch, dann ließ ich es raus. Ich *kannte* dieses Gesicht, hatte es auf Rogue 5 gesehen. "Und?"

"Harper ist hier nicht sicher. Die Koalition kann sie nicht schützen. Nicht vor Cerberus."

"Cerberus?" fragte sie, aber ich

führte nicht weiter aus. Jetzt war nicht der Moment dafür. Nicht der richtige Ort.

Ich kniff die Augen zusammen und funkelte Harper an, die sich jetzt an Styx festklammerte, als ob es um Leben oder Tod ginge. Sie stand unter Schock, obwohl sie sich verdammt gut unter Kontrolle hatte. Die Panik in ihren Augen hatte sich etwas abgeschwächt und ihre Wangen hatten wieder etwas Farbe bekommen.

"Dann sag mir etwas, das ich noch nicht weiß," entgegnete ich auf Styxs Bemerkung.

"Wir müssen sie hier wegschaffen," fügte er hinzu. "Weg von dieser Station. Wir müssen sie nach Hause bringen. Tief ins Styx-Territorium, wo niemand an sie rankommt."

Ich seufzte, um etwas von der Anspannung loszuwerden. Styx und ich waren diesbezüglich komplett einer Meinung. "Ja, verdammt."

Zenith unterstand der Koalition. Wir

hatten hier keine Wachleute, niemand von der Legion, um sie zu schützen. Niemand hier war Styx gegenüber loyal. Hier galten die Regeln der Koalition, wie die Transportanlage für jeden Arschficker, der meine Partnerin abmeucheln wollte, offen zu halten. Aber innerhalb der Styx-Legion? Dort hatten wir das Sagen, *machten* wir die Regeln. Wir könnten uns um Harper kümmern und uns mit diesem neuen Cerberusproblem befassen. Ich blickte auf den toten Hyperionen. Seine Uniform.

Warum war Cerberus hier? Sie plünderten Waffen, ja. Aber die Überlebenden verschleppen? Und das MedRec-Team angreifen? Das klang so gar nicht nach Cerberus. Ihr Anführer beschränkte sich auf verdeckte Missionen, hochrangige Auftragsmorde. Diebstahl. Sie waren nicht im Sklavenhandel und sie legten sich nicht mit den Koalitionsstreitkräften an. Darüber hinaus, woher wussten sie, dass das MedRec-Team auf dem Planeten anwesend war?

Es ergab keinen Sinn. Und warum griffen sie Harper an? Warum verfolgten sie sie hierher? Was hatte sie gesehen? Was zum Teufel war da unten geschehen?

Wir würden es nicht herausfinden, wenn wir weiter nur dumm rumstanden. Mehr Krieger erklommen die Plattform und wurden heraustransportiert. In einer Sekunde waren sie verschwunden. Die Verwundeten würden als Nächstes eintreffen. Wir wurden hier nicht gebraucht. Harper hatte ihre Pflicht getan und wäre dabei fast draufgegangen. Sie würde nicht wieder ausschwärmen. Auf keinen Fall. Dafür würden sie mir schon das Genick brechen und sich dann mit Styx anlegen müssen. Und ich kannte das Protokoll hier auf der Zenith gut genug, um zu wissen, was sie als Nächstes erwartete. Ich würde es definitiv nicht zulassen, dass ihre Ermittler Harper in eine stundenlange Anhörung schleppen würden, nur um sie danach auf die nächste Mission zu schicken. Schlimmer noch, sollten wir sie hier zurücklassen, dann wäre sie jedem Verräter oder Killer ausgeliefert, der es auf diese Station schaffen würde.

Scheiß auf die Regeln. Sie hatte lang genug gedient. Sie gehörte jetzt zu uns.

"Wir müssen sie hier rausschaffen," wiederholte Styx. "Jetzt gleich."

"Was? Wo wollt ihr mich hinbringen?" wollte Harper wissen.

"Rogue 5, wo du in Sicherheit sein wirst," antwortete ich.

Ihre Wange presste gegen Styxs Brust, sie blickte stirnrunzelnd zu mir auf.

"Warum? Rogue 5 gehört nicht mal zur Koalition. Wie soll ich dort sicher sein?" fragte sie.

"Wir werden dich beschützen," beteuerte Styx. "Und du wirst dort sicher sein, eben *weil* es dort keine Koalition gibt."

"Aber ... er ist genauso angezogen wie du." Sie reckte den Arm aus und deutete auf den toten Cerberus, den man von der Transportplattform heruntergezerrt und in eine Ecke geschafft hatte, um ihn irgendeiner Untersuchung zu unterziehen. "Er kommt von Rogue 5, richtig?"

Ich nickte und sie schloss ihre Augen, ihre Finger umklammerten Styxs Bizeps. "Dann können wir nicht dort hin."

Ich packte sie und riss sie Styx aus den Armen. Umarmte sie. Spürte sie zum ersten Mal mit ganzem Leib. Götter, wie gut sie sich anfühlte. Weich, lieblich, klein.

"Mir," knurrte ich.

"Wir bringen dich nach Hause, wo du hingehörst," fügte Styx hinzu.

"Mit uns beiden," ergänzte ich.

"Dort ist es nicht sicherer als hier, nicht wenn die Angreifer von deiner Welt kommen," legte sie nach.

"Liebes, wie sind die *einzigen*, die

dich beschützen können." Styx ging auf den befehlshabenden Techniker zu. "Sobald sich ein Transportfenster auftut, schicken Sie uns nach Rogue 5, zur Styx-Legion."

"Gerade jetzt ist eins offen," entgegnete der ohne von seiner Konsole aufzublicken.

"Sie haben uns nicht gesehen." Styx wartete, bis der Koalitionskrieger von seinem Pult aufblickte. "Sie ist meine Partnerin und sie wird verfolgt."

Der Prillone blickte von Styx zu mir, dann zu Harper, die sich mit zitternden Händen an mir festkrallte, auch wenn sie gute Miene machte. "Sie ist ihre Partnerin? Und er ist ihr Zweiter?"

Wenn die Prillonen eine Braut nahmen, dann gab es einen Primärpartner und einen ausgewählten zweiten Mann, um die Frau gemeinsam zu beanspruchen. Styx und ich waren gleichberechtigt. Keiner würde den Zweitpartner spielen, selbst wenn alle anderen mich dafür halten würden. Wir würden sie gleichberechtigt nehmen. Wir würden gemeinsam mit ihr ficken und gerne auch einzeln.

Styx kniff die Augen zusammen. "Ja. Und wir werden jeden töten, der sich uns in den Weg stellt."

Der Prillone musste fast schon grinsen, er verzog leicht den Mundwinkel und verstand, worum es hier ging. "Mögen die Götter eure Zeugen sein, mögen sie euch beschützen." Er verkündete eine Art Prillonische Segnung und deutete mit dem Kinn auf die Transportfläche. "Ich habe nichts gesehen. Die Transportdaten werde ich löschen, aber ihr müsst jetzt los. Sofort."

"Wie ist ihr Name?"

Der Prillone antwortete. "Mykel."

"Ich bin Styx, von der Styx-Legion auf Rogue 5. Wenn Sie etwas brauchen, dann kommen Sie zu mir. Sie retten meine Partnerin, ich schulde Ihnen etwas."

Der Prillone schenkte seinen Worten

keine weitere Beachtung und machte sich flink an der Steuerkonsole zu schaffen, während ich Harper zurück auf die Plattform führte.

"Seid ihr sicher? Sie kommen von eurem Planeten," sprach sie, ihre Stimme klang vollkommen erschöpft.

Ich legte meine Hand an ihren Kopf und hielt sie an meine Brust gepresst, sanft strich ich ihre seidig goldenen Strähnen, ich wollte sie beruhigen. "Hab Vertrauen, Harper. Wir werden auf dich aufpassen."

Sie hatte gute Gründe sich zu sorgen. Bis wir herausfinden würden, warum Cerberus die Koalitionskämpfer angriff —und die MedRec-Einheit—würden wir verwundbar bleiben. Vor der Cerberus-Legion, aber auch vor Cerberus selbst, ihrem Anführer. Er wusste, was los war, was seine Leute trieben. Er wusste alles.

Aber wir würden uns in unserem Revier befinden. Mit unseren Regeln. Unseren Truppen. Tausenden todbringenden Kriegern, die bereit waren Styx zu verteidigen, und unsere neue Partnerin. Mit Harper in unserer Mitte war alles andere egal. Einzig ihre Sicherheit, ihr Wohlergehen zählte.

Mit verbissenem Kiefer zog ich Harper noch enger an mich heran und eine heftige Eifersucht überkam mich.

"Wenn ich mit ihm fertig bin, wird Cerberus darum betteln erledigt zu werden," verlautete Styx finster, dann sprang er zu uns auf die Plattform und der Transport begann.

6

Styx, Rogue 5, Kommandozimmer der Styx-Legion

"CERBERUS HANDELT NICHT MIT SKLAVEN. Die Frau muss sich getäuscht haben."

"Sie ist nicht vertrauenswürdig, sie gehört zur Koalition."

"Was hat Cerberus in diesem Sektor verloren? Will er uns die ganze verdammte Flotte auf den Hals hetzen?"

Aufgewühlte Stimmen erfüllten den Meetingraum, alle stritten laut durcheinander, es glich einer lärmenden Kakophonie.

Trotzdem war ich beruhigt, weil ich wieder zu Hause war und meine Partnerin bestens versorgt wurde. Sie war in Sicherheit.

Ich ließ sie weiter zetern und wartete auf die unvermeidbare Streitfrage, die noch gar nicht auf den Tisch gekommen war. Ich hatte ihnen von Harper erzählt, vom Angriff im Sektor 437, den Cerberus-Uniformen. Alles.

Allerdings musste ich den Männern und Frauen im Raum erst noch verklickern, dass Harper, die Erdenfrau, die diensthabende Koalitionsoffizierin, jene Frau, die ich ohne Genehmigung oder Rücksicht aufs Protokoll von der Zenithstation geholt hatte, meine Partnerin war.

Ich stand an der Spitze des Tisches, packte meine Stuhllehne und ließ das Chaos auf mich einprasseln. Der Radau juckte mich nicht, denn ich wusste, dass unsere Partnerin mit Blade in Sicherheit war, dass er sie badete, sie versorgte, sie fütterte. Er kümmerte sich um sie, wie es richtig und angemessen war. Als Anführer der Legion konnte ich nicht rund um die Uhr für eine Partnerin da sein. Was der Grund war, warum Blade sie ebenfalls beanspruchen würde.

Wenn ich sie enttäuschen musste und wie jetzt meine Pflicht vorging, dann war Blade zur Stelle. Wenn er in den Kampf zog, dann würde ich für sie da sein. In diesem Moment wusste ich, dass ich die richtige Entscheidung getroffen hatte, denn jetzt, als es hier drunter und drüber ging und ich die Gewissheit hatte, dass meine Partnerin bei Blade in Sicherheit war, war ich glücklich.

Der lange Steintisch vor uns war von Hyperion auf unseren Mondstützpunkt transportiert worden, eine kühle Verbindung zu unserer Heimatwelt und eine Mahnung an unsere Vergangenheit, unsere Pflichten und unsere Ahnen. Eine Erinnerung daran, dass wir nicht nur diese Mondbasis verteidigen mussten, sondern auch die heiligen Kreaturen auf der Oberfläche des Planeten. Normalerweise bot der Tisch an seinen ramponierten Kanten sechs Personen Platz, mir und meinen fünf Leutnants. Bald würde sich diese Zahl mit meiner Partnerin auf sieben erhöhen.

Meine Legion glaubte ich jetzt schon aufgewühlt, aber—

"Styx hat die Uniform auch gesehen. Cerberus hat Latiri 4 überfallen. Wir müssen herausfinden warum." Silver saß am anderen Ende des Tischs, mir gegenüber, Blades Platz neben ihr war klaffend leer. Khon saß zu ihrer Rechten, er hatte die Arme vor seiner massiven Brust verschränkt und sein klugen hellgrünen Augen wägten im Stillen die Argumente ab. Sein Gesicht hätte auch aus Stein gemeißelt sein können. Er pflegte sich den Schädel zu rasieren und begründete es damit, dass sein dunkles Haar ihn störte den Wind zu spüren, wenn er auf der Oberfläche war. Von uns allen war er derjenige, der sich am häufigsten auf die Oberfläche von Hyperion begab. Zum Jagen. Um sicherzugehen, dass es unseren Vorfahren da unten gut ging, den Wilden, die immer noch dort lebten. Er war brutal, hocheffizient und nur schwer aus der Ruhe zu bringen. Was der Grund war, warum er auf einem dieser Stühle saß. "Haben wir denn keine Agenten in Cerberus?"

"Cerberus hat unsere beiden Agenten letzten Monat getötet." Silver hatte ihr langes Haar zu einem straffen Zopf geflochten, ihre helle Haarfarbe war fast identisch mit der von Blade und die Züge der beiden ähnelten sich stark genug, um auf ihre gemeinsame Mutter hinzuweisen. Aber das war es auch schon mit den Gemeinsamkeiten. Blade konnte schnell zuschlagen, schnell austicken und auch schnell wieder verzeihen.

Silver war eine Frau, eine

Hyperionische Frau. Selten wurde sie laut, sie war genau wie Khon ein kühler, berechnender Stratege. Aber sollte sie sich hintergangen fühlen, dann würde sie dich im Handumdrehen umbringen. So etwas wie Vergebung kannte sie nicht. Wir machten Augenkontakt und ihr Blick ließ mich in einer stillen Warnung die Hände zu Fäusten ballen. Sie war groß, wie alle Hyperionischen Frauen, und kräftig. Aber ihr Wesen war es, was die anderen fürchteten. Und ihre Kaltblütigkeit. Wie alle Frauen unserer Welt war sie skrupellos, wenn es darum ging, ihre Familie zu schützen. Und diese Legion war jetzt ihre Familie. Blade, ihr Bruder, mein Stellvertreter und jetzt auch Co-Partner war der einzige Blutsverwandte, der ihr geblieben war.

Sie erkannte meine Warnung. Für den Moment. Sollte ich es aber nicht schaffen meine Vorherrschaft in diesem Raum zu untermauern, dann könnte jeder der Vier an diesem Tisch sich auflehnen und versuchen mir die

Führung der Styx-Legion zu entreißen, das wusste ich. Und die einzige Option in diesem Fall war der Kampf bis auf den Tod. *Meinen Tod.*

Silver wäre die Erste.

Khon und Silver ignorierten das nachdenkliche Schweigen meiner anderen beiden Leutnants, Ivar und Cormac. Um die beiden machte ich mir keine Sorgen. Ivar war wie Blade eher ein Macher als ein Denker, er war wild, ohne jede Selbstdisziplin. Sein schwarzes Haar trug er lang genug, um den Frauen zu gefallen, seine hellen blauen Augen und seine sündhafte Zunge—im Bett wie auch außerhalb, wollte man den Gerüchten glauben— sicherten ihm einen nicht-enden-wollenden Nachschub an weiblicher Begleitung. Er begnügte sich mit allen möglichen Reibereien und überließ die Politik und Strategie dankend mir.

Ivar würde Cormacs Richtung folgen. Und Cormac gehörte mir. Durch und durch. Und den Göttern sei Dank dafür. Er war riesig, ein Grobian selbst nach Hyperionischen Maßstäben, vielleicht hatte er etwas mehr von unseren Ahnen im Blut als der Rest von uns. Er war einen ganzen Kopf größer als ich und sein schwarzes Haar wies an den Schläfen silberne Strähnen auf, nicht des Alters wegen, sondern aufgrund seiner gemischten Abstammung, denn einer seiner Vorfahren entstammte der Bestienlinie von Silver und Blade. Als Baby hatte man ihn gefunden, auf der Oberfläche des Planeten ausgesetzt, wohl weil seine Hyperionische Mutter ihn nach der Geburt aufgrund seiner Fremdartigkeit nicht akzeptieren konnte.

Eine Styxsche Frau hatte ihn gefunden, aufgezogen, ihm das Kämpfen beigebracht.

Meine Mutter.

Im Wesentlichen war er mein Bruder und er würde mich niemals verraten.

Es waren die Captains, die sich an die Wand des beengten Raumes drängelten, die mein inneres Untier nervös machten. Sie wurden immer lauter, stritten wild herum und nahmen kein Blatt vor dem Mund. Sie waren jung, sprunghaft und auf gewisse Weise unberechenbar, verglichen mit meinen kampferfahrenen Leutnants. Diese Hitzköpfigkeit war es, was ihnen den Wechsel in höhere Positionen verwehrte, bis sie die Erfahrung und Einsicht erlangten, um irgendwann mehr Verantwortung zu übernehmen.

Blade würde ihnen unsere Partnerin vorstellen. Tatsächlich war er bereits unterwegs. Und ich würde sie keiner Gefahr aussetzen. Noch würde ich mangelnden Respekt ihr gegenüber dulden.

Sie gehörte mir. Was bedeutete, dass Harper jetzt auch ihnen gehörte. Ihre Lady Styx. Innerhalb der Legion würde nur ich über ihr stehen. Ich erwartete, dass sie ihretwegen töten würden. Für sie sterben würden.

Und ich hatte sie noch nicht einmal erobert. Götter, sie musste der

Eroberung erst noch *zustimmen*. Ich könnte sie ficken, in den Hals beißen und die Sache wäre abgehakt. Aber ich würde ihre Einwilligung einholen. Sie würde es willig über sich ergehen lassen.

Ich hatte mich entschieden. Der Hyperione in mir würde nicht nachgeben. Jeder besitzergreifende Gedanke an sie bewirkte, dass ich mit äußerster Willenskraft die Reißzähne in meinem Kiefer am Durchbrechen hindern musste.

"Styx, sie gehört zur Koalition. Bist du sicher, dass das eine kluge Entscheidung ist?" Das kam von Silver und die Captains verstummten augenblicklich. Ich schätzte ihre Klugheit und die Tatsache, dass sie die Captains erstmal ordentlich Dampf ablassen ließ, bevor sie in der Angelegenheit einen nüchterneren, überlegten Ton anschlug.

Einen Ton, für den ich sie nicht töten würde.

Ich beugte mich vor, meine Fäuste ruhten auf der Steinplatte und ich ließ mich vom Geruch der Heimatwelt besänftigen. Bis ich daran dachte, wie ich Harper auf diesem Tisch ausstrecken und sie mit meiner harten Länge füllen, wie ich ihr Fleisch kosten würde, während der Geruch der Heimat uns umhüllte. Ich würde diesen Tisch, diesen Raum nie mehr mit denselben Augen sehen.

Ich atmete tief durch, ignorierte den Schmerz in meinem steinharten Schwanz und öffnete die Augen. "Sie gehört mir. Meine Partnerin. Blade hat eingewilligt und wir werden sie so bald wie möglich gemeinsam erobern. Was Cerberus angeht oder was immer seine Leute im Latiri-System zu suchen hatten, werden wir noch herausfinden."

"Götter, Styx, hast du den Verstand verloren?" prustete Ivar und fuhr mit einer Hand durch seine schwarze Mähne. "Bei Cerberus bin ich deiner Meinung. Wir müssen rausfinden, was diese Bastarde im Schilde führen. Aber sie?"

Die Art, wie er das sagte, entlockte mir ein bedrohliches Knurren. *Sie*. Als ob sie verdorben schmeckte.

"Sie ist eine Offizierin der Koalitionsflotte."

Dieser Punkt kam immer wieder auf. Sie war bei der Koalition. Nicht exakt unser Feind, aber verdammt nah dran.

"Sie gehört mir."

Silver lehnte sich mit hochgezogener Augenbraue zurück und kippelte auf ihrem Stuhl herum, als ob sie die Schwerkraft austesten und sehen wollte, ob diese sie eventuell zu Fall bringen würde. "Technisch betrachtet gehört sie nicht dir, sondern sie gehört zu *ihnen*."

Ich antwortete mit einem Zähnefletschen, diesmal machte ich keinen Anstand meine Reißzähne zu verbergen. Beschwichtigend streckte sie die Hände vor mir aus. "Ich will dich nicht kränken, aber das sind die Fakten. Hast du einen Plan? Eine Möglichkeit sie aus ihrem System herauszubekommen? Sie aus der Datenbank der Koalition zu löschen?"

"Ja." Das hatte ich. Es war riskant und ich würde einen gewissen Prillonen, den ich eigentlich nicht noch mehr strapazieren wollte einen Riesengefallen schulden, aber nichts würde mich daran hindern Harper zu behalten. Nichts.

"Also?" fragte Ivar, er machte große Augen und wartete. "Wie lautet der Plan? Wie werden wir gegen Cerberus vorgehen? Die werden uns allen die Koalition an den Hals hetzen."

"Wir könnten sie vorher ausschalten." Cormacs dröhnende Stimme erfüllte den Raum und ein fast schon gespenstisches Schweigen legte sich über die Gruppe. Es war nicht besonders häufig, dass ein hochrangiger Vollstrecker der Styx-Legion zum Vernichtungskrieg gegen eine andere Legion ausrief. Er zog eine Klinge aus irgendeinem Versteck an seinem Körper, eine von vielen, die er immer mit sich herumtrug und betrachtete die Lichtreflexe auf dem Metall, während er es im Licht schwenkte. "Eine Nacht. Das ist alles, was ich brauche, Styx. Gib mir genug Mittel, um einige Deserteure von Everis anzuheuern. Ein paar echte Kopfgeldjäger. Astras Legion könnte uns auch unterstützen. Sie hasst Cerberus."

Silver musste fast lachen, würgte es aber ab. "Sie hasst ihn, weil Cerberus sie zu seiner Partnerin machen wollte." Sie stellte ihren Stuhl wieder auf alle vier Beine und grinste. "Und Astra steht nicht besonders auf Männer, die ein Nein als Antwort verstehen wollen."

"Er war nicht hinter ihr her, er wollte die Macht. Er wollte die Astra-Legion." Khon hatte recht, seine grünen Augen verengten sich unter dunklen Brauen und er blickte zu Silver. "Und das ist zwanzig Jahre her."

Silver zuckte die Achseln. "Eine Frau vergisst nie."

"Bei den Göttern, das ist die verfluchte Wahrheit." Ivar grinste und einige der Captains im Raum begannen leise zu lachen. Wenn irgendjemand das weibliche Gemüt verstand, dann Ivar. Vielleicht war das ein weiterer Grund, warum er so geschickt darin war unverpartnerte Frauen in sein Bett zu locken. Er musste seine Partnerin erst noch finden. Keiner von ihnen hatte das bisher.

"Wir werden es herausfinden. Ivar, nimm dir genügend Männer. Falls nötig spannst du die Everianer mit ein. Ich bin bereit, einen Kopfgeldjäger zu bezahlen. Du musst nur herausfinden, was zum Teufel da los ist."

Gerade als er nickte, öffnete sich die Tür und da war sie.

Alle Blicke fielen auf sie, als meine Partnerin von Blade in den Raum geführt wurde. Was für ein Anblick. Ihr goldenes Haar fiel in einer glänzenden Welle über ihre Schultern, ihre grünen Augen strahlten wie Edelsteine und tasteten jeden im Raum kurz ab.

Sie trug die schwarze Uniform von

Rogue 5 und das eng sitzende Material betonte jede ihrer üppigen Kurven. Das Silberband um ihren Arm bewirkte, dass ich mir triumphierend auf die Brust trommeln und laut in den Himmel herausschreien wollte, dass sie mir gehörte. Mir. *Mir.*

Erhobenen Hauptes blickte sie mir in die Augen und ich reichte ihr meine Hand. Blade folgte hinter ihr und nahm neben Silver Platz, sein Gesichtsausdruck versprühte eine Zufriedenheit, die ich selten gesehen hatte. Die übliche Verbissenheit war weggezaubert, die Wildheit irgendwie besänftigt. Anscheinend sagte es ihm zu, sich um unsere Partnerin zu kümmern.

Und ihr sagte es ebenfalls zu. Sie war jetzt nicht länger schmutzig und blutbefleckt, die Furcht und Sorge in ihren Augen waren verschwunden. Und sie trug unsere Uniform. Unsere Farben.

Ivar verschlang meine Partnerin förmlich mit den Augen und ich zog sie hinter meinen Rücken, um ihm die Sicht zu versperren und raunte ihm eine Warnung zu, worauf er den Kopf senkte und dann Silver einen hilflosen Blick zuwarf. Silver allerdings interessierte sich noch mehr für meine Partnerin, als die Männer im Raum. Etwa ein Drittel meiner Offiziere war weiblich und ihre Neugierde für jene Erdenfrau, die das geschafft hatte, was keine von ihnen gemeistert hatte—nämlich mein Interesse, meine Treue für sich zu gewinnen— war deutlich zu spüren.

Ich führte Harper zum einzigen freien Platz am Tisch—meinen—und bot ihn ihr an. Weil ich das taktile Vergnügen ihre Hand zu halten nicht aufgeben mochte, hielt ich weiter an ihr fest und stellte mich hinter sie. Ihr Beschützer und Wächter. Sie saß jetzt am Kopf der Styx-Legion und ich stand hinter ihr. Es war ein bedeutsamer Moment. Dutzendfach hatte ich bereits verkündet, dass sie mir gehörte, dass sie meine Partnerin war. Aber Taten sprachen lauter als Worte und diesen

Akt hier, als sie vor mir saß, würde ich nicht wiederholen müssen.

Meinen Captains schien die Luft wegzubleiben.

Erst jetzt hatten sie verstanden, wie ernst ich es meinte. Wie weit ich ihretwegen gehen würde. Für sie. Meine Partnerin.

"Götter, Styx. Das kann nicht dein Ernst sein." Ivar taumelte vor lauter Schock. Ich sah die Verwirrung auf seinem Gesicht. Ich hatte nie angedeutet eine Partnerin zu nehmen, eine Frau auf diese Art zu verehren. Ihr meinen Platz am Tisch zu überlassen war die größte Ehre, die ich ihr zuteilwerden lassen konnte und sie war sich der Bedeutung meiner Geste nicht im Geringsten bewusst. Meine Leute verstanden es allerdings schon.

Als Blade die Unruhe im Raum spürte, kam er um den Tisch gelaufen und stellte sich ebenfalls hinter sie. "Sie ist unsere Partnerin. Wir werden für sie töten, für sie sterben und wir erwarten von euch dasselbe."

"Sie ist bei der Koalition," leierte Silver noch einmal runter und wiederholte ihren früheren Vorbehalt. "Sie ist eine Gefahr für uns."

Meine Partnerin zog eine blonde Augenbraue hoch und verschränkte die Arme vor ihren üppigen Brüsten.

"Und die Söldner, die mein MedRec-Team entführt haben? Die waren nicht von der Koalition. Die gehören zu euch. Zur *Legion*." Sie hob die Hand und klopfte sich auf den Bizeps, dort, wo das Silberband saß. "Sie waren genauso gekleidet wie ihr, aber in Rot. Hier." Dann neigte sie den Kopf zur Seite und funkelte mich aus dem Augenwinkel an. "Bist du sicher, dass es eine *kluge Entscheidung* ist, wenn ich hier bleibe?"

Obwohl sie vorher gar nicht dabei war, hallten Silvers Vorbehalte in ihren Worten wider, als diese über Harper gesprochen hatte. Es war, als ob meine

Partnerin glaubte, dass sie hier nicht sicher war.

Alle begannen zu reden und stritten über die Anwesenheit meiner Partnerin.

Als ob das überhaupt zur Debatte stünde.

"Genug!" brüllte ich.

Sie verstummten, allein ihre hastigen Atemzüge erfüllten den Raum. Meine Leute waren aufgebracht. Nicht nur, weil ich mir eine Frau von der Erde und ein Koalitionsmitglied zur Partnerin nahm, sondern weil die Neuigkeiten über Cerberus sie beunruhigten. Ein heikles Gleichgewicht war zerstört worden und die Zukunft war ungewiss. Chaos waren wir zwar gewohnt, aber nicht in unseren eigenen Reihen.

"Sie gehört mir," zischte ich mit zusammengebissenen Zähnen, sollte einer es wagen, weiter darauf herumzukauen.

"Was?" Harper protestierte und wollte aufstehen, ich aber legte meine Hand auf ihre Schulter und drückte sie behutsam, bevor ich sie sanft um ihren Nacken schlang. Ich drückte nicht zu. Die Geste war eine Liebkosung, ein Ausdruck der Intimität, des Vertrauens zwischen uns. Sie lehnte sich zurück und blickte zu mir auf, sie akzeptierte nicht nur meine Berührung, sondern präsentierte mir sogar noch mehr von ihrer Kehle.

Silver kniff aufmerksam die Augen zusammen, aber meine übrigen Vollstrecker entspannten sich sichtlich; mit dieser kleinen Geste zwischen Mann und Frau verstanden sie endgültig, was bereits zwischen uns beiden existierte. Sie wurden Zeugen ihrer anmutigen Unterwerfung. Und das war alles, was nötig war, um die Wahrheit zu erkennen. Sie war nicht der Koalition wegen hier. Wir eroberten sie nicht, weil wir einen Verbündeten suchten. Nein, sie alle konnten sehen, dass sie wirklich zu uns gehörte.

"Styx? Blade? Was tut ihr hier?" Harper blinzelte irritiert zu mir auf.

"Dich erobern."

Sie schüttelte den Kopf und schaute wieder zu den Vollstreckern, die um den Tisch herum saßen, dann musterte sie die anwesenden Captains. Alle blickten sie an, ohne ein Augenzwinkern, mit voller Aufmerksamkeit. Was meine liebliche Partnerin anscheinend nervös machte, denn ihr Rücken versteifte sich und ihre entspannte, ruhige Haltung war jetzt ein bisschen durcheinander. "Wir müssen darüber reden, denkst du nicht?" Sie blickte von mir zu Blade und dann zu Silver. "Privat."

"Nein." Silver ergriff das Wort und blickte meiner Partnerin quer über die Steinplatte entschlossen in die Augen. "Wenn du ihm gehörst, dann werde ich für dich kämpfen, dich beschützen, für dich sterben, aber er muss es ohne Zweifel beweisen."

Ein Klopfen ertönte an der Tür und ich signalisierte dem nächsten Captain, unserem Besucher Einlass zu gewähren.

Silver zuckte zusammen, als sie ihn sah.

Einen Namen hatte er jetzt nicht mehr, nicht, seit er seine Rolle als Ältester und Berater eingenommen hatte, jener Hüter der Farbtinte, die uns alle markierte. Er hatte seine Werkzeuge mitgebracht, wie ich verlangt hatte, alles, was Blade und ich benötigen würden, um den Anwesenden die letzten Zweifel auszutreiben. Wenn Silver einen Beweis verlangte, dann würden auch die anderen ihn einfordern.

"Skribent. Danke fürs Kommen."

"Selbstverständlich." Er verneigte sich leicht an der Hüfte und die anderen, meine Vollstrecker eingeschlossen, erhoben sich, um sich wiederum vor ihm zu verneigen. Er war alt, er war bereits ein alter Mann gewesen, als ich noch ein Junge war und niemand erinnerte sich an seinen Vornamen. Er war es, der die Namen Neugeborener und Mitglieder meiner Legion in mein Fleisch tätowierte und der alle

Verpartnerungszeremonien leitete. Er war unser Schriftwart, Historiker und mein persönlicher Berater. Und er war auf meine Bitte hier.

Er trug seine kleine schwarze Tasche unterm Arm. In dieser Tasche? Tinte. Silberbolzen. Alles, was er brauchte, um mich auf einen unveränderlichen Pfad zu senden.

Ich zog mein Hemd über den Kopf, Harper drehte sich zu mir um und ihre Augen weiteten sich vor Verlangen, als sie mich betrachtete. Fasziniert verweilte ihr Blick auf den Zeilen mit Namen, die in mein Fleisch gestochen waren und ich wollte diesen Bann weiter austesten. Noch nie hatte sie meinen nackten Oberkörper zu Gesicht bekommen.

"Was soll das? Was tust du da?" wollte sie wissen.

Cormac grinste und es war das erste Mal seit langem, dass ich diesen Ausdruck auf seinem Gesicht sah.

Als Blade ebenfalls sein Oberteil auszog, verstummte das Geraschel und

Geflüster im Raum und der Skribent legte seine Tasche neben meiner Partnerin auf den Tisch. "Bist du sicher, Styx? Was einmal vollzogen wurde, kann nicht wieder rückgängig gemacht werden." Seine formellen Worte galten diesmal mir, die einzige Warnung, die ich von ihm erhalten würde. Blade genauso. Das hier war permanent. Für immer.

Ich blickte zu meiner wunderschönen Partnerin hinunter, sog ihren Duft in meine Lungen und gab schließlich alle Anstrengungen auf meine Reißzähne zurückhalten zu wollen, jene Hauer, die sich danach sehnten in ihrem Fleisch zu versinken, die sie markieren, sie erobern und in einen lustvollen Paarungswahn treiben wollten. Blade war auf Zenith der Geschmack ihrer süßen Pussy zuteil geworden. Bald würde auch ich sie probieren. Sie ficken. Sie erobern. Für immer. Mein Mund wurde wässrig und mein Schwanz schmerzte vor Vorfreude.

"Ich bin sicher. Sie gehört mir. Ich würdige ihren Anspruch und akzeptiere ihr Zeichen."

"Welches Zeichen? Wovon redest du?" Harper blickte von mir zu Blade, perplex. Aber Blade legte seine Hand auf ihre andere Schulter und wiederholte meine Worte.

"Sie ist meine Partnerin. Ich würdige ihren Anspruch und akzeptiere ihr Zeichen."

"Kann mir jemand sagen, was zur Hölle hier vor sich geht?" Harper blickte uns finster an, der verärgerte Blick einer Frau, die von ihren Männern ausgebremst wurde. Ich lächelte nur, als der Skribent die Tusche hervorholte.

"Wo soll ihr Zeichen angebracht werden?" fragte er.

Ich hatte extra Platz freigehalten, hoch oben auf meiner Brust und etwas unter meinem Hals, wo selbst eine Uniform ihren Namen vor meiner Legion nicht verbergen würde, der richtige Fleck, um den Namen meiner zukünftigen Partnerin prominent zu platzieren. Ich legte meinen Finger an die Stelle. "Hier, Skribent. Ihr Name ist Harper."

Ich legte meine Hände auf den Tisch und beugte mich nach vorne, damit er besser herankam.

Er nickte zustimmend und machte sich an die Arbeit. Zuerst blickte ich jeder Person am Tisch ins Auge, schweigend vermittelte ich ihnen, dass die Sache abgehakt war. Es war offiziell. Dann blickte ich zu Harper. Sie schaute nicht weg.

Nadel und Tinte gingen tief, der Schmerz war Teil meiner Prüfung, ein Test meiner Loyalität. Ich wünschte in diesem Moment, ihr Name wäre länger. Das Brennen und alles, wofür es stand ließ meine Eier schmerzen und mein gesamter Körper vibrierte vor kaum unterdrücktem Verlangen.

Die im Raum Versammelten sahen lautlos zu, wie er den Akt vollendete und dann mit Blade dasselbe tat. Harpers

Blick wanderte fasziniert zwischen uns hin und her, und zwar mit nicht wenig Verlangen. Ihre Augen verweilten und während der Skribent mit Blade beschäftigt war, hob sie ihre Hand an meine Brust und strich mit zittrigen Fingern über ihren Namen. "Warum? Warum hast du das getan?"

Ich drückte ihre Hand an den Namen, der jetzt für immer in meinen Leib tätowiert war. "Weil du mir gehörst, und ich dir."

Sie machte eine verblüffte Miene und ich wollte sie küssen, aber sie wandte sich ab und schaute zu Blade. Der verkündete dieselben Worte, über das Haupt des Skribents hinweg. "Du gehörst mir, Harper, und ich gehöre dir."

"Heilige Scheiße." Sie starrte uns einfach nur an, war sie etwa schockiert? Sie zitterte. Wurde blass. Ich blickte zu Blade.

"Hast du ihr etwas zu essen gegeben?" fletschte ich.

"Natürlich," Blade schnappte direkt zurück und Silver fing an zu lachen. "Bei den Göttern, das wird ein Spaß werden." Sie lehnte sich auf ihrem Stuhl zurück, verschränkte die Arme und legte grinsend die Füße auf die steinerne Tischplatte.

"Ich bin auch noch da, Leute," wetterte Harper. "Und ich bin kein Baby. Ich bin eine mündige Erwachsene. Ich bin vollkommen imstande für mich selbst zu sorgen."

"Nein."

"Nein."

Blade und ich antworteten im Chor und Ivar grinste, dann funkelte er Silver an. "Spaß? Was für ein Spektakel, unsere zwei besten Krieger werden gleich die Eier abgehackt bekommen."

Unter den Captains, die die Wände des Raumes säumten, war ein Anflug von Gelächter zu hören und mit gebannter Aufmerksamkeit verfolgten sie die Show, die wir hier abzogen.

Noch Jahre später würde man sich

von dieser Eroberung erzählen. Hier und jetzt anwesend zu sein war eine Ehre, von der sie ihren Enkelkindern berichten würden.

Als das Stechen vorüber war, zog der Skribent zwei Silberbolzen aus seiner Tasche und seine alten Augen blickten mich fragend an.

"Ja," entgegnete ich ihm darauf. "Auf die altmodische Art."

Blade nickte und wir standen bewegungslos da, als der Skribent unsere Brustwarzen mit den Silberbolzen durchbohrte, dem Zeichen eines verpartnerten Mannes, eines Eroberten.

Harper geriet ins Stottern und als sie verstand, was Sache war, wollte sie eingreifen. "Was … warum—"

"Noch ein Beweis. Wir sind dein Eigentum, Liebes. Wir *gehören* dir, Harper."

Ich sagte nichts mehr und zum Glück verstummte sie. Sollte sie Fragen haben, würde ich sie ihr beantworten. Später.

Der grelle, stechende Schmerz von jetzt und zuvor ließ mich nicht einmal zusammenzucken. Die Piercings konnten nicht mehr entfernt werden, nicht, ohne dabei das Fleisch einzureißen. Die waren ein Zeichen unserer Treue, unserer Ergebenheit für unsere Frau. Unserer Partnerin. Wir würden keine andere anrühren und keiner Frau würden wir gestatten uns anzurühren.

Harper zuckte zusammen, als das spitze Metall mein Fleisch durchbohrte, ich aber begrüßte das Brennen. Den Schmerz. So wusste ich, dass sie mir gehörte. Jetzt und für immer.

Endlich, nach gefühlten Stunden war der alte Mann fertig. Er trat zurück, um sein Werk zu betrachten. Blade und ich als passendes Duo mit Harpers geschwungenem Namen auf unserem Fleisch und Silberbolzen, die uns als ihre Männer auswiesen.

"Es ist vollbracht," sprach er schließlich.

"Ja, das ist es." Mein Blick wanderte durch den Raum, traf jedes einzelne Paar Augen. Es gab keine Fragen mehr, keine Zweifel. Harper gehörte mir und jeder der Vollstrecker und Captains im Raum wusste genauestens, wie ernst ich es mit ihr meinte. "Harper gehört mir. Blade ist ihr ausgewählter zweiter Mann, er wird sie pflegen und beschützen wie ich. Harper ist eine Styx. Heißt sie willkommen."

Die Vollstrecker erhoben und verneigten sich allesamt, inklusive Blade und dem Skribent, während ich hinter ihr stand und bereit war, jeden zu töten, der sie infrage stellte oder ihr den gebührenden Respekt verwehrte.

Keiner von ihnen wagte es.

Blade blickte auf, ein Grinsen auf dem Gesicht. "Genug?" fragte er.

"Genug," antwortete ich und ging zum Kommandoton über. "Und jetzt raus hier alle Mann, verdammt nochmal."

Harper sprang auf, etwas, das verdächtig nach Tränen aussah war in ihren Augen zu sehen, als sie auf meine Leute blickte und die sich vor ihr verbeugten. Sie wollte meinen Befehl ausführen und den anderen nach draußen folgen, aber ich stoppte sie mit einer Hand an ihrer Schulter.

"Nicht du, Liebes." Als sie sich fragend zu mir umdrehte, ließ ich sie schließlich erkennen, was ich so zwanghaft zurückgehalten hatte—rasenden Hunger. Verlangen. Lust. "Ich bin dran, dich zu kosten."

7

Harper

HEILIGE. Scheiße.
Ich war nicht länger in Kalifornien. Nein. Ich war nicht einmal auf der Zenith. Styx und Blade waren wild, das wusste ich, aber ... krass. Nicht *so* wild. Ich befreite mich aus Styxs Griff und spazierte durch den Raum, um ein bisschen von der angestauten Spannung abzulassen. Ich schritt den riesigen Steintisch zwischen uns ab und

beobachtete, wie sie mich praktisch mit den Augen verschlangen. Sie standen mir gegenüber, ihre nackten Oberkörper hoben und senkten sich mit jedem ihrer schweren Atemzüge. Was für Oberkörper. Breit. Hart. Waschbrettbäuchig. Schmale Taillen. *Tattoos*. Nicht nur ein einfacher Anker auf der Brust oder sogar eine Rose mit Stacheldraht und verschnörkeltem Namen. Nein. Sie waren mit schwarzen Wörtern bedeckt. Keine Wörter. Namen. Styx war zutätowiert, alle Namen der Legion waren in seine perfekte Haut gemeißelt. Blade trug weniger Namen auf dem Körper und ich ging davon aus, dass es bei den übrigen Vollstreckern genauso aussah. Aber diese beiden hier trugen jetzt meinen Namen gut sichtbar auf ihrer Brust. Mit Buchstaben deutlich größer als der Rest. Ihre Absicht war offensichtlich. Nicht exakt wie ein Verlobungsring, aber ... heilige Scheiße. So verdammt heiß. Es waren ihre nicht vorhandenen Zweifel, ihre absolute Überzeugung darüber, dass ich die Richtige für sie war, was mich einknicken ließ, warum ich ihnen glauben wollte.

Warum ich von ihnen erobert werden wollte. Gefickt.

Gebissen.

Und dann waren da noch die Piercings. Ich hatte Bilder von Typen mit gepiercten Nippeln gesehen. Manche hatte Ringe, andere Stäbe wie die beiden. Blade und Styx waren wie Tag und Nacht. Riesig. Aliens. Die stoische Art, wie sie die Nadel, die meinen Namen in ihren Körper stach begrüßten —für immer—, machte meine Pussy ganz heiß und geschwollen. Sie waren kräftig. Entschlossen. Gestählt—ihre Muskeln traten überall hervor. Sie sahen zu gut aus, um wahr zu sein und mit meinem Namen, *meinem Anspruch* für immer auf ihre Haut geschrieben? Mein Höschen war restlos hinüber.

Meinetwegen hatten sie in ihrem

inneren Kreis die Machtfrage gestellt. Nicht physisch, aber wenn nötig hätten sie auch gekämpft, das wusste ich. Sie hatten sich meinen Namen auf die Haut tätowieren und sich dann ihre Nippel piercen lassen, um zu beweisen, dass ich ihre Partnerin war. Die Frau, die sie *auserkoren* hatten. Mich. Aus allen Frauen der Galaxie, allen Koalitionswelten und allen Welten wie dieser, die am Rande existierten. Mich hatten sie gewählt. Ich verweilte auf den Silberstäben, ihrer Version eines Eheringes und der Gedanke ließ meine eigenen Nippel steif werden und vor Spannung kribbeln.

"Warum habt ihr mich nicht gebissen, so wie sie es verlangt hatten?" fragte ich, als ob der übrige Kram nicht schon genug wäre.

Beide Männer starrten mich an, als wäre ich ein kleines Hasenjunges und sie zwei ausgehungerte Wölfe. Nein, keine Wölfe. Sie waren wie zwei Vampire, die bereit waren mich zu beißen, mich zu erobern. Mich endgültig zu nehmen.

"Wie gesagt, du bist unsere Partnerin, aber du bist noch nicht soweit," erklärte Styx. Die Stelle an der mein Name in seine Brust gestochen wurde, war gerötet, von der Nadel gereizt. Als Schwester wollte ich einen Stift hervorholen und den Schmerz lindern, aber ich bezweifelte, dass er überhaupt etwas davon spürte. Und vielleicht wollte ich ihn den Schmerz auch auskosten lassen, nur ein paar Minuten lang. Ich wollte der Grund sein, warum seine Brust brannte. Ich wollte sie beide markieren. Wollte sie wissen lassen, dass sie mir gehörten.

Der Gedanke war unzivilisiert und instinktiv, ein Gedanke, den keine aufgeklärte Frau haben sollte, aber er war nun mal da. Mein Puls pochte wild, meine Brüste wurden empfindlich und schwer bei diesem besitzergreifenden, primitiven Gedanken. Vielleicht war ich dabei mich in ein Tier zu verwandeln.

Vielleicht lag es am Wasser hier, dass ich genauso verrückt wurde wie sie.

"Warum bin ich dann hier?" fragte ich. Der lange Tisch trennte uns zwar, war aber kein größeres Hindernis, wenn sie mich wollten. Sie hielten sich allerdings zurück. Mit den anderen hatten sie sich auch zurückgehalten, jetzt jedoch konnte ich eine Veränderung wahrnehmen. Eine milde Entspannung.

Merkwürdig, ja, aber ich wusste instinktiv, dass sie mir nicht weh tun würden. Sie hatten mich vor ihren Styx-Kumpanen in Schutz genommen. Sie hatten den Angreifer auf der Transportplattform getötet, mit einem Prillonischen Offizier herumdiskutiert und gefeilscht. Sie würden mich nicht verletzen.

"Weil du unsere Partnerin bist," sagte Blade. Sie wiederholten es wieder und wieder, aber mein Verstand rebellierte weiter. Die Logik weigerte sich und wollte nicht anerkennen, dass "Für immer und ewig" so einfach gehen konnte. Dass zwei Typen, noch dazu umwerfende wie diese hier, eine registrierte Alien-Krankenschwester aus Los Angeles haben wollten. Es ergab keinen Sinn.

"Aber ich bin keine von euch." Ich deutete auf die jetzt verschlossene Tür. "Sie haben diesen Punkt ziemlich deutlich gemacht."

Styx legte seine Hand an meinen Namen, der jetzt für immer in seine Haut eingraviert war. "Du bist jetzt eine von uns. Sie wissen das. Sie haben zugesehen, wie dein Name in mein Fleisch gestochen wurde, sie haben die Piercings gesehen. Es gibt keinen Zweifel. Bald werden es alle erfahren." Er kam um den Tisch herumgelaufen und ließ mich keine Sekunde lang aus den Augen. Ebenso gut hätte ein pfeifender Kobold in den Raum hineintanzen können; ich bezweifle, dass er eine Millisekunde weggeschaut hätte.

"Aber was ist mit meinem Team?

Den Söldnern? Ich kann nicht einfach als dein Anhängsel hier auf Rogue 5 rumsitzen. Ich muss sie finden, sie retten."

"Sie müssen gefunden werden, da stimme ich dir zu. Die Täter müssen bestraft werden, aber nicht von dir. Du bist Heilerin, Harper, keine Kriegerin. Überlass das uns. Wir haben unsere Kontakte in der Flotte. Deine Leute sind nicht vergessen. Hab Vertrauen in uns. Wir werden uns darum kümmern. Deinen Feinden nachzustellen ist zu gefährlich für dich."

"Warum nicht? Ich könnte zurück zur Zenith gehen. Ein ganzes Kampfbataillon würde mich dort beschützen." Im Latiri-System waren unzählige Koalitionskämpfer präsent und auf der Zenith gab es mehr als genug Krieger, die mich beschützen würden. Zum Teufel, wenn unbedingt nötig könnte ich auch um Versetzung auf eine Krankenstation direkt auf dem Schlachtschiff Karter bitten.

"Sie wissen nicht, wer dieser Feind ist. Wir aber schon," konterte Styx.

"Und es soll sicherer sein, wenn ich näher am Feind bin?" Ich seufzte, denn ich kam mir vor, als würde ich mit dem Kopf gegen eine Wand hämmern.

Styx richtete sich zu seiner vollen Größe auf und sein nackter Brustkorb weitete sich, als er auf mich hinunterblickte. Die Geste sollte mich einschüchtern, bewirkte allerdings nur, dass ich ihn anfassen wollte. Ihn schmecken wollte. "Woher wussten sie, dass dein Team auf diesem Planeten auftauchen würde? Woher wussten sie, wo genau ihr euch aufhaltet? Und wann?"

Diese Fragen waren mir schon länger durch den Kopf gegangen, aber alle möglichen Antworten waren einfach nur schrecklich. Grässlich. Mein Verstand weigerte sich, sie anzunehmen. "Nein." Das war alles, was ich sagen konnte.

"Doch, Harper. Du kennst die Wahrheit. Unter euren Leuten gibt es einen Verräter. Jemand, der ihnen gesagt hat, wo du sein würdest. Wie viele Wachleute ihr dabeihaben würdet. Wo sie landen müssten. Ihr wurdet verraten."

"Nein, das ist unmöglich." Ich schüttelte den Kopf und trat einen Schritt zurück, konnte damit aber niemanden überzeugen, schon gar nicht mich selbst.

"Hier bist du besser aufgehoben, bei uns," fügte Blade hinzu. "Ivar wurde beauftragt die Wahrheit herauszufinden. Er wird die Plündermeute von Rogue 5, die dein Team angegriffen hat, ausfindig machen und erledigen."

"Und was ist mit meinem Team?" Bei der Vorstellung, sie könnten tot oder zu Hive-Zombies umfunktioniert worden sein, wurde mir übel. "Wo sind sie? Ich kann sie nicht einfach so im Stich lassen. Wir müssen sie finden."

"Ivar wird auch sie finden. Sie retten. Ich habe ihm erlaubt Everianische Elitejäger zur Unterstützung anzuheuern," fügte Styx hinzu. "Keiner dieser Krieger wird vom Regelwerk der Koalition eingeschränkt. Sie werden tun, was nötig ist um diese Sache zu beenden. Egal, was es kostet."

Ich hatte einige Kopfgeldjäger getroffen und kannte ihre Fähigkeiten. Und basierend auf dem, was ich von den Styx-Leuten wusste, hielten sie sich nicht gerne an die Vorschriften. Möglicherweise wäre es hilfreich, wenn sie sich nicht mit dem bürokratischen Müll herumschlagen mussten. Verdammt, die Regierung und das Militär auf der Erde kamen auch viel schneller voran, wenn sie eine Gruppe SEALs beauftragten, als wenn das Problem erstmal in einem Regierungskomitee begraben wurde.

"Okay. Ich soll aber hierbleiben und in der Zwischenzeit bitte … was machen? Däumchen drehen? Warten, bis die Koalition mich aufspürt und wegen Fahnenflucht ins Militärgefängnis steckt?"

"Du kommst nicht ins Gefängnis, Liebes," sagte Blade. "Auch darum werden wir uns kümmern."

"Wie denn?" Selbst, wenn ich bei ihnen bleiben wollte, sah ich aus diesem Schlamassel einfach keinen Ausweg. "Ich will nicht als Kriminelle leben. Ich bin kein—ich kann so nicht leben." Ich kannte mich selbst gut genug, um zu verstehen, dass das nicht funktionieren würde. Wenn ich jemandem mein Wort gab, dann hielt ich es auch. Ich brach keine Gesetze. Ich rebellierte nicht. Ich war Heilerin, keine Kriegerin. Und ich hatte einen Vertrag unterzeichnet. Ich hatte gebeten, die Erde hier draußen zu unterstützen, ich wollte helfen. Wenigstens noch etwas länger. Noch zwei Monate. Ich hatte geplant, meinen Dienst um zwei weitere Jahre zu verlängern. Aber ich konnte meine Pläne auch ändern. Als Deserteurin konnte ich aber nicht leben. Als Lügnerin. Wie viele Krieger von der Erde würden da draußen verrecken, weil ich nicht da war, um ihnen zu helfen?

"Liebes, du wirst lernen uns zu vertrauen." Styxs Stimme duldete keine Widerworte, und da ich im Moment keine andere Lösung sah, beließ ich es dabei und hoffte auf Teufel komm raus, dass Styx und Blade wussten, wovon sie redeten. Ich wollte ihnen vertrauen. Ich wünschte, dass alles was sie sagten sich bewahrheitete. Wie eine Karotte ließen sie das große Happy End vor meiner Nase herumbaumeln und wie ein liebeskranker Esel wollte ich darauf zulaufen.

"Wir werden uns um dich kümmern, Harper. In *jeder* Hinsicht." Blades tiefe Stimme, sein eindringlicher Blick zeigte mehr Wirkung bei mir als jede Art von Vorspiel mit einem Typen von der Erde.

"Du weißt, wo du hingehörst." Styxs Blick schnellte an meinem Halsansatz, genau an jene Stelle, wo mein Puls mit donnerndem Galopp unter meiner Haut nur so raste. "Dein Körper weiß es."

Langsam schüttelte ich den Kopf. "Du musst mich beißen, oder?" Ich fasste mir an den Hals. "Sie wollten, dass du es hier machst. Sie wollten zuschauen."

Jetzt trat Styx an mich heran. Er knurrte. Ich weigerte mich zurückzutreten. "Bei diesem intimen Akt werden sie nicht dabei sein. Wenn ich dich beiße, wenn wir unser Paarungsserum in dein Fleisch spritzen, dann ist das höchst persönlich. Ich weigere mich, diesen Moment zu teilen."

Blade schloss sich uns an, und ich fand mich zwischen den beiden wieder, einer an jeder Seite. Ich fühlte mich winzig, beschützt. Behütet nach einer solchen Auseinandersetzung.

"Wirst du mich umwandeln?"

Styx blickte verwundert. "Verwandeln?" Er drehte mich um, sodass ich ihm gegenüber stand. Dann kippte er mit den Fingern mein Kinn nach oben. Blades Hände landeten auf meinen Schultern. "Etwa so?"

Ich musste lächeln. "Nein, ich meine deinen Biss. Wird es mich zu etwas anderem machen? Wie ein Vampir, der die Sonne nicht erträgt?"

Blades Daumen strichen über meinen Nacken. Die Berührung war im Vergleich zum wütenden Ausraster von vorher unglaublich sanft. "Gibt es diese Vampire auf der Erde? Warum solltest du die Sonne nicht ertragen können?"

Ich schüttelte den Kopf. "Nein. Es gibt sie nicht wirklich. Das sind nur Märchen. Aber solange sie im Dunkeln bleiben, sind Vampire unsterblich. Sie haben Reißzähne, wie ihr." Ich lächelte, als Styx gerade weit genug den Mund aufmachte, um mir seine Hauer vorzuführen.

"Nicht wie meine." Er beugte sich vor, bis unsere Nasen sich berührten. "Meine werden deinen Körper in Brand setzen. Unser Biss wird dich ununterbrochen kommen lassen, wenn wir dich ficken."

Bekam ich etwa weiche Knie? Heilige

Scheiße, die zwei waren heiß. Aber wegen dieser Sache mit dem Biss musste ich weiter nachhaken. "Vampire sind unglaublich stark und schnell. Sie ernähren sich von Menschenblut, aber sie haben eine fatale Schwäche. Sie sterben im Licht der Sonne." Als ich ihnen mehr über Vampire erzählte, flogen Styxs dunkle Augenbrauen nach oben und er verzog den Mundwinkel. "Wird ein Mensch von einem Vampir gebissen, dann verwandelt er sich in einen von ihnen."

"Wir sind nicht wie eure Vampire," sagte Styx schließlich. "Unser Biss wird nichts daran ändern wer oder was du bist. Wir sind stark und schnell, aber nicht unsterblich. Unser Biss enthält ein Paarungsserum. Wenn es in dein Fleisch gelangt, dann wirkt es auf deine Zellen, aber nicht so, wie du es beschreibst. Du wirst nicht so werden wie wir."

Blade strich mein Haar zu Seite, damit er meinen Hals küssen konnte. "Deine Sinne werden erstarken, alles an dir wird voll und ganz lebendig werden. Du wirst die kleinsten Berührungen spüren, dein Körper wird so empfindlich, so wach sein, dass die Furchen und Grate unserer Schwänze dich winseln, betteln und kreischen lassen, wenn wir dich ausfüllen." Seine Lippen verweilten und die Spitzen seiner Reißzähne strichen vorsätzlich über meine Haut. "Du wirst dich nach unseren Berührungen verzehren, und wir werden uns nach dir verzehren."

"Genau, wie ich mich gerade nach dir verzehre," fügte Styx hinzu. "Bisher durfte ich dich nur mit meinen Fingern schmecken und ich will mehr. Ich brauche es."

Ich dachte zurück an den Gang auf der Zenith-Station, als Blade vor mir auf die Knie ging und mich mit seiner geschickten Zunge bearbeitete und wie Styx mich vorher mit den Fingern gefickt hatte. Sie abgeleckt hatte. Oh ja, das war so verdammt gut.

"Also beißt ihr mich? Jetzt?" fragte

ich etwas beklommen. Wenn das für mich mehr Orgasmen wie der im Gang bedeutete, dann würde ich es in Erwägung ziehen. War das erst vor ein paar Stunden gewesen? Aber ich war nicht dumm und es stand jetzt viel mehr auf dem Spiel, als nur diese Sache hier zwischen uns. "Was ist mit der Koalition? Sie werden irgendwann nach mir suchen. Was passiert, wenn ich nicht an meinen Posten zurückkehre? Laut Vertrag muss ich noch zwei Monate dienen. Ich kann nicht einfach abhauen."

Styx schüttelte den Kopf und studierte meine Lippen. "Ich weiß, Harper. Wir werden uns um dieses Problem kümmern. Ich verspreche dir, alles wird gut werden. Und wir werden dich erst beißen, wenn du für die Eroberung bereit bist. Wenn du soweit bist, Liebes, dann wirst du uns darum anbetteln, das verspreche ich dir."

"Die anderen wissen, dass du zu uns gehörst," fügte Blade hinzu. "Allein die

Piercings beweisen der gesamten Legion, was du uns bedeutest. Sie sind das äußere Zeichen dafür, dass wir dir gehören. Genau wie die Narben von unserem Biss—wenn es soweit ist—unsere sichtbare Marke an dir sein werden."

Ich blickte auf Styxs Brust, auf die Silberstäbe, die in jedem seiner Nippel verschwanden, deren Fleisch von der Verletzung rot und gereizt war. Ich wollte meine Hand nehmen und den kleinen Stab berühren, ihn mit dem Finger schnippen. Nein, ich wollte an ihnen saugen und seine Reaktion dabei sehen, ich wollte die empfindliche Stelle mit der Zunge schnippen, aber ich traute mich nicht. "Tut das nicht weh?"

"Ich begrüße den Schmerz, Liebes. Er erinnert mich daran, dass du hier bei uns bist, dass du uns gehörst."

"Ich will mir aber nicht die Nippel stechen lassen. Muss ich das auch machen lassen?" Ich fürchtete mich vor der Antwort. Hoffentlich würde der alte

Mann nicht zurückkommen und dasselbe mit mir machen.

Styx grinste und schüttelte langsam den Kopf. "Niemand außer uns wird diese Brüste anrühren. Niemand wird dir weh tun. Nicht, solange du mir gehörst." Er kniff die Augen zusammen, durch und durch Alphatyp, als ob jede seiner Verkündungen Gesetz war. Und ich kam mir wieder vor wie das hilflose Kaninchen, das einem hungrigen Wolf gegenüberstand. Beute. Ich war seine Beute. Aber ich wollte nicht rennen. Ich wollte mich fangen lassen.

"Der Biss kommt später. Für den Moment werden wir dich daran erinnern, dass wir deine Partner sind, und zwar indem wir dich verwöhnen." Styxs Stimme wurde plötzlich eine Oktave tiefer und der Ton gab mir Gänsehaut.

"Oh," sprach ich. Diese Idee gefiel mir viel besser als ein Nippelpiercing.

"Ich bin jetzt dran dich zu kosten."

Kaum hatte ich meine Verwirrung

deutlich gemacht, da hob Styx mich auch schon hoch und setzte mich auf den Tisch. Mit einer Hand auf meiner Brust drückte er mich runter, bis ich auf der harten Platte lag.

"Styx?" fragte ich.

Beide Männer packten meine Füße, zogen je einen Schuh aus und ließen ihn zu Boden fallen. Dann zogen sie mir vierhändig die Hose aus.

Blade knurrte verärgert, als er sich mit dem widerspenstigen Stück Stoff abmühte. "Keine Hosen mehr für dich. Wir brauchen leichten Zugang zu deiner Pussy."

"Ich kann aber nicht halbnackt rumlaufen!" Ich protestierte, leistete aber keinen Widerstand, als sie meine Füße absichtlich weit voneinander an der Tischkante platzierten. Meine Pussy war voll geöffnet und entblößt. *Nichts würde ihnen entgehen.*

"Natürlich nicht," sagte Styx und schob einen Stuhl beiseite, während er mir fest in die Augen blickte. "Wir werden dich nicht mehr aus unserem Quartier lassen."

Er ging auf die Knie und ich musste mich auf den Ellbogen abstützen, um ihn zu sehen. Beide hatten immer noch eine Hand auf meine Füße gelegt.

"Ich bin jetzt nicht in eurem Quartier," konterte ich, weil es evident war.

"Ich will deinen Geschmack auf meiner Zunge." Seine freie Hand glitt meinen nackten Schenkel hinauf, sie strich über die gierigen Falten meiner Pussy. "Deinen Schrei, der in meinen Ohren schrillt."

"Meinen Schrei?" fragte ich und drückte den Rücken durch, als er mich mit den Fingerspitzen erkundete.

"Oh, du wirst schreien. Vorher werde ich nicht wieder aufstehen lassen."

Styxs Worte waren ein Versprechen und ich legte mich wieder auf dem kalten Stein nieder, als er den Mund auflegte und es unter Beweis stellte.

Innerhalb von Sekunden war ich

dabei mich hin und her zu winden, meine Hüften hoben sich jedem seiner Zungenschlecken entgegen.

"Ich hab' gesagt, sie ist süß," sprach Blade. "Empfindlich."

Styx knurrte, während er meinen Kitzler saugte und einen Finger in mich hineingleiten ließ.

"Oh Gott," stöhnte ich.

Ich war klitschnass. Ich konnte es spüren und ich war sicher, dass Styx es schmecken konnte. Das Geräusch seines Mundes auf mir erfüllte den Raum. Ich wollte mich am Tisch festkrallen, fand aber keinen Halt, weil meine Finger verschwitzt waren.

Styx hob den Kopf und ich schrie auf.

"Schh," Blade beruhigte mich, seine raue Hand strich an meiner Wade auf und ab. "Er kümmert sich um dich."

Ich glaubte ihm, aber ich war nicht sicher, ob ich das überleben würde. Ich war so kurz vorm Kommen, als Styx wegzog. Dieser Bastard.

Als er aber mit dem Daumen in meine Pussy glitt, spürte ich etwas gegen mein Poloch drücken. Einen glitschigen Finger.

"Styx!" rief ich empört aus.

"Du sagtest, du warst schon mit zwei Männern zusammen," sprach er, seine Stimme ertönte zwischen meinen gespreizten Oberschenkeln. "Bist du hier schonmal genommen worden?"

Er ließ seinen Finger kreisen, dann presste er ihn sanft aber unnachgiebig hinein. Mein Körper setzte sich instinktiv zur Wehr, aber er kannte auch das in Aussicht gestellte Vergnügen; der Muskel gab nach und das erste Fingerglied glitt in mich hinein.

Ich nickte, während ich mich um ihn herum zusammenzog.

"Gut, dann müssen wir dich nicht erst trainieren."

Blades Hand drückte mein Bein und Styx senkte den Kopf, nahm meinen Kitzler in den Mund und saugte fest.

Er war nicht dabei mich einfach nur

zu kosten. Das hier war ein Sturmangriff. Ich konnte nichts zurückhalten, die Lust war einfach zu stark. Seine Zunge bearbeitete gekonnt meinen Kitzler, sein Finger und Daumen glitten abwechselnd ein und aus und imitierten jenen Rhythmus, den sie mit ihren Schwänzen an mir vollführen würden. Sie würden mich gemeinsam erobern und sie wussten, dass ich es vorher gemacht hatte. Damals im College hatte ich mit zwei Mitbewohnern angebandelt. Wir hatten Spaß gehabt, und zwar genug Spaß, dass der Gedanke an Styx und Blade und wie sie mich miteinander teilten, mich fast überschnappen ließ.

Ich mochte, was er da gerade tat. Nein, ich *liebte* es. Ich konnte mich nicht mehr zurückhalten. Styx würde es nicht zulassen.

Mein Körper krümmte sich fest zusammen, meine Haut war glühend heiß, mein Kopf war leergefegt. Die Lust überwältigte mich, sie floss zusammen und explodierte. Mit einem Schrei musste ich kommen. Heftig. So doll, dass ich hinter den Augenlidern Weiß sah. Meine Finger und Zehen kribbelten.

Einmal schien ihnen aber nicht auszureichen, denn während Styxs Zuwendungen schwächer wurden als ich kommen musste, so hörte er noch nicht auf. Tatsächlich setzte er in derselben Sekunde, als ich ausatmete und auf dem Tisch zusammenbrach erneut zum Angriff an. Ich kam noch einmal, und zwar sofort.

Und noch einmal.

Erst als ich ein durchgeschwitztes, welkes Häufchen Elend war, stand er auf, zog mich vom Tisch und warf er mich über seine Schulter.

"Styx! Wohin bringst du mich?" fragte ich, als ich die frische Luft an meiner dicken, nassen Pussy spürte.

"Zum Ficken in unser Quartier."

"Die Leute werden mich sehen," wandte ich ein. Nach der Überdosis an Wonne konnte ich kaum klar denken, aber ich wusste, dass ich nicht mit anderen geteilt werden wollte. Oder mit nacktem Arsch durch den Gang getragen.

"Unser Privatquartier ist nebenan," entgegnete er. Erst dann bemerkte ich, dass es nicht dieselbe Tür war, durch die ich mit Blade eingetreten war, sondern eine andere Tür, die mir vorher nicht aufgefallen war.

"Warum sind wir dann nicht durch diese Tür in den Meetingraum gekommen?" fragte ich Blade.

Styx klatsche mir spielerisch auf den Arsch, das Stechen verstärkte den Gefühlsexzess, der durch meinen Körper strömte. "Das ist unser Privatquartier. Niemand darf hineinsehen. Sollte jemand außer dir, mir oder Blade ohne Erlaubnis hereinkommen, dann bedeutet das die Todesstrafe."

"Was?" Sollte das ein Scherz sein? "Das ist doch verrückt." Ich wurde auf ein Bett fallen gelassen, federte nach oben und schon stürzten sie sich auf mich. Noch bevor ich mich versah, war ich Shirt und BH los.

"Das ist typisch Styx." Blade grinste. "Seine Privatsphäre geht ihm über alles." Er beugte sich runter und saugte meinen Nippel in seinen Mund, nur einen Augenblick lang, dann ließ er den empfindlichen Zipfel wieder los. Die Handlung war eher ein stimmiges "Hallo". "Ich hielt es für übertrieben, aber jetzt bin ich derselben Meinung. Mir missfällt die Vorstellung, wie hier irgendjemand hereinplatzt. Mit dir. Nackt. In unserem Bett."

"Wo du auch bleibst." Styx stand am Bettende, sein hungriger Blick war dabei jeden nackten Zentimeter an mir zu verschlingen. "Perfekt. Genau da, wo wir dich haben wollen."

Das Bett war geräumig, flauschig und vornehm schwarz. Ich konnte kaum die Einrichtung betrachten, als er mich hineingetragen hatte. Dunkle, massive Möbel, die mit Kissen zugestapelt waren. Sie vermittelten ein Gefühl von Komfort und verschwenderischer Aufmerksamkeit bis ins kleinste Detail. Genau wie dieser Raum.

Während alles an Styx nur so nach Härte, Voreingenommenheit und Effizienz schrie, so schien alles um mich herum das Gegenteil zu vermitteln. Es war weich. Luxuriös. Einladend. Wenn Styxs Persona den harten Zuckerguss einnahm, so war sein persönlicher Bereich das weich dahinschmelzende Karamell meiner neuen Lieblingsnascherei.

8

Nie zuvor hatte ich einen solchen Ständer in der Hose. Unsere Partnerin war einfach perfekt. Sie war umwerfend. Mutig. Leidenschaftlich. Willig. Umsichtig.
Anders.

Und weil sie sich so sehr für ihr MedRec-Team verantwortlich fühlte, respektierte ich sie umso mehr. Sollte sie aber glauben, dass sie eigenhändig ihre

Leute aufspüren und sich mit Cerberus und seinen kranken Machenschaften anlegen würde, dann irrte sie sich gewaltig.

Ivar und die Kopfgeldjäger würden die Wahrheit herausfinden. Wir würden ihnen nicht in die Quere kommen, damit sie ihren Job machen konnten. In der Zwischenzeit würden wir Harper näherkommen, sie kennenlernen.

Sie war anders als jede potenzielle Hyperionische Partnerin. Sie war auch nicht wie Katie, die einzige andere Erdenfrau, die ich getroffen hatte. Katie war eine Jungfrau, sexuell komplett unerfahren und unschuldig. Ihr Partner, Bryn, musste sie erst langsam ans sinnliche Vergnügen heranführen, und zwar auf einem schmalen Grat zwischen Verführung und Furcht.

Ich wollte mich nicht zurückhalten. Ich wollte nicht vorsichtig sein. Ich wollte sie regelrecht verschlingen. Mich an ihr laben. Sie an ihre Grenzen bringen.

Sehen, wie weit sie gehen konnte, ohne vom Orgasmus in Stücke gerissen zu werden. Als mein Geist vor Ideen nur so sprudelte, mit Bildern von unserer Partnerin in diversen Stellungen, wie sie sich klitschnass hin und her wand und uns beide in sich aufnahm, war ich mehr als froh, dass Harper keine Jungfrau war.

Dennoch, ich kannte Leute, die sich Unschuld wünschten, die als Erste in die Pussy ihrer Partnerin eindringen wollten, die eifersüchtig waren auf frühere Liebhaber und die ständig vom Neid geplagt wurden. Die Vorstellung ließ mich innerlich die Achseln zucken. Die Erdlinge mit denen Harper es getrieben hatte, waren für sie nur Übung gewesen. Sie waren nicht von Bedeutung. Sie *waren* nichts, denn es handelte sich dabei nicht um mich oder Styx.

Sie war erfahren, aber nie zuvor war sie für einen Liebhaber so mühelos und prächtig gekommen. Ich hatte zwar keine Beweise dafür, wusste es aber trotzdem.

Harper gehörte uns. Weil sie bereits mit zwei Männern zusammen gewesen war, war ihr Arsch vorbereitet. Sie wusste, wie es sich mit uns anfühlen würde—zumindest theoretisch. Die Realität mit Styx und mir würde komplett anders aussehen.

Wir mussten uns nicht zurückhalten und behutsam vorgehen; wussten wir doch, dass sie es heftig wollte. Wir würden direkt zur Sache kommen und die Tiefe ihrer Hingabe erkunden, ohne uns mit den Ängsten oder Verunsicherungen einer zart besaiteten Jungfer abzumühen.

Wir waren nämlich alles andere als zahm. Wir waren nicht die richtigen Typen, um einer Frau das Ficken beizubringen.

Nein. Wir hatten Harper ausgegessen und sie kommen lassen, sie zu ficken aber stand noch aus. Vom sprichwörtlichen Buffet der sexuellen

Möglichkeiten hatten wir erst die Vorspeise probiert.

Die Art, wie sie jetzt von Styxs Bett aufblickte, willig und nackt, ließ keinen Zweifel daran, dass sie mehr wollte als nur das. Sie war zierlich, über einen Kopf kleiner als wir. Ihre blasse Haut war von den Wangen abwärts betörend rosa angelaufen, bis zu den Hügeln ihrer Brüste. Und ihre Brüste?

Oh Mann.

Sie waren voll, eine perfekte Handvoll. Das wusste ich schon, seit ich sie im Korridor hinter der Bar befühlt hatte, aber damals trug sie ihre Uniform. Jetzt waren ihre Möpse befreit und ich konnte ihre dunkelrosa Nippel sehen, wie sie sich eng zusammenrunzelten. Sie bettelten förmlich um spielerische Zuwendung, wollten gezwickt, gesaugt, geleckt und sogar eingeklemmt werden. Ihr Körper bestand nicht aus reiner Muskelmasse, sie war nicht gestählt wie so viele der Hyperionischen Frauen, die nur aus Knochen und harten Kanten bestanden. Nein, sie war mit weichen Kurven gesegnet, einem leicht gewölbten Bauch und vollen, breiten Hüften. Und einem Arsch, der vorzüglich meine Lenden abfedern würde, sobald ich sie dort nehmen würde.

Ich stellte mir vor, wie ich ihn verhauen würde und stöhnte, als ich mir den roten Handabdruck auf ihrem Arsch vorstellte. Ich wollte sie von hinten nehmen, ihre Pussy ficken, während ich ihre Hüften umpackte. Ich wollte ihren bestens gerüsteten Arsch erobern.

"Traust du uns zu, dass wir dich verwöhnen?" fragte ich sie und lockerte das Kommunikationsgerät an meinem Handgelenk, dann warf ich es auf den Tisch. Meine Geduld—um die es bereits dürftig bestellt gewesen war, als ich Styx zugesehen hatte, wie er sich an ihrer Pussy zu schaffen gemacht hatte—war jetzt vollkommen hinüber.

Meine Eier schmerzten, wollten in ihr versinken. Meine Handflächen juckten und wollten ihre weiche, aufgeheizte Haut befühlen.

Sie blickte auf, ihre Lippen öffneten sich und ihre grünen Augen weiteten sich mit einer Mischung aus Begierde und angetörnter Lust. Sie wusste, dass wir noch nicht fertig waren, auch wenn sie schon dreimal gekommen war.

"Ja," sprach sie und ging auf die Knie, ihre Augen klebten an meiner Brust. Die Piercings pochten, aber nicht so heftig wie mein Schwanz.

"Ich ... ich will dich anfassen."

Ich stützte die Hände auf die Hüften und grinste. "Ich bin ganz dein."

Styx lachte und zog seine Stiefel aus. "Keine Sorge, Liebes. Mit uns wirst du bestens versorgt werden. Auf jede erdenkliche Art."

"Keine Ahnung warum, aber ich möchte eure Piercings in den Mund nehmen," räumte sie ein und mein Schwanz pochte gegen meine Hose. "Sie sind so verdammt heiß, aber ich bin

Krankenschwester. Ich will nicht, dass sie sich entzünden."

Styx ging zu einem Wandfach, öffnete es und holte einen ReGen-Stift hervor. Das blaue Licht ging an und er wedelte ihn erst über ein Piercing, dann über das andere, dann warf er ihn mir zu, damit ich ihn ebenfalls einsetzte. Innerhalb von Sekunden war der leichte Gewebeschaden behoben.

"Hier. Alles wieder heile." Er lief zur Bettkante und ließ sich aufs Bett fallen, sein Kopf ruhte auf einem Kissen. Seine Beine waren angewinkelt und seine Füße baumelten über der Kante, damit er Harper nicht anrempelte. "Bedien dich."

Als ich auch fertig war, legte ich den Stift neben mein Komm-Gerät und stellte mich ans untere Bettende, knapp außerhalb ihrer Reichweite. Ich ließ die Hände an meinen Flanken. Ich wartete.

Über die Schulter blickte sie kurz zu Styx, dann zu mir. Ich sollte als erstes ran, vielleicht, weil ich näher dran war, also krabbelte ich auf sie drauf, damit sie mit der Zunge gegen das Metallstück schnippen konnte.

Es war fast ein Ding der Unmöglichkeit sie nicht zu packen, neben Styx aufs Bett zu werfen und sie zu ficken.

"Gefallen sie dir?"

Ihre Hände landeten auf meiner Brust, um nicht das Gleichgewicht zu verlieren. Sie stöhnte und ich spürte es bis in meine Eier.

"Ich hatte keine Ahnung, dass Piercings an einem Mann so geil sein konnten," flüsterte sie.

Ihr Mund war warm und feucht, ihre Zunge schnellte hervor und sie zog sogar. Als sie zum anderen Piercing wechselte, ließ ich sie nur ein paar Sekunden daran herumspielen und das war's. Dann packte ich ihre Hüften und warf sie aufs Bett.

Sie federte einmal und ich ergötzte mich an der Art, wie ihre Brüste wackelten und ihre Beine zu beiden Seiten klappten.

Styx nutzte die Gelegenheit und setzte zum Sprung an, er bestieg sie regelrecht, küsste sie und erstickte ihren überraschten Aufschrei. Sein Knie schob ihre Schenkel auseinander und er öffnete sie so, dass seine Hüften zwischen ihren gespreizten Beinen Platz fanden.

Er küsste sich an ihrem Kiefer entlang, ihrem Hals hinunter und auf dem Weg zu ihren Nippeln knabberte er sogar an jener Stelle, an der er sie bald beißen würde.

"Nippel mögen wir auch gerne," sprach er, bevor er einen harten Zipfel in den Mund nahm. Er zupfte und zog ihn straff in die Länge.

Ich sah zu, wie sie den Rücken wölbte und ihre Finger sich an seinem Haar vergriffen und entledigte mich währenddessen meiner Stiefel und Hose. Mein Schwanz federte ihr entgegen, als ob er genau wusste, was er brauchte. Harper.

"Ich ... ich dachte, ich würde den Ton angeben," antwortete sie gehaucht und mit halb geschlossenen Augen.

Styx stützte sich auf seine Hände und blickte zu ihr hinunter. "Wenn du immer noch denken kannst, dann machen wir irgendetwas falsch."

Ich setzte mich auf die Bettkante, schob meine Hände unter ihre Armbeugen und hob sie hoch. Styx rührte sich und ließ mich Harper von ihm wegziehen, sodass sie sich mit dem Rücken an meine Brust schmiegte. Sie machte es sich zwischen meinen Beinen bequem, mein Schwanz drückte gegen ihren Rücken.

"Das hier wird zügig gehen, Liebes. Einen dieser Tage, wenn wir weniger verzweifelt sind, dann werden wir dir die Führung überlassen."

Bei dieser Bemerkung musste ich lachen und ich hakte meinen Fuß über ihren Knöchel und schob ihre Beine weiter auseinander. "Wir werden wohl immer verzweifelt in dir versinken wollen. Pussy wie Arsch," entgegnete ich und verlagerte die Hüfte, damit sie die harte Länge meines Schwanzes spürte.

Sie winselte, als Styx sich näherte und zwischen ihren Schenkeln in Stellung ging. Er packte seinen Schaft und ließ ihn über ihre geschwollenen Falten gleiten.

"Oder Mund," fügte Styx hinzu. "Pussy zuerst. Bereit, Liebes?"

Sie nickte an meiner Brust, ihr Haar war weich wie Seide.

Styx zögerte nicht länger, sondern richtete sich aus und glitt mit einem Stoß tief in sie hinein.

Er schloss seine Augen und stöhnte, als sein Schwanz in unserer Partnerin verschwand. Harper drückte den Rücken durch und presste mit dem Kopf gegen meinen Torso. Ich packte ihre Kniekehle und zog sie hoch und nach hinten, damit Styx mehr Spielraum bekam.

Er war auf Hände und Knie gestützt

und fickte sie. Feste. Ihre Brüste schaukelten und zarte Lustschreie entwichen ihrer Kehle, als er sie nahm.

"So eng. So feucht. Perfekt," sagte Styx. Dunkle, schmutzige Worte, als er regelrecht auf sie eindrosch.

"Gut so?" fragte ich sie und meine Lippen glitten über ihre Ohrmuschel.

"Verdammt gut," antwortete sie.

"Unsere Partnerin mag es derbe."

Styx grinste, aber er war zu sehr seinem eigenen Verlangen verfallen, um mehr darauf zu erwidern.

"Jetzt kommen, Harper," befahl ich ihr.

Wäre sie nicht gerade gefickt worden, dann hätte sie meine Bevormundung wohl mit einem bösen Blick abgestraft, aber ich wusste, dass es ihr gefiel. Besonders jetzt, als wir ihr genau das gaben, was sie brauchte. Mit uns war sie sicher, sie konnte sich gehen lassen und sagen, was immer sie wollte. Und kommen. Selbst, wenn es wild und feucht, schmutzig und geil wie sonst was wäre.

Diesmal entfuhr ihr kein Schrei. Stattdessen stockte ihr der Atem und ihr Körper spannte sich gegen meinen, während sie sich entlud. Schweiß stand auf ihrer Haut, als wir uns regelrecht aneinander glitschten und als sie über meine frischen Piercings rieb, sickerte mir der Vorsaft aus der Eichel und beschmierte ihren Rücken.

Ich stellte mir vor, wie es sich für Styx anfühlte, als Harpers Pussy seinen Schwanz melkte und ihn endgültig erledigte. Er kam mit einem tiefen Stoß und stöhnte laut. Seine Zähne brachen hervor und er warf den Kopf in den Nacken, als er in sie pumpte.

Beide atmeten schwer und versuchten sich wieder einzukriegen, während mein Schwanz weiter vor sich hin sickerte. Ich brauchte ihn in ihr. Jetzt.

Styx zog heraus und lehnte sich zurück, bis sein Kopf auf einem Kissen lagerte. Er schlang die Arme um Harper und zog sie nach vorne und von mir runter, sodass sie im Vierfüßlerstand in der Grätsche auf ihm saß und auf ihn hinunterblickte, während ich von hinten das perfekte Panorama bewunderte. Von meiner Position aus hatte ich besten Ausblick auf ihre wohl beanspruchte Pussy, Styxs Samen tropfte von ihren dicken, kirschroten Pussylippen. Es war nicht dieses Loch, auf das ich es abgesehen hatte, sondern das darüber, jenes Loch, wo sie früher schon gefickt wurde, das auf uns vorbereitet war. Für diesen Moment. Ich beugte mich rüber und schnappte mir das Gleitmittel vom Nachttisch neben dem Bett. Während ich mit Harpers Bad und Verköstigung beschäftigt war, hatte Styx mehr getan, als nur unsere Vollstrecker, also die Anführer unserer Legion zu besänftigen.

"Ich liebe deine Pussy," sprach ich, als ich aufs Bett stieg und hinter ihr in Stellung ging. Als ich das Fläschchen mit der glitschigen Flüssigkeit aufschraubte, zogen sich meine Eier bis zur Schmerzgrenze zusammen. Die freudige Erwartung war Fluch und Segen zugleich. Es war exquisit. Und schmerzhaft. "Aber ich liebe Ärsche genauso, ich werde dein anderes Loch ficken. Wenn du etwas dagegen hast, dann sag es jetzt."

Über die Schulter hinweg blickte sie zu mir, während meine eingeschmierte Hand über meinem Schwanz schwebte.

Sie biss ihre Lippe, musterte mich und meine Größe und fragte sich vielleicht, ob ich reinpassen würde. Das würde ich.

"Mit meinem Schwanz im Arsch wirst du kommen. Das verspreche ich dir."

Ich machte einen auf dicke Hose, sicher. Aber ich kannte auch meine Partnerin und wusste, was sie wollte. Was sie brauchte.

Als sie darauf nichts entgegnete, verpasste ich ihrer runden Arschbacke einen spielerischen Klatscher.

Sie erschrak und ihre Brüste schwankten hin und her. "Ja?" fragte ich.

"Ja," antwortete sie und ging auf die Unterarme, sodass ihre Brust auf Styx Oberkörper auflag und ihr Arsch sich empor reckte. Für mich. Eine Einladung.

Verdammt.

Styx packte ihre Haare und küsste sie, er hielt sie fest und verschlang sie förmlich, während ich mir zügig den Schwanz einschmierte und mit meinen Flutschfingern ihren Hintereingang umkreiste und befeuchtete. Als mein Finger in sie hineinglitt, krallte sie sich am Laken fest und sie keuchte.

Styx langte nach unten und packte die runden Keulen ihres Hinterteils; er öffnete sie für mich. Sie winselte und zum ersten Mal nahm sie sich seinen Mund; zum ersten Mal wurde sie zur Aggressorin.

Meine Eier zogen nach oben und ich stöhnte. Ich wollte es. Sofort.

Ich entfernte meinen Finger, legte

meinen Schwanz an ihren Eingang und presste.

Ich achtete auf ihre Hände, ihre Rückenlinie, ihre Atmung, als ich sie vorsichtig öffnete. Sie war eng, aber sie wusste sich zu entspannen, gegenzudrücken, und meine dicke Eichel glitt hinein. Sie hörte auf Styx zu küssen und drückte den Rücken durch. Dann schluchzte sie.

"Reib ihren Kitzler, Blade. Reib ihren Kitzler und zieh ihren Kopf nach hinten. Ich will die Stelle kosten, an der unser Biss ihr Fleisch markieren wird." Styxs Stimme war rau und fordernd, gleichzeitig fuhr er mit den Händen über ihre Flanken und machte sich an ihren Nippeln zu schaffen, er zog und zwirbelte und spielte an ihnen herum. Ich folgte seiner Anweisung und packte sie am Schopf, sachte zog ich ihren Kopf nach hinten und oben, sodass sie den Rücken durchdrückte und Styx ihren gestreckten, lieblichen Hals anbot.

Er schnappte rigoros nach ihrem

Hals, nicht um sie zu beißen, sondern um sie anzuheizen. Ihr Arsch zog sich dermaßen feste um meinen Schwanz zusammen, dass ich stöhnen musste und augenblicklich erstarrte. Ich wagte keine weitere Bewegung, weil ich fürchtete die Kontrolle zu verlieren.

Mit meiner freien Hand langte ich um sie herum, fand zielgenau ihren festen Kitzler, schnippte ihn mit dem Finger und legte los. Rein. Raus. Tiefer und tiefer. Das hier war kein brutaler Pussyfick, so wie Styx es ihr besorgt hatte, sondern ein langsames, rhythmisches Gleiten. Wie ein Schraubstock zog sie sich um mich zusammen. Ich würde es nicht lange aushalten, aber ich würde mich bis zu den Eiern in ihr vergraben, bevor ich sie mit meinem Samen füllte.

"Du bist so verdammt perfekt, Harper. Wunderschön. Wenn du für mich kommst, dann wirst du mich mitreißen."

Ich glitt vorsichtig ein und aus,

tröpfelte mehr Gleitgel auf ihren straffen Eingang und sah zu, wie ich wieder und wieder in ihr verschwand.

Der Orgasmus ballte sich an meinem Steißbein zusammen und meine Zehen kräuselten sich. Dann schoss mein Samen auch schon aus meinen Eiern heraus und ich packte ihre Hüfte und beanspruchte sie mit meinem festen Griff, während ich sie tief in ihrem Inneren mit meinem Samen markierte.

Sie gehörte uns, Pussy wie Arsch. Und als sie erneut kommen musste, warf sie den Kopf in den Nacken und ihre inneren Wände pulsierten und zogen mich tiefer und tiefer in sie hinein, mit einem stummen Schrei riss sie den Mund auf und Styx hielt sie mit seinem angedeuteten Biss an Ort und Stelle. Jetzt wusste ich, dass sie nichts mehr vor uns zurückhielt.

Dabei gab es viele Dinge, die gegen unser Match sprachen. Wir mussten bekannte wie unbekannte Feinde eindämmen. Aber in unserem Leben gab es jetzt eine konstante Größe. Einen Lichtblick.

Harper.

STYX, eine Woche später

"Das ist der Preis dafür der Anführer der Legion zu sein," grollte ich angesichts des Panoramas vor mir. Unsere Mondbasis zählte fünf verschiedene Legionen, aber im Zentrum existierte ein neutrales Gebiet, das für Versammlungen genutzt wurde. Keine Legion hatte die Vorherrschaft. Es war der einzig neutrale Flecken hier und die Legionen hatten vereinbart, dass niemand über das Territorium regieren durfte. Aber kein Anführer hatte—in der jüngsten Gegenwart—eine Partnerin genommen. Bis jetzt.

Das Event würde also zwangsläufig hier stattfinden, in diesem großen Saal.

Der zentrale runde Tisch war entfernt worden, damit die Legionen sich vermischten.

Vermischen. Bei dem Wort allein musste ich die Stirn runzeln. Und als ich mich umblickte, zählte ich etwa zwanzig Vollstrecker aus den verschiedenen Legionen auf Rogue 5. Die Hälfte davon waren meine und es würden noch mehr eintreffen.

Vermischen. Ich würde mit Leuten reden müssen, die ich weder kannte noch schätzte, alles des verfickten Protokolls wegen. Eine Regel, die ich respektieren würde.

Mitglieder der Cerberus-Legion hatten versucht Harper zu töten und ich wollte sie mir näher anschauen. Dieser Anlass, diese neutrale Zusammenkunft war der perfekte Ort dafür. Tag für Tag erkundigte sich Harper nach den Söldnern, nach ihrem entführten MedRec-Team. Das Schicksal ihrer Kollegen brachte sie fast zum Verzweifeln. Und Tag für Tag blieb ich ihr eine Antwort schuldig. Von Ivar und den Kopfgeldjägern hatten wir nichts mehr gehört und das überraschte mich. Cerberus hielt sich hier auf Rogue 5 auf; sie mussten nicht weit reisen, um die Wahrheit herauszufinden. Aber gerade die Tatsache, dass versierte Kopfgeldjäger *involviert waren* bewies, dass die Wahrheit manchmal schwer zu finden war. Vielleicht, nur vielleicht ging hinter den Kulissen noch mehr von statten, als Blade, Harper und ich bisher ahnten.

Ich wollte die Wahrheit, egal, wie lange es dauerte. In der Zwischenzeit musste ich meine Partnerin davon abhalten, aus lauter Frustration und Sorge die Wände hochzugehen. Sie mit Ficken abzulenken schien ganz gut zu funktionieren, aber ich wollte unsere Aktivitäten nicht herabsetzen, indem ich sie genau zu dieser Sache machte. Einer Ablenkung.

Und während Harper bereits zuvor ungeduldig und aufgebracht war, so war ich jetzt derjenige, der fast die Wände hochging. Ich hasse diese beschissene Versammlung, aber sie musste stattfinden. Allerdings wollte ich auch meine neue Partnerin vorführen, ja sogar mit ihr angeben. Sie gehörte mir, sie war perfekt und niemand außer Blade würde sie verdammt nochmal in die Finger bekommen.

"Du gehst doch gerne auf Partys," entgegnete Blade. Hätte ich nicht den Sarkasmus aus seinen Worten herausgehört, dann hätte ich ihm die Fresse poliert. Ganz besonders mit dem schadenfrohen Grinsen, das ich dort sah.

Wir standen am Rande und beobachteten das Getümmel, den bunten Armbinden der Legionen nach zu urteilen, fand aber keine Vermischung statt.

Wir waren die Ehrengäste, aber Harper war es, die alle Blicke auf sich zog. Soweit man sich zurückerinnerte, war sie die erste Partnerin eines

Legionsführers, die keine Hyperionerin war. Es war selten, eine Extravaganz. Zum Teufel, für mich war es auch die totale Überraschung; ich war nicht auf der Suche nach einer Partnerin nach Zenith gereist, den Göttern sei Dank war ich aber mit einer zurückgekehrt.

Dass sie von der Erde stammte, verstärkte nur die allgemeine Neugierde um ihre Person.

Mir waren Gerüchte darüber, wie wir sie gefunden hatten, zu Ohren gekommen. Warum wir sie auserkoren hatten—als ob wir irgendeine andere Wahl gehabt hätten. Außerdem beäugten sie Harper kritisch, als ob sie eine Außenseiterin war, was natürlich der Fall war, aber sie bemerkten auch die fehlenden Narben an ihrem Halsansatz, die darauf verwiesen, dass wir sie erst noch offiziell erobern mussten.

Sollte unsere Partnerin irgendetwas von dem Gemunkel darüber, wie wir sie benutzen und zu ihrem Planeten zurückschicken würden mitbekommen, dann würde ich dem Lästermaul die Zunge aus dem Hals reißen. Ich kannte ihr Geschwätz, weigerte mich aber, auf ihr Niveau herabzusteigen und mit ihnen zu streiten. Meine Worte würden absolut nichts beweisen. Nur der Biss des Partners oder der beiden Partner würde diese verdammten Lügengeschichten zum Versiegen bringen.

Sie wusste genau, warum wir sie die Woche über gefickt hatten, aber unser Biss stand noch aus. Noch bevor wir sie zum ersten Mal gefickt hatten, hatten wir ihr deutlich gemacht, dass sie uns um unseren Biss anflehen würde. Bis dahin würden wir sie verwöhnen und jedes Mal unser Verlangen unter Beweis stellen. Unsere Bedürftigkeit.

Drei Leute von der Astra-Legion kamen als Nächstes hinzu, vom Eingang warfen sie mir und Blade einen Blick zu und nickten. Dann konzentrierten sie sich gänzlich auf Harper, die zwischen uns stand.

"Ihr werdet aber nicht von allen begafft," flüsterte Harper und ergriff meine Hand. Mir war klar, dass sie nach dem Angriff auf Zenith nervös, ja sogar verängstigt war. Schließlich waren auch Typen mit roten Armbinden im Raum. Die Tatsache, dass sie hier war, mit uns, war der Beweis für ihr Vertrauen in uns. Wir würden sie beschützen, selbst, wenn wir für sie sterben müssten.

Im starrenden Blick eines Astra-Legionärs erkannte ich lodernde Hitze wieder und ich konnte es ihm nicht übelnehmen, denn sie war außergewöhnlich hübsch. Ihre Haut leuchtete. Ihre Lippen waren voll und nach endlosen Küssen ganz geschwollen. Sie sah gut gefickt und geliebt aus und sie strahlte vor Glück.

Blade zog sie an sich heran und klemmte einen Arm um ihre Taille, sie aber wollte mich nicht loslassen, als ob sie die Spannung im Raum spüren konnte.

Diese Leute waren nicht meine Freunde. Es gab gute Gründe, warum meine Vollstrecker hier waren, zusammen mit fünf meiner Captains. Ein Verstoß gegen das Protokoll, den sie mir einfach nachsehen mussten.

Was Harpers Sicherheit anbelangte, würde ich keine Risiken eingehen. Ich kannte sie zwar erst seit einer Woche und sie musste mich noch vollständig akzeptieren, aber ich wusste bereits, dass ihr Verlust mich vollends zerstören würde.

9

tyx

"Du bist die Hauptattraktion, Liebes. Der Grund für diesen Abend," erklärte Blade, obwohl sie das bereits wusste. Als sich die Nachricht von Harpers Ankunft auf der Mondbasis herumgesprochen hatte, wurde bereits die Versammlung geplant. Obwohl die Legionen sich nicht besonders nahe standen, war es doch Brauch, den Legionsführern und ihren Untertanen die neue Partnerin vorzustellen und diese Gepflogenheit musste beibehalten werden. Es galt, den Status Quo zu wahren, auch wenn Cerberus ihn mit seinem Angriff auf Harper aus dem Gleichgewicht gebracht hatte. Ich hatte ein paar Mal von Ivar gehört, aber nur, dass sie weitere Nachforschungen anstellten, immer noch den Hinweisen folgten. Nichts Handfestes, das ich an Harper weitergeben konnte. Nichts, um diese Versammlung zu vertagen. So sehr ich Smalltalk auch hasste, ich würde diese Möglichkeit nutzen und die Anworten bekommen, die Ivar mir schuldig blieb. Und zwar, indem ich an Cerberus persönlich herantrat.

"Zwei Stunden," grollte ich erneut. Ich würde Cerberus ins Auge blicken und die Wahrheit herausfinden; ich würde in Erfahrung bringen, ob wir uns jetzt im Krieg befanden. "Zwei Stunden und die Sache ist abgehakt. Du wirst die Anführer der Legionen treffen und dann verschwinden wir. In der Zwischenzeit solltest du verstehen, dass du zwar angestarrt wirst, alle aber nur das sehen, was sie nicht haben können. Denn du gehörst zu mir."

"Und mir," fügte Blade hinzu.

Harper in einer Styx-Uniform zu sehen, mit ihrem Silberband, erfüllte mich mit Stolz. Das Schwarz konnte ihre Kurven nicht verbergen. Es stand ihr einfach zu gut. Wir hatten ihr nicht oft die Gelegenheit dazu gelassen, denn fast die gesamte Woche über hatten wir sie im Bett behalten—oder zumindest in meinem Quartier. Einer von uns beiden war immer bei ihr gewesen. Wenn Blade gehen musste, um Nachforschungen über die Cerberus-Schläger anzustellen, war ich in ihr geblieben. Ja, in ihr drin. Ich hatte sie gefickt und nach Vollendung nicht mehr herausgezogen, mein Schwanz war tief in ihr drin geblieben und ich war eingeschlafen, als sie auf mir drauf lag. Ich wollte die Verbindung—ich brauchte sie. Sobald ich meinen Verpflichtungen nachkommen musste, war Blade zur Stelle, um sich im und außerhalb vom Bett bestens um sie zu kümmern. Obwohl wir sie gemeinsam fickten, hielten wir ihr nicht unsere Schwänze vor, sobald wir getrennt waren. Auf keinen Fall.

Und jetzt, als wir wie ein paar wilde Bestien auf der Oberfläche von Hyperion begafft wurden, wollte ich irgendwo mit ihr verschwinden und sie erneut durchficken. Ich wollte dieses lästige Publikum loswerden und mit unserer Partnerin allein sein.

Mein Schwanz verzehrte sich nach ihr und mir war scheißegal, wer alles die Beule in meiner Hose sehen konnte.

"Astra," sprach Blade und tippte den Kopf als eine Art Gruß.

Vor uns stand die Anführerin der Astra-Legion, ihre Uniform war identisch mit der unseren, abgesehen von der dunkelgrünen Armbinde an ihrem Oberarm. Sie war mindestens zwanzig Jahre älter als ich, obgleich niemand ihr genaues Alter kannte und auch niemand danach zu fragen wagte. Sie war durchtrieben, aber nicht gemein. Und das brachte sie auf die Liste der Leute, mit denen ich hin und wieder Geschäfte machte, obwohl ich ihr nie vertraut hatte. Wir auf Rogue 5 wussten, dass man kaum jemanden trauen konnte. Ihr Haar war gerade, auf Schulterlänge geschoren und es glänzte in einem rauchigen Silberton—keine Ahnung, ob es von Geburt an so aussah oder die Farbe vom Alter herrührte.

"Es ist mir eine Ehre," sprach Astra und sie lächelte Harper zu.

Obwohl ich schon einiges mit ihr erlebt hatte, und darunter nicht nur gutes, musste ich Astra meinen Respekt einräumen, denn sie war höflich genug, um an uns heranzutreten. Die anderen hatten das nämlich nicht getan und nur unverhohlen geglotzt.

"Ein neuer Planet. Zwei neue Partner. Was für eine Umstellung für dich." Der Ausdruck auf ihrem Gesicht, dieses Lächeln war eines, das ich nie zuvor gesehen hatte. Geziert? Anzüglich? Ich hatte sie als Anführerin der Legion kennengelernt. Sie verfügte über einen ausgezeichneten Geschäftssinn, hatte aber null Toleranz für Rumgetrickse aller Art. Ich war auch Zeuge ihrer harten, unnachgiebigen Seite geworden. Nie hatte ich sie so gesehen. Als Frau. Eine Frau mit Geheimnissen. Ihr mildes Auftreten lag vielleicht daran, dass sie jetzt zu einer anderen Frau sprach.

Harper atmete tief durch und schenkte der Legionsführerin ein verhaltenes Lächeln. "Ja, aber ich muss zugeben, die beiden werden mir immer sympathischer."

Astras Lächeln verflog, dann aber lachte sie. Andere drehten sich um und fragten sich, was so amüsant war, aber sie konnten uns nicht hören. "Die NPU hat deine letzten Worte nicht richtig übertragen, aber ich muss annehmen es bedeutet, dass sie sehr aufmerksame

Liebhaber sind. Du wirkst sehr zufrieden."

Harpers stand vor Schock der Mund offen und ihre Wangen wurden pink. "Das ist nicht—"

"Natürlich ist sie zufrieden. Zweifelst du etwa an unseren Fähigkeiten, Astra?" Ich schaltete mich ein, um ihre Aufmerksamkeit auf mich zu lenken. Astra schien Harper nicht absichtlich in Verlegenheit gebracht zu haben, trotzdem brauchte meine Partnerin erstmal eine kurze Verschnaufpause.

Astra blickte zu mir. "Styx, sie ist noch nicht gebissen worden. Ihr beide tragt ihr Zeichen, aber sie trägt noch nicht euren Biss." Sie wandte sich wieder Harper zu und ihr Körper beugte sich leicht nach vorne, als sie Harpers Geruch prüfte. "Sie trägt euren Duft. Aber ich würde die Eroberung nicht länger hinauszögern."

So kühn war die Legionsführerin also, sie sprach jene Sache an, die alle anderen ebenfalls brennend interessierte. Alle

Anwesenden mussten sich fragen, warum wir unsere Partnerin noch nicht gebissen hatten. Die nicht vorhandenen Narben zu beiden Seiten ihres Halses waren für alle offensichtlich. Käme sie von Hyperion, dann hätten wir sie gar nicht erst gefragt. Hyperionische Frauen standen nicht auf unentschlossene Männer. Auf solche, die sich zurückhielten. Sie wussten, was ihnen bevorstand.

Aber Harper war ein Mensch und die einzige Erdenfrau, die ich je kennengelernt hatte, wurde bereits rot im Gesicht, wenn man das Wort Sex in ihrer Gegenwart auch nur erwähnte. Ficken. Beißen und erobern. Erdenfrauen wollten mit Samthandschuhen angefasst werden. Sie verlangten nach Geduld. Verführungskünsten. Einwilligung.

Keine dieser Einzelheiten und Bedenken was Harper betraf waren Themen, die ich mit einer neugierigen Frau von einer anderen Legion erörtern würde, ganz gleich, welchen Rang sie in unserem Volk innehatte. Sie war hinter irgendetwas her. Klatsch und Tratsch. Und ich hasste Getratsche.

Blade fuhr mit den Fingerknöcheln über Harpers rosa Wangen.

"Vielleicht sollten wir das jetzt beheben," sprach er und blickte unserer Partnerin in die Augen.

Die weiteten sich, aber sie entgegnete nichts darauf.

"Ja, vielleicht sollten wir das, Astra." Ihr Name aus meinem Munde war zugleich die Verabschiedung und ich folgte Blade, als er unsere Partnerin durch einen Seiteneingang hinausführte.

"Wie es aussieht, zerrt ihr mich andauernd in irgendwelche Gänge," sagte Harper, als Blade sie gegen eine Wand geschoben hatte. Wir befanden uns in einem engen Korridor, allein, genau wie hinter der Bar auf der Zenith. Dieser Gang war ebenfalls ein

Notausgang, niemand würde hereinkommen.

"Am liebsten haben wir dich für uns allein," entgegnete Blade und ließ seine Hände an ihrem Körper entlang auf und ab wandern, als ob er es einfach nicht lassen konnte. "So versessen sind wir auf dich."

"Ihr werdet mich jetzt nicht wirklich beißen, oder?" fragte sie und drückte die Brust raus.

Blade grapschte ihre Brüste und sie seufzte. "Ist es das, was du willst?" fragte er mit rauchiger Stimme.

Vor zwei Stunden noch hatten wir sie gefickt, dennoch wollten wir sie schon wieder. Nach der Art, wie sie sich hin und her wand und wie sie hechelte, war sie nicht weniger willig.

"Was haben wir dir gesagt, Liebes?" schaltete ich mich ein und lehnte mit der Schulter gegen die Wand, um ihnen zuzusehen.

"Dass ich um euren Biss flehen werde."

"Richtig. Aber jetzt werden wir dich erstmal kommen lassen."

"Schon wieder? Jetzt?" Keines ihrer Wörter war als direkter Protest gemeint und ich warf Blade einen kurzen Blick zu, als wir beide links und rechts von ihr in Stellung gingen.

"Ja. Möchtest du kommen? Sollen wir dich berühren, Harper?" Ich konnte mich nicht länger zurückhalten. Also näherte ich mich an und fuhr mit der Nase über ihren Hals. "Möchtest du Finger in deiner Pussy haben? Gedehnt werden? Hart und schnell von ihnen gefickt werden?"

Sie nickte und biss ihre Lippe. Harper trug zwar dieselbe einfache Uniform wie der Rest von uns, allerdings hatte sie ihr Haar so frisiert, dass es regelrecht auf ihrem Scheitel thronte. Aber der ansehnliche Look lockerte sich zusehends, als ihr Kopf gegen die harte Wand schrammte. Lange Strähnen fielen über ihre Schultern und sie sah bereits gut gefickt aus. Wir konnten es nicht hier machen, nicht jetzt, aber wir konnten ihren Wangen durchaus eine gesunde Röte verpassen und ihrem Wesen eine abgeschlagene Milde, sodass alle im Raum nebenan mitbekamen, dass sie von ihren Partnern voll und ganz befriedigt wurde. Damit sie verstand, dass wir uns um sie kümmerten, selbst angesichts der gaffenden Horden.

"Deine Pussy ist verdammt gierig," sprach ich und drehte sie so, dass ihre Flanke gegen die Wand lehnte und wir uns gegenüber standen. Blade stellte sich an ihren Rücken, während ich ihre Hose öffnete. Ich lockerte den Verschluss, ohne ihr Beinkleid dabei runterrutschen zu lassen.

"Styx," hauchte sie und legte die Hände auf meine Handgelenke. Durch ihre goldenen Wimpern blickte sie zu mir auf, dann blickte sie auf die Tür, durch die wir gekommen waren. "Da sind zu viele Leute. Wir sollten eigentlich auf der Party sein."

"Fick diese Party," und damit meinte

ich nicht nur ficken, nein, ich wollte ihren Körper betrachten und ihre Lustlaute hören. "Wir wollen dich anfassen, und zwar jetzt. Diese Leute werden uns nicht daran hindern mit dir zusammen zu sein, selbst hier. Und wir teilen dich mit niemandem. Wir wollen, dass du kommst, Liebes." Meine Hand glitt über ihren zarten Bauch und ich beobachtete, wie sie zusammenzuckte, wie sie förmlich dahinschmolz. "Ich bin gierig, Harper. Ich will deine nassen Pussysäfte an meinen Fingern haben. Ich will, dass du die Kontrolle verlierst, hier, sofort. Dein Körper gehört mir. Ich werde ihn anheizen, kosten und ficken."

Ich ließ meine Hand in ihr Höschen gleiten und konnte feststellen, dass sie klitschnass und fickrig war. Also drang ich mit einem entschlossenen, schnellen Stoß in ihre feuchte Hitze ein und sie drückte den Rücken durch und fasste blind nach meinen Schultern. Ihre Pussywände zogen sich zusammen, als ich anfing sie langsam mit den Fingern zu ficken. Es war nicht dasselbe, wie ihr beim Schwanzreiten zuzusehen, aber es würde genügen müssen.

Ich grinste, als Blade seinen Mittelfinger ableckte und ihn hinten in ihre Hose schob. Als sie die Augen aufriss, legte ich meinen Mund auf ihren und erstickte ihren Aufschrei, während Blade seinen Finger in ihr Poloch schob. Sie liebte Arschspielereien. Seit Blade sie dort am ersten Tag gefickt hatte, wollte sie es ständig. Sie sehnte sich danach. Die Art, wie ihre Säfte meine Hand einkleisterten, bestätigte es nur.

"Reite unsere Finger, Liebes. Bring dich zum Höhepunkt," flüsterte Blade ihr ins Ohr.

Ich küsste sie weiter und sie begann mit den Hüften zu kreisen, sie presste erst meinen Finger tiefer in sich hinein, dann Blades. Sie hörte gar nicht mehr auf, sondern bewegte sich immer schneller, bis sie sich dem Höhepunkt näherte.

Ich hob meinen Mund von ihrem,

damit sie besser Luft bekam, flüsterte ihr aber eine kleine Ermahnung zu. "Schhh. Nur wir dürfen dich hören."

"Was für ein böses Mädchen," murmelte Blade, dann knabberte er an ihrem Ohrläppchen. "Besorgst es dir ordentlich, während die Anführer von Rogue 5 hinter der Tür auf dich warten."

Damit war die Sache erledigt. Vielleicht war es das Risiko erwischt zu werden, oder die Tatsache, dass sie sich gerne doppelt penetrieren ließ, oder der Umstand, dass sie so verdammt gut auf uns ansprach, aber sie musste kommen.

Sie biss ihre Lippe und machte große Augen, sie starrte mich an, während sie ihre Lust genüsslich ausritt.

Ich musste grinsen und meine Fangzähne blitzten hervor. Ich konnte sie nicht am Durchbrechen hindern, allerdings würde ich sie nicht hier und jetzt in ihr versinken lassen. Nein. Mein Verlangen für sie war offensichtlich, aber sie würde sich damit begnügen müssen meinen Finger zu melken; auch wenn sie mehr wollte.

Als sie sich wieder zusammengerafft hatte, lobte ich sie. "Wunderschön. Und nur für uns. Bald werden dich unsere Schwänze hinten und vorne füllen. Wenn du dann um unseren Biss bettelst, werden wir es tun."

"Styx," keuchte sie. "Ich will es."

Ihr Eingeständnis machte mich ganz euphorisch. Sie hatte meine Fangzähne gesehen, wusste, wie sie aussahen, wie spitz sie waren, wie sie ihr zartes Fleisch durchbohren würden. Trotzdem wollte sie es. Sie wollte uns.

Am liebsten wollte ich sie über die Schulter werfen und allen anderen im Raum nebenan sagen, dass sie sich verpissen sollten, damit ich unsere Partnerin erobern und beißen konnte. Aber nein. Das war jetzt nicht möglich.

Ich schüttelte den Kopf und strich ihr das Haar aus dem Gesicht. "Gut. Sobald wir allein sind, *wirklich allein* sind, reden wir nochmal darüber."

Ich riss mich von ihr los, hob meinen glänzenden Finger an meinen Mund und leckte ihre süße Essenz ab. Mein Mund wurde wässrig und wollte mehr, ich wollte auf die Knie fallen und ihren Nektar direkt an der Quelle schöpfen.

Ich seufzte. "Erstmal müssen wir dich Rogue 5 vorstellen."

"Dann gehörst du uns," verkündete Blade und zog seine Hand aus ihrer Hose heraus, dann langte er um sie herum und knöpfte ihren Hosenstall wieder zu.

Harper

Die Aliens, die sich im Versammlungsraum eingefunden hatten, wirkten fast menschlich.

Fast.

Es war nicht das silberne Haar auf mehreren Köpfen, wie bei Blade, dass sie anders als Menschen aussehen ließ. Es waren auch nicht die lebhaften, leuchtenden Farben ihrer Augen, die mich erschaudern ließen, als ich zwischen meinen Partnern auf der Plattform im vorderen Teil des Raumes stand.

Sie waren *anders*. Es war die Art, wie sie sich *bewegten*. Die Art, wie ihre Blicke absolute Aufmerksamkeit verströmten, als einer nach dem anderen sich vorstellte. Die halbe Zeit über kam ich mir vor, als würde ich von einem wilden Tiger im Käfig angestarrt werden. Oder einem mystischen Gestaltenwandler, einer wilden Kreatur, die gezwungen war in einem Gefängnis aus Fleisch und Blut zu existieren.

Bei Styx und Blade war diese Wildheit berauschend, sexy. Aber als die Anderen mir gegenübertraten, flutete das Raubtier in diesen Leuten, in dieser seltsamen Alienrasse meinen Körper mit Adrenalin und *meine* Instinkte schlugen Alarm. Diese Kampf-oder-Flucht-

Reaktion war automatisch, und heftig. Und sie schrie nur ein Wort …

Renn.

Aber ich war kein Tier, also sagte ich meinem wild hämmernden Herzen und schweißnassen Handflächen, dass sie die Klappe halten sollten und lächelte, als ob kein Wölkchen den Himmel trübte. Ich wusste, dass Styx und Blade nicht zulassen würden, dass mir etwas passierte. Sie würden mich beschützen, selbst vor meinen eigenen, überschäumenden Gefühlen.

Trotz der Tatsache, dass Mitglieder einer ihrer Legionen mich auf Latiri ermorden wollten, dass sie mein Med-Rec-Team überfallen hatten und dass einer von ihnen auf die Transportplattform und damit in den sicheren Tod gesprungen war, konnten sie mich nicht davon abhalten genau das zu tun, was ich gerade tat. Hier zu stehen. Auf Rogue 5. Lebendig.

Und sie waren immer noch da draußen. *Wer auch immer sie waren.* Styx hatte gesagt, dass Ivar und einige Everianische Kopfgeldjäger diesen Schurken nachstellten, aber das war schon eine Woche her. Eine ganze Woche, in der ich nichts anderes getan hatte, als die Zuwendungen zweier sehr heißer, sehr geschickter Aliens zu genießen. Nein, das hier waren gar keine Aliens. *Ich* war der Alien. Trotzdem hatten sie mich akzeptiert und sich meinetwegen sogar tätowieren und sich ihre Nippel piercen lassen. So langsam wurde ich schwach. Nein, ich gehörte voll und ganz ihnen. Wie könnte es auch anders sein? Schon längst hatte ich aufgehört die Orgasmen zu zählen. Und wie sie mir diese verschafft hatten? Hammer. Einfach nur Hammer.

Ich war bereit für ihren Biss und das machte mir Angst. *Ich war bereit, mich von zwei Aliens in die Schulter beißen zu lassen; zwei Aliens, die ich erst seit einer Woche kannte und die mich gemeinsam zu ficken pflegten.* Klar, ganz schön verrückt. Ich war ganz verrückt vor Lust. Wollten sie mir etwa das Hirn rausvögeln, damit ich nicht länger an mein Team dachte? Damit ich vergaß, was ihnen zugestoßen war, was ihnen möglicherweise alles angetan worden war, während ich hemmungslos gevögelt hatte?

Während Ivar und die anderen draußen Jagd machten, musste Styx sich um die Politik kümmern. Er musste herumstehen und mit den anderen Legionen plaudern, vielleicht würde er so auch herausfinden, warum die Gruppe mit den roten Armbändern— also Cerberus—es auf mich abgesehen hatte. Es gab mehr als einen Weg, um an Antworten zu kommen. Das hier war weniger geradeaus als die Mission der Kopfgeldjäger, aber wir könnten etwas herausbekommen. Und Styxs unbehaglicher Gesichtsausdruck hatte wohl weniger damit zu tun, dass er im Korridor nicht gekommen war, sondern mit seiner Abneigung für Partys.

Sie hatten mir einen unglaublichen Orgasmus beschert. Es half, jedenfalls ein bisschen. Ich war nicht mehr ganz so nervös. Zum Teufel, ich war wie warmes Wachs, formbar und weich. Ich wünschte, der Empfang wäre schon vorüber, aber bis dahin würde ich lächeln und nicken, während alle sich vorstellten. Währenddessen genoss ich einfach das Kribbeln an meinen empfindlichen Stellen, nachdem meine Partner mich dort eifrig bedient hatten.

Niemandem war es gestattet mich anzurühren. Zum Glück. Nicht, dass Styx oder Blade es zugelassen hätten. Nur eine hatte es überhaupt versucht, nämlich die ältere Frau, die Anführerin namens Astra. Sie hatte mich so sehr an die überbehütenden Helikoptermütter, die auf der Erde immer so viel schlechte Presse bekamen erinnert, dass ich, noch bevor ich mich versehen hatte, ihr die Hand geschüttelt hatte.

Wie es aussah, war das eine große Sache, vielleicht sogar ein politischer Fauxpas für Styx, denn im Raum wurde es mucksmäuschenstill. Vielleicht war es auf Rogue 5 nicht üblich sich die Hände zu schütteln. Vielleicht bedeutete es hier etwas ganz anderes, wie "ich hasse dich" oder so. Aber Astra hatte von unserem Händedruck direkt in Styxs Augen geschaut und ihm zugenickt, als ob sie eine Art Geheimnis miteinander teilten.

Hatte ich Styx etwa einen Gefallen getan?

Ich wusste es nicht. Ich kannte weder diese Leute, noch ihre Regeln. Ich wusste nicht, wer Freund und wer Feind war oder wem er vertraute. Wem ich vertrauen sollte. Anscheinend niemanden. Zumindest aber wusste ich, dass ich den Rotarmigen nicht über den Weg trauen konnte. Wahrscheinlich würde ich dank dem Schurken, der sich an meinem Bein vergriffen hatte für den Rest meines Lebens Alpträume haben. Ich kam mir vor wie ein Fisch auf dem Trockenen—wie ein verwöhntes, sexuell verhätscheltes, extrem befriedigtes Maskottchen, das aber trotzdem einer anderen Spezies angehörte. Ich *gehörte* nicht zu ihnen. Ich war ein Alien und das spürte ich bis ins Mark.

"Willkommen, Legionen." Styx räusperte sich und Blades Hand kam auf meinem unteren Rücken zum Ruhen. Die Wärme seiner Berührung war mein Trost und erinnerte mich an das, was wir eben erst am Hinterausgang getrieben hatten. Styx hatte sich ein Stückchen vor mich gestellt, um mich vor denen im Raum hier zu beschützen. Beide taten das. Sie beschützten mich. Den gesamten Abend über hatten sie sich auf subtile aber wirksame Weise zwischen mich und alle anderen gestellt. Ein Teil von mir wollte sich darüber aufregen, aber ich machte diesem Erdenmädchen schnell klar, dass es die Klappe halten sollte. Wir befanden uns auf einem fremden Mond, in einem Raum voller Räuber und Betrüger. Ich war äußerst dankbar und mehr als mäßig angetörnt davon, dass zwei der furchterregendsten Männer in diesem Raum mir so offen ihre Ergebenheit deklarierten. Die Tinte oder die Piercings waren gar nicht nötig, um es zu spüren.

Styx wartete, bis die Stille im Saal unbehaglich wurde und ich begann, nervös auf meinen Füßen hin und her zu treten. Das Schweigen wurde immer erdrückender und zugleich immer erwartungsvoller. Ich erkannte den Schachzug als das, was er war, nämlich eine Machtdemonstration. Eine Forderung nach Respekt.

Als er zufrieden war, fasste er nach hinten und nahm meine Hand, dann zog er mich vorwärts, sodass ich neben ihm stand. Blade folgte und ich wurde von ihren muskulösen Figuren eingerahmt, beide pressten sie gegen meine Schultern. "Das hier ist unsere Partnerin Harper, von der Styx-Legion."

Es herrschte weiterhin Stille und ich biss meine Lippe, weil ich mich fragen musste, ob ich irgendetwas sagen sollte. Etwas tun sollte. Die verbale Kundgebung war gar nicht nötig gewesen. Alle wussten, wer ich war. Es war eher eine Ankündigung.

Bis Astra schließlich ihr Glas hob und ihre Volltrecker ihrem Beispiel folgten. Sekunden später wurden alle Gläser im Raum in die Höhe gereckt und sie ergriff das Wort. "Auf Harper von Styx."

"Harper von Styx." Der Saal ertönte im perfekten Gleichklang.

Alle tranken. Blade atmete erleichtert aus. Mir war gar nicht aufgefallen, dass er die Luft angehalten hatte und Styxs Schultern entspannten sich. Er drückte behutsam meine Hand und ich drückte zurück. Ich hatte keine Ahnung, was diese Show hier eigentlich sollte, aber später ich würde sie fragen, damit sie es mir erklärten.

Mein Magen knurrte und der Duft nach frischen Früchten und Käse und einer Art köstlichem Würzfleisch machte mich fast benommen.

Blade blickte lächelnd auf mich herab. "Hungrig, Liebes?"

"Ja, ausgehungert. Ihr habt mir ziemlich Appetit gemacht," flüsterte ich.

Styxs Arm glitt um meine Taille und ich fand mich gegen seine harte Hitze gepresst wieder. Nein, eher war ich dabei an ihm zu zerschmelzen. Was die beiden anbelangte, so hatte ich kein bisschen Selbstbeherrschung. Es waren erst zehn Minuten vergangen und doch wollte ich sie schon wieder. Ich wusste, dass sie nur darauf warteten, bis ich um ihren Biss *bettelte*. Dass der Biss endgültig war. Heilig.

Genau diese beiden Umstände hatten mir am Anfang eine Mordsangst eingejagt.

Jetzt aber wollte ich sie so verzweifelt, dass ich es kaum zugeben wollte, auch nicht mir selbst gegenüber. Vor kurzem erst hatte ich lautstark ihren Biss eingefordert, aber scheinbar hatten sie mir nicht geglaubt. Oder das Timing war einfach schlecht. Oder beides. Vielleicht dachten sie, dass ich im Zustand der Erregung sonst was von mir geben würde, nur um endlich zu kommen. Vielleicht stimmte das ja.

Viellicht erlaubte mir der sexuelle Rausch, eine kalte, harte Tatsache zuzugeben, der ich nicht ins Auge blicken konnte, solange ich mich unter Kontrolle hatte.

Ich wollte sie. Ich wollte das, was sie mir anboten. Ich wollte für immer und ewig. Und diese Tatsache jagte mir eine Mordsangst ein.

10

Harper

IN EINFACHEN WORTEN: es würde nicht funktionieren. Ich war immer noch bei der Koalition. Meine Dienstzeit war noch nicht vorüber. Genau genommen war ich die ganze Woche lang unerlaubt dem Dienst ferngeblieben. Wir hatten nicht darüber geredet, denn ich glaubte nicht, dass Styx und Blade sich umstimmen ließen. Eine Sache, die ich auf Rogue 5 gelernt hatte war, dass sie ihre eigenen Regeln machten. Die Regeln der Koalition galten für sie nicht. Vielmehr schienen sie der Koalition gezielt aus dem Weg zu gehen. Was bedeutete, dass Styx sich einen feuchten Dreck scherte, ob seine Partnerin einen ganzen Paragraphen an Koalitionsgesetzen brach. Die Legionäre wurden als Gesetzlose angesehen, genau wie ich jetzt auch.

Da sie sich scheinbar nicht darum sorgten, eine ganze Flotte mit Kriegern der interstellaren Koalition ans Bein zu pinkeln, schob ich den Gedanken beiseite. Ich hatte dringendere Probleme, als wegen Fahnenflucht ins Gefängnis geschickt zu werden. Ich würde zumindest am Leben bleiben. Mein MedRec-Team würde vielleicht nicht so viel Glück haben. Sie waren irgendwo da draußen, als Gefangene oder Schlimmeres. Ich konnte sie nicht vergessen. Der Gedanke, den mysteriösen Angriff verstehen oder meine vermissten Kollegen zurückholen zu wollen, machte mich hilflos. Ich kannte diesen Planeten nicht, wo also sollte ich anfangen? Ich konnte niemanden in der Koalition kontaktieren. Mir waren die Hände gebunden. Ich musste darauf vertrauen, dass die anderen sie finden würden. Styx und Blade hatten mir versichert, dass die Kopfgeldjäger bereits nach ihnen suchten und dass ich mich nur zurücklehnen und abwarten musste.

Einfacher gesagt als getan. Geduld gehörte nicht zu meinen Stärken. Nicht, wenn Leute, die mir am Herzen lagen, in Not oder Gefahr waren.

Dennoch, ich war hier, auf Rogue 5 und ließ mir von zwei geschickten und sehr aufmerksamen Alien-Liebhabern das Hirn rausvögeln, während mein Team sich irgendwo in den Fängen unserer Feinde befand. Mir blieb keine andere Wahl, als Styx und seinen Leuten zu vertrauen; dass sie ihren Job machten, und zwar gut. Sollte ich als ihre Partnerin hierbleiben, dann würde ich mich sowieso daran gewöhnen müssen.

In der Zwischenzeit verpasste Blade mir einen flüchtigen Kuss. Als ich ein merkwürdiges Geräusch hörte, drehte ich mich von ihm weg. Es klang wie ein Baseball, der auf Massivholz aufschlug. Ein dumpfer Knall. Dann ein Rollen. Ich sah das Objekt, es war metallisch und rund und rollte über den Boden. Es war eher so groß wie ein Softball, glänzte aber. Ich folgte der Richtung, aus der es gekommen war und erblickte eine finstere, männliche Miene. Ich japste, denn ich erkannte ihn sofort—der Typ vom Schlachtfeld auf Latiri 4. Silbernes Haar, helle Augen, leerer, abgestumpfter Blick. Ich hatte ihn damals nur wenige Sekunden lang gesehen, aber ich war sicher. Dieses Gesicht würde ich nie wieder vergessen. Nie.

Etwas stieß gegen meinen Fuß. Der Softball. Als ich wieder aufblickte, sah ich das Grinsen auf seinem Gesicht. Es war bösartig. Bedrohlich.

Das war genau dann, als ich das Piepen hörte. Es war leise. So leise, dass es kaum wahrnehmbar war.

"Styx!" Blade schrie erst, dann kickte er das Objekt weg von mir, und zwar mit der Kraft eines Profifußballspielers.

Mein Blick huschte vom familiären Gesicht des Fremden zu Blades Fußschlag. "Was—"

Noch bevor ich meinen Satz beenden konnte, hob Styx mich nach oben und warf uns beide auf den Boden, sein Rücken zeigte Richtung Saal, sein Körper war beschützend um mich geschlungen, als alles in die Luft flog. Ich landete hart auf allen Vieren und spürte Styxs schweres Gewicht gegen meinen Rücken.

Die Explosion ließ Fensterscheiben zersplittern und schmerzte in meinen Ohren. Styx an meiner Rückseite ächzte, als die Wucht der Detonation ihn am Rücken traf.

Keine Schreie.

Keine verdammte Person hier war

am Schreien. Die Rufe kamen erst, als mein Hörsinn wieder zurückkam.

Ich roch Blut. Kein menschliches Blut. Kein schwerer Eisengeruch. Das hier war erdig, schwer.

Es roch wie der Tod.

Ich wollte mich aus Styxs Griff befreien, aber er weigerte sich loszulassen, als ich erste Reaktionen hörte. Gewusel. Harsche, kühle Befehle von Leuten, die es gewohnt waren zu kämpfen. Die es gewohnt waren zu bluten. Die den Tod gewohnt waren.

"Lass los!" Ich wehrte mich mit aller Kraft, aber meine Muskelstärke war der seinen deutlich unterlegen. Ich spürte seine Körperwärme, die festen Stränge seiner Muskeln, wie sie sich krampfartig verspannten.

"Nein." Er drückte mich noch fester an sich. Ich spürte seinen Atem an meinem Nacken, sein Herz, wie es gegen meinen Rücken hämmerte. "Erst, wenn Blade es sagt."

"Blade ist vielleicht verletzt worden, du Schwachkopf. Lass. Mich. Los." Ich boxte mit der Faust auf seinen Unteram. Ob er nun losließ oder nicht, seine Entschlossenheit mich zu beschützen war offensichtlich. "Sofort. Lass mich ihnen helfen. Wenn Blade etwas zustößt, dann werde ich dir das niemals verzeihen. Niemals." Klar, das war unterste Schublade. Aber ich war bis in Mark erschüttert, als ich feststellte, dass es auch stimmte. Blade gehörte mir. Er war wichtig. Nicht, dass die anderen Verletzten im Raum unwichtig waren, aber es war die Wahrheit. Sollte Blade wegen Styxs Unnachgiebigkeit draufgehen, dann würde ich ihm das niemals verzeihen.

Heilige Scheiße, ich hatte mich verliebt. Ich hatte mich in diese beiden dominanten, überfürsorglichen Aliens verliebt.

Styx lockerte die Arme und rollte von mir weg. Noch bevor ich mich umgedreht hatte, war er bereits wieder auf den Beinen. Um mich zu beschützen. Schon wieder.

Ich stand auf wackeligen Knien, meine Ohren rauschten und ich musste an Styxs imposanter Figur vorbeischauen, um den Raum zu betrachten. Kein Feuer, nur schwarzer Rauch, der in Richtung Decke zog.

Körper auf dem Boden. Blut. Blicke voller Schock, Resignation und Schmerz.

Eine Welt, mit der ich bestens vertraut war. Meine Welt, fast zwei Jahre lang. Ich schob mich an Styxs Schulter vorbei und zerrte ein hübsches Stück Stoff von einer der Tischdekorationen. Es war sauber.

Ich reichte es Styx, hustete vor lauter Qualm. "Reiß das in Streifen und besorg mir einen ReGen-Stift. So viele wie möglich. Wir werden sie brauchen." Ich sprang von der Plattform und suchte Blade. Er stöhnte, aber er regte sich. Er öffnete die Augen und blickte vom Boden zu mir auf.

"Blade!" Ich fiel neben ihm auf die Knie und tastete jeden Zentimeter seines Körpers ab. Als seine Mundwinkel sich verzogen und er mich für einen Kuss heranziehen wollte, wusste ich, dass er in Ordnung war. Styx und Blade ging es gut.

Ich konnte aufatmen. Wieder wurden meine Sinne vom Gestank nach Rauch, Chemikalien und Blut überwältigt. Aber ich war hier. Präsent. Ich konnte noch denken.

Blade streckte die Hand nach mir aus. "Harper. Harper. Harper." Mein Name war wie ein Mantra auf seinen Lippen und er hob den Kopf und wollte mich küssen.

Ich drückte ihn runter, sein Kopf landete dumpf auf dem Boden. Er grinste.

"Ich bin nicht da, um dich zu befummeln, du Tölpel. Ich stelle sicher, dass du nicht verletzt bist."

Er schaute an sich herunter, ich folgte seinem Blick und sah die dicke

Beule in seiner Hose. Jupp, ihm ging es bestens.

Etwas Dunkles und Bedrohliches löste sich in meinem Herzen und die Tränen stiegen mir in die Augen. Ich hielt sie zurück, sammelte mich wieder. Während der Triage durfte ich *nicht* die Nerven verlieren. Punkt. Stattdessen zwang ich mich, ihn mit wässrigen Augen anzulächeln, dann küsste ich ihn auf die Wange. "Mach sowas nicht noch einmal," warnte ich ihn. Er hatte mich gerettet. Seine David-Beckham-Flanke hatte die Bombe aus dem Zentrum des Saals befördert, weg von den meisten Gästen.

"Ich werde alles tun, um dich zu schützen, Harper."

Diese Kundgabe brachte ihm einen weiteren verheulten Kuss ein, aber ich musste weiter. Mein Helferinstinkt verlangte, dass ich in die Gänge kam. Leute würden verbluten. Sterben.

Ich nickte ihm zu, dann wandte ich

mich ab und prüfte den Raum. "Andere brauchen meine Hilfe."

Ohne auf seine Antwort zu warten—er würde mich nur davon abhalten Erste Hilfe zu leisten—, lief ich zum nächsten regungslosen Legionär. Gelb. Blau. Grün. Rot. Silber. Bei der Triage achtete ich nicht auf die Armbänder, sondern ich schätzte den Grad ihrer Verletzungen ein. Im Moment war es scheißegal, welche politischen Tücken auf dieser Mondbasis abliefen. Es gab Verletzte.

Blade rappelte sich auf und Styx folgte mir, er reichte mir die provisorischen Stoffbandagen, die ich ihm gegeben hatte und die er pflichtbewusst für mich in Stücke gerissen hatte. Als an meiner Schulter ein ReGen-Stift auftauchte, nahm ich ihn meinem wunderschönen, mächtigen Partner dankbar aus der Hand. Er wich nicht mehr von meiner Seite. Er half mir bei der Notversorgung, kam mir aber nicht in die Quere.

Selbst, als ich *bei ihm* angelangt war. Ich erschrak. "Du," keuchte ich.

Er war bei Bewusstsein, schweißbedeckt, sein Gesicht bleich wie Kreide. Der Grund war offensichtlich. Aus einem tiefen Schnitt in seinem Oberschenkel spritze Blut. Gott sei Dank sudelte das Blut nicht in Schwällen aus ihm heraus, aber das Volumen, das da durch seine Finger sickerte sprach Bände. Ich tippte auf eine durchtrennte Beinschlagader. Und obwohl seine Hände auf die Wunde pressten und versuchten, die Blutung zu stoppen, würde er in den nächsten Minuten wohl verbluten.

"Kennst du diesen Kronos-Typen?" fragte Blade aus der Ferne.

Ich ignorierte die Frage. Sie war irrelevant fürs Überleben meines Patienten. "Gib mir eine Stoffbandage oder einen Gürtel. Sofort oder er wird sterben."

Der Kronos-Typ, den ich da versorgte, hatte eben versucht mich zu verletzen, mit seiner Bombe hatte er vielen Leuten Schaden zugefügt, aber ich war jetzt durch und durch auf Rettungsschwester gestimmt.

Jedes Leben war von Bedeutung. Sogar seines. Was er getan hatte, war unter diesen Umständen egal.

Ich hatte keine Ahnung, wer mir den Gurt von einem Ionengewehr über die Schulter reichte, aber Styx war es nicht. Er hätte auch von einer Zauberfee kommen können, es war egal. Ich schnappte mir den Gurt, schob die Hände des sterbenden Mannes beiseite, schlang ihn um seinen Oberschenkel und zog ihn fest. Ich machte einen Knoten, dann zog ich den Gurt noch einmal fester.

"Nimm die Seite," wies ich mit ruhigem, bestimmten Ton Blade an, der jetzt an meiner Seite kniete und hielt ihm ein Ende des Gurtes hin.

Er packte zu und zog den Gurt fester, bis die Blutung zu einem Rinnsal versiegte und ich sein Bein abbinden und einen Druckverband anlegen konnte.

"Die Wunde ist zu groß, um mit einem Stift behandelt zu werden. Er braucht einen ReGen-Tank. Sag dem Doktor, dass er die Vene flicken muss, bevor er den Druckverband abnimmt. Wenn er nicht sofort versorgt wird, dann wird er sein Bein verlieren."

Zwei kräftige Typen hoben ihn hoch, einer packte ihn unter den Armen, der andere an den Knöcheln und sie schleppten ihn aus dem Raum. Als ich aufstehen wollte, wurde ich von Blade mit einer Hand an meinem Bizeps gestoppt.

"Du kennst ihn. Woher?"

Unsere Hände waren blutverschmiert, Blades Gesicht war verrußt. Ich konnte mir nur denken, wie fertig ich aussehen musste. Die Verwundeten wurden fortgetragen oder an Ort und Stelle mit ReGen-Stiften behandelt. Ich sah die Legionsführerin, Astra, wie sie sich gerade um jemanden kümmerte, der eine kleine Schnittwunde an der Stirn davongetragen hatte. Ich konnte einen Moment lang durchatmen, den Kopf freibekommen und mich sammeln. Der Rauch war verzogen, aber der Geruch nach verkohltem Holz und ein Brandgeruch, der mich an die Feuerwerke am vierten Juli erinnerte, lag weiter in der Luft. Ich war total verschwitzt unter meiner schwarzen Uniform.

Ich bemerkte, wie Blade die Augen zusammenkniff. Seine Alarmbereitschaft, als er auf meine Antwort wartete. Er wollte nicht nur eine Antwort, sondern rechnete auch mit einer neuen Bedrohung. Vielleicht war das der Grund, warum ich innerlich durchatmen konnte, denn ich wusste, dass ich bei ihm sicher war. Angesichts der Softball-Bombe hatte er mich geschützt und er würde es wieder tun.

"Ja." Ich atmete tief durch, ließ es raus. All die geilen Endorphine von meinem Hinterstübchen-Orgasmus waren jetzt verflogen. Ich war jetzt dabei, mich von einem Adrenalinstoß zu erholen. "Vom Überfall auf Latiri. Ich habe ihn wiedererkannt. Er war dort. Einer der Männer von den Shuttles."

Blade runzelte die Stirn. "Ich wusste nicht, dass irgendwelche Kronos dabei waren."

"Die mit den gelben Armbändern? Die waren nicht dabei," konterte ich.

Blade stoppte abrupt und zog mich an sich heran. "Styx!" brüllte er.

Binnen Sekunden war Styx zur Stelle, er musterte mich, strich die Hände über meine Arme, ergriff meine Hände und drehte sie um, sodass meine klebrigen, verschmutzen Handflächen nach oben zeigten. "Bist du verletzt?"

"Das ist nicht ihr Blut," stellte Blade klar, als ob er seine Gedanken lesen konnte.

Als Styx losließ, wischte ich mir die Hände an der Hose ab; bis zu seinem prüfenden Blick war mir gar nicht aufgefallen, wie versifft sie waren.

"Der Kronos mit der Beinwunde," sprach Blade. "Er war mit Harper auf Latiri."

Styx erstarrte und blickte mich an. Ich konnte praktisch zusehen, wie sein Verstand arbeitete.

"Komm."

Styx führte uns aus dem Saal, er schlängelte um Leute herum, die alle entweder in Ordnung oder auf dem Weg dorthin waren. Meine Dienste wurden nicht länger gebraucht und ich bezweifelte, dass weder Styx noch Blade mir nach der Neuigkeit gestatten würden alleine hierzubleiben.

"Wohin gehen wir?" fragte ich, als ich versuchte mit seinem forschen Gang Schritt zu halten.

"Zur Krankenstation, um den Kronos über Latiri zu befragen," entgegnete Styx.

"Er ist derjenige, der die Bombe

geworfen hat," sprach ich und ließ meinerseits eine Bombe platzen.

Darauf machte Styx ruckartig Halt und ich rempelte ihm fast in den Rücken. Er wirbelte herum, blickte mir in die Augen und legte seine Hände auf meine Schultern. "Du hast ihn dabei gesehen?"

Offensichtlich hatte er das nicht.

Ich nickte. "Ja, aber ich verstehe das nicht. Die Typen auf Latiri, die mit den beiden Shuttles und der Typ, der mich durch den Transport verfolgt hat, hatten alle rote Armbänder." Ich deutete den Gang hinunter und Richtung Krankenstation. "Er hatte ein gelbes um."

"Kronos," bekräftigte Blade. Einen Moment lang wirkte er nachdenklich. "Rot steht für Cerberus. Bist du sicher—"

"Du hast den Typen auf der Transportplattform doch selber *getötet*. Du hast sein Armband gesehen. Es war rot." Ich fragte mich, wie er das infrage stellen konnte, wenn er dem Typen doch eigenhändig das Genick gebrochen hatte. "Warum sind die Kronos und Cerberus-Legionen hinter mir her? Was habe ich verbrochen?"

Ich war nur ein MedRec-Mitglied von der Erde. Niemand Besonderes. Ich machte meinen Job, transportierte rein und raus. Mehr nicht. Warum würden sie mir nachstellen?

Styx drehte sich um und ging weiter. Er war schon halb den Flur entlang, als er weiter redete. "Du hast sie auf Latiri gesehen. Du bist ein Zeuge," rief er mir über die Schulter zu. Nie zuvor war er dermaßen schnell gelaufen.

Ich rannte, um mit ihm Schritt zu halten und Blade heftete sich an meine Fersen. "Zeuge von was?" fragte ich vollkommen außer Atem.

"Vom Angriff auf Latiri. Du hast ihre Gesichter gesehen." Selbst, als er sich meinen Namen auf die Brust tätowieren ließ, war sein Blick nicht so intensiv gewesen wie jetzt.

"Was willst du tun?" fragte ich besorgt. "Dieser Kronos oder Cerberus-Typ—oder aus welcher Legion er auch stammt—ist jetzt nicht in der Verfassung, um Fragen zu beantworten."

Die Tür der Krankenstation schob sich auf. Drinnen ging es geschäftig zu, nach der Explosion wurden gerade die kritischsten Patienten versorgt.

"Ihn verhören," sagte Styx mit tiefer Stimme. Seine Augen waren kalt. Er wollte eintreten, ich aber packte ihn am Arm. Über die Schulter blickte er mich an.

"Jetzt? Das kannst du nicht. Er wird sterben."

Styx antwortete mir nicht, stattdessen ging er hinein und lief an den aufgereihten ReGen-Tanks entlang, bis er fand, wonach er suchte.

"Styx!" rief ich. Der Mann war bei Bewusstsein, allerdings gerade so. Er hatte die Augen geöffnet, aber sein Blick war leer; ich bezweifelte, dass er überhaupt etwas von unserer

Anwesenheit mitbekam. Der Druckverband war noch angelegt, als der Tank bereit gemacht wurde. Ein Arzt wedelte mit einem Stift über der Wunde, während jemand anderes ein Injektionsgerät an seinen Hals legte.

"Noch nicht," unterbrach Styx den Mann.

Ich packte Styx am Arm, aber er blieb unnachgiebig. "Ich habe meine Arbeit gemacht und ihn gerettet."

Seine stechenden, grünen Augen blickten auf mich hinunter. "Und jetzt bin ich dran, als Anführer dieser Legion Antworten zu bekommen. Ich brauche ihn bei Bewusstsein."

"Warte, bis es ihm besser geht," konterte ich. Der Mann hatte zu viel Blut verloren, um irgendwelche Fragen zu beantworten. Er würde wohl noch nicht einmal seinen Namen hervorbekommen.

"Warum?" fragte er mit zusammengebissenen Zähnen. "Ich werde ihn nur aufs Neue verletzen."

Das war eine andere Seite an Styx, die ich vorher nie gesehen hatte. Sicher, die Mondbasis war ein raues Pflaster, die Leute hier waren Gesetzlose. Ohne die Koalition regierten die Legionen mit einer Mentalität, bei der man die Dinge in die eigenen Hände nahm.

Hatte er wirklich vor, diesen Verwundeten zu verletzen oder schlimmer noch, ihn zu töten, sobald er die Informationen bekommen hatte, die er wollte?

"Styx." Ich rief seinen Namen, aber entweder er ignorierte mich oder meine Bedenken waren ihm egal. Ich drehte mich um und berührte Blades Brust. "Was wird jetzt passieren?" fragte ich ihn.

Blade wollte mir über die Haare streichen, als er aber das Blut an seiner Hand sah—das Blut dieses Mannes— ließ er sie wieder fallen. "Er hätte dich auf Latiri umgebracht oder zusammen mit den MedRec-Leuten entführt. Und jetzt hat er eine Ionenbombe auf dich gefeuert. Wir müssen herausfinden, warum."

"Selbst, wenn er dabei draufgeht?" fragte ich.

Blade nickte. "Er war bereits zum Tode verurteilt, als er beschlossen hatte dir weh zu tun."

Ich wandte mich wieder Styx zu, bereit, zu protestieren, aber die unbarmherzige Schräge seines Kiefers gab mir eine Gänsehaut und ich wusste, dass es keine Diskussionen geben würde, keine Gnade für den Mann, den ich eben noch so verzweifelt zu retten versucht hatte.

Ich lief zu Styx, stellte mich vor ihn hin und blockierte ihm den Weg, als der Doktor und ein Helfer den Mann in den ReGen-Tank hoben und den Verband von seinem Bein entfernten. Styx erstarrte, ich aber presste die Stirn gegen seine Brust und umarmte ihn. "Er wird dir keine Antworten geben, wenn er tot ist."

Ich spürte, wie Styx dem Doktor

zunickte und ihm erlaubte den Heilungszyklus im Tank zu starten. Vielleicht hatte ich dem Mann Unrecht getan, vielleicht wäre es besser für ihn gewesen zu sterben. Ich konnte mir nur ausmalen, was Styx ihm alles antun würde. Er war so eifersüchtig, genauso beschützend wie Blade, aber er musste auch Gerechtigkeit walten lassen. Als Anführer konnte er nicht einfach seine eigenen Leute verrecken lassen.

Allein der Gedanke widersprach mir. Wir brauchten Antworten. Einer der Angreifer war uns ins Netz gegangen, jemand, der wusste, wohin sie mein Team verschleppt hatten. Jemand, der die Identität des Verräters auf der Zenith kannte. Jemand, der uns alles erzählen konnte.

Selbst, wenn Blade und Styx ihn foltern, verprügeln, ja vernichten müssten, um an die Informationen zu kommen?

Ich dachte an mein Team, an die Toten auf dem Schlachtfeld, an

Kriegsfürst Wulf, den furchtlosen Atlanen, der fast verblutet wäre, um mich zu retten und mein Zorn wurde so gewaltig, bis ich mit der Option leben konnte. Es machte mich krank, allerdings sah ich keine andere Lösung.

Diesen Mann zum Tode zu verurteilen, zu wissen, was ihm nach dem Erwachen erwartete, ließ etwas in meinem Inneren zerbrechen, etwas, von dem ich gedacht hatte, dass es mir nie genommen werden konnte, aber ich wusste, dass Styx recht hatte.

Wir brauchten ihn lebendig. Er musste reden.

Und danach?

Darüber würde ich nicht nachdenken.

Vielleicht war ich ja selbst ein Tier.

11

MEINE VOLLSTRECKER PIRSCHTEN wie hungrige Raubtiere durch den Raum; sie warteten darauf, dass die Kommunikationsverbindung etabliert wurde. Als der Kronos-Soldat aus dem Tank geholt wurde und in mein Gesicht geblickt hatte, hatte er um ein schnelles Ende gefleht. Das sollte er auch bekommen.

Meine herzensgute Partnerin wollte

ihn verschonen, sie versuchte mich davon zu überzeugen, dass er eine Chance verdiente. Aber er hatte zahllose ihrer Leute auf Latiri getötet, noch mehr als Geiseln genommen und versucht die Person zu töten, deren Leben mir mehr bedeutete, als alle anderen Leben in der gesamten Galaxie.

Ihres.

Harper mochte darauf bestehen, dass ich ihn verschonte, aber der Kronos war bereits so gut wie tot und er wusste es.

Er hatte uns alles erzählt und wie versprochen hatte ich Cormac gestattet ihn fortzuschaffen, um die Sache schnell zu beenden. Schmerzlos.

Der Mistkerl verdiente keine solche Gnade, aber meine Partnerin würde es glücklich machen, also begnügte ich mich mit der Gewissheit, dass er tot war und dass wir einige Antworten hatten.

Silver und Blade standen beieinander und unterhielten sich leise. Die Geschwister standen sich nahe, ihre

Verbindung war von Geburt an offensichtlich gewesen. Sie waren zusammen zur Welt gekommen, kämpften zusammen. Vielleicht würden sie eines Tages zusammen sterben. Zwillinge waren in unseren Breiten eine Seltenheit, und diese beiden waren so etwas wie ein Legende.

Khon wirbelte seinen Dolch auf dem Tisch herum, das rhythmische Geräusch war nervtötend. Aber ich ignorierte den Impuls ihn anzufauchen, damit er aufhörte. Als Cormac eintrat, schauten Blade, Harper und ich gleichzeitig zu ihm auf. Er blickte nur zu mir und sein leichtes Kopfnicken war die unmissverständliche Bestätigung, dass der Verräter tot war.

Harper biss ihre Lippe und musste blinzeln, feste, aber sie protestierte nicht. Nicht mehr. Sie hatte hart um ihn gekämpft, ihm das Leben gerettet, bis ich sie daran erinnert hatte, dass er für den Tod von unzähligen Mitgliedern ihres MedRec-Teams verantwortlich war, und wahrscheinlich vielen anderen mehr. Selbst in der Koalition gab es Regeln, was Verräter anging. Für die Schuldigen. Was wir mit ihm taten, war ihr nicht neu. Während sie eine Heilerin war und es ihrem Wesen widersprach, so musste sie doch wissen—besser als andere—, dass er schuldig war und damit die Konsequenzen seiner widrigen Taten in Kauf nehmen musste.

Sie konnte sich immer noch nicht damit anfreunden, aber sie stand auf und durchquerte den Raum. Sie lief zu mir. Um Trost zu finden. Zuspruch.

Ich nahm sie in die Arme und zog sie an mich heran, ich sog ihren Duft in meine Lungen. Jetzt, als der Verräter tot war und ich erfahren hatte, wer hinter der jüngsten Angriffsserie auf die Koalition steckte, fiel mir ein Stein vom Herzen. Nicht nur wegen Harper, sondern mit Hinblick auf die gesamte Bevölkerung von Rogue 5.

Wir waren nicht Teil der Koalition, aber wir existierten in ihrem

Hoheitsgebiet. Und das törichte Verbrechen, lebende Gefangene zu nehmen und ihre Sanitäter anzugreifen, war gleichbedeutend mit dem Selbstmord aller Legionen, nicht nur der Styx-Legion. Ohne Klärung des Verbrechens könnte die Koalition bei uns einmarschieren, uns vernichten.

Der Prime auf Prillon war nicht gerade für seine Barmherzigkeit bekannt. Prime Nial und sein Stellvertreter, ein brutaler Krieger namens Ander, regierten mit eiserner Hand. Sie waren fair, aber sie waren auch knallharte Krieger. Keine verzärtelten royalen Ärsche wie ihre Vorgänger. Als ich hörte, dass ihre Partnerin ebenfalls von der Erde stammte, musste ich annehmen, dass sie oft die einzige war, die die beiden im Zaum halten konnte.

Sollte ich die Angriffe auf die Koalitionsleute nicht eindämmen, dann würde auf meinen Mond und auf meine Leute schon bald ein Feuersturm niederprasseln. Ich war ein Pirat und ein Rebell. Wir verfügten weder über die Raumschiffe, noch über die Truppenstärke, um es mit der Flotte aufzunehmen.

"Styx." Eine harsche, direkte Stimme tönte durch den Monitor. Doktor Mervan vom inneren Geheimdienst war kein Typ, der um den heißen Brei herumredete. Was ich schätzte, denn ich war jetzt nicht in Stimmung dafür. Meine Partnerin war sicher, aber meine Welt war in Gefahr.

"Mervan."

Harper wollte sich aus meiner Umarmung befreien, aber ich hielt sie weiter an mich gedrückt. Ich erlaubte ihr, sich umzudrehen und jenem Koalitionsoffizier ins Auge zu blicken, der über ihr Schicksal entscheiden würde. Und seines.

"Doktor Mervan?" Harpers fragende Stimme entlockte dem gewieften Gesicht des Bastards ein Lächeln. Anscheinend fand er meine Partnerin sympathisch.

Ich verkniff mir ein warnendes Knurren. Er war ein Lichtjahr weit entfernt, aber ich traute ihm kein bisschen. Nicht, wenn es um das ging, was mir wichtig war. Aber es war Zeit, einen Deal abzuschließen und dafür brauchte ich ihn.

"Was gibt es so dringendes, Styx? Hoffentlich ist es wichtig." Was er dabei nicht sagte war, dass Blade und ich riskierten, dass unsere Zusammenarbeit mit dem Koalitionsgeheimdienst aufflog, indem wir ihn direkt kontaktierten. Wir mochten zwar Abtrünnige sein, aber genau deswegen schätzten uns gewisse Teile der Koalition. Sie benutzten uns zu ihrem Vorteil.

Mein Volk aber lebte im Verborgenen. Ich wusste, wie man ihre Überwachungssysteme umging, ihre Sender und Lügen. "Ich habe Informationen über das MedRec-Team, das im Latiri-System entführt wurde. Ich weiß, wo sie die Gefangenen festhalten, die Waffen." Jetzt grinste ich und machte eine Pause, um sicher zu gehen, dass der gute Doktor mir zuhörte. Nach der Art und Weise, wie er sich auf seinem Stuhl aufrichtete und sich nach vorne beugte, hörte er zu. "Und die mobilen Transportpflaster."

Er kniff die Augen zusammen, blickte aber weiter auf Harper. "Miss Harper Barrett von der Erde. Sie wurde im Bericht über den Latiri-Angriff unter den Vermissten aufgelistet."

Sie erstarrte, versuchte aber nicht, sich erneut von mir loszureißen. "Kriegsfürst Wulf hat mich gerettet. Dann haben Styx und Blade mich nach Rogue 5 gebracht."

"Das sehe ich." Sein Blick fiel auf meine eifersüchtige Umarmung und die Art, wie Harper sich in meine Arme entspannte. Er brauchte keinen Doktortitel, um zu verstehen, was Sache war. "Was willst du, Styx?"

"Ich will, dass Harpers Akte gelöscht wird. Ich will sie raus aus der Flotte, frei und ohne Verpflichtungen. Sie gehört mir."

Sein Blick verengte sich weiter, bis er unverhohlen bösartig wurde. Genervt. Aber Harper ließ sich nicht einschüchtern und meine Vollstrecker blieben seelenruhig und verfolgten das Gespräch. "Ist es das, was Sie wollen, Harper?"

Sie atmete tief durch und blickte kurz zu Blade, der bereits triumphierend grinste. "Ja. Ich möchte hierbleiben. Auf Rogue 5."

Der Prillone auf dem Bildschirm wirkte überhaupt nicht amüsiert. Er musterte sie einen Moment lang, blickte dann zu mir und schien nicht die Absicht zu haben, Harper einfach so ziehen zu lassen. "Ich tausche die Freiheit Ihrer Partnerin gegen Informationen, Styx. Ich will alles."

Jetzt musste ich lächeln. Ja, seine Reaktion war vorhersehbar, genau wie ich es vermutet hatte. Harper war ein einfaches MedRec-Mitglied, ihre zweijährige Dienstzeit war fast abgelaufen. Sie war eine von vielen. Hunderten. Tausenden. Seiner Ansicht nach war es gutes Geschäft. Er dachte, er würde am längeren Hebel sitzen. Er irrte sich.

Ich konnte ihm auch einfach alles erzählen und ihm dann die Drecksarbeit überlassen. Und zwar während ich in aller Ruhe meine Partnerin fickte und eroberte, schließlich war sie für ihn nur ein nebensächliches Bauernopfer.

"Das habe ich nicht bezweifelt," antwortete ich. "Aber unter einer Bedingung."

"Und die wäre?"

"Die Styx-Legion wird ebenfalls an der Mission teilnehmen. Es geht um meine Feinde, Mervan. Und sie wollten meine Partnerin töten. Ich will Rache."

Ich schaute ihm in die Augen, von Krieger zu Krieger, damit er das gesamte Ausmaß meines Zornes verstand. Harper gehörte mir; Rogue 5 gehörte mir. Und diese Verräter hätten fast alles zunichtegemacht. Ich würde sie Mervan ausliefern, allerdings tot.

"Abgemacht. Ich sende die Transportkoordinaten." Der Bildschirm wurde schwarz und Harper drehte sich zu mir um.

"Nein," sagte sie, ihre Stimme klang verängstigt. Ihre Augen verrieten dasselbe. "Du darfst nicht gehen. Lass ihn die Sache erledigen."

Cormac antwortete für mich. "Sie haben auch uns verraten, Harper. Ihr Blut gehört uns."

Ihr Blick wanderte über die Krieger und verweilte auf Silver, Frau zu Frau blickten sie sich an. Aber meine Partnerin unterschätzte die Blutrünstigkeit und das Ehrgefühl meines Volkes. Silver war eine Frau und auf der Erde wurden Frauen vielleicht als schwach angesehen, auf Rogue 5 aber waren die Frauen noch blutrünstiger als der Rest.

"Sie werden es bereuen, Harper," sprach Silver. "Ich werde sie langsam töten. Sie haben meine Familie bedroht. Sie würden uns die Koalition auf den Hals hetzen. Verstehst du das Ausmaß des Schadens, den sie uns zufügen können? Wenn sie nicht erledigt werden—und wir die Gewissheit haben, dass es wirklich so ist—werden wir immer auf der Hut sein müssen. Beunruhigt. Mit diesem Deal wird die Koalition uns als hilfreich ansehen, zuvorkommend sogar."

Dieses Wort, *zuvorkommend,* klang fast schon widerlich. Das entsprach uns nicht.

"Was die Verräter angeht, so wird es mir eine Freude sein, sie zu töten." Sie ließ erwartungsvoll ihre Fingerknöchel knirschen.

Harper ließ die Schultern hängen und ich massierte ihre verspannten Muskeln. "Sie sind gewissenlos, Harper. Sie haben sowohl unsere als auch die Regeln der Koalition gebrochen. Sie müssen erledigt werden."

"Na schön." Sie lehnte mit dem Kopf

gegen meine Schulter und seufzte. "Aber ich will keine blutigen Einzelheiten erfahren. Echt nicht."

Blade durchquerte den engen Raum und strich sanft über ihre Wange. Er war genauso überzeugt, wie der Rest von uns. "Niemals, Liebes. Wir werden dich in jeder Hinsicht beschützen."

Khon blickte von seinem Tablet hoch und verstaute sein Messer. "Mervan hat sich gemeldet. Wir haben die Koordinaten, Styx."

Mervan hatte keine Zeit verloren. Er wollte die Sache genauso schnell hinter sich bringen wie wir. Nein, er wollte die Details. Sofort.

Cormac ließ den Kopf kreisen und seine Nackenwirbel ließen ein lautes Knacksen verlauten. "Lasst uns gehen."

Blade beugte sich vor und schenkte Harper einen harten, flüchtigen Kuss. "Wir sehen uns bald, Liebes."

Die anderen verneigten sich leicht und folgten ihm aus dem Raum.

Ich drehte Harper zu mir um und

nahm sanft und gemächlich ihren Mund. Ich kostete jede Sekunde aus.

Ihre Hände klammerten sich an meine Uniform und sie zitterte. "Du musst zurückkommen. Du und Blade, ihr habt es mir versprochen."

Ich strich ihr das Haar hinters Ohr. "Und welches Versprechen meinst du, Liebes?"

"Beiß mich, Styx. Ich will euch beide, für immer."

"Wir sind bereits dein."

"Für immer, Styx. Ich will es für immer. Ich will den Biss und du wirst ihn mir geben."

"Wie vorlaut. Gefällt mir." Ich grinste —und zeigte ihr meine Fangzähne, die mit ihren Worten sogleich hervorgetreten waren—und küsste sie erneut. Dann brach ich auf.

Blade

. . .

Harper zurückzulassen war das Schwierigste, was ich je tun musste. Nur kurz ihre Lippen zu streifen reichte mir nicht. Sie sagte, sie war für ihre Eroberung bereit, bereit für unseren Biss und doch mussten wir aufbrechen, um die Verräter aufzuspüren. Vorher hatte es mir nie etwas ausgemacht mich um den Abschaum zu kümmern. Es war unser tägliches Geschäft. Aber jetzt? Jetzt hatte ich mehr. Ich hatte Harper.

Ich wusste, dass sie in Sicherheit war.

Der Skribent und Ivar waren während unserer Abwesenheit mit ihrem Schutze beauftragt worden und sie würden für Harper ihr Leben lassen. Weder Styx noch ich konnten diese Konfrontation auslassen. Der Wunsch nach Rache wütete in mir wie ein Fieber. Dieses Pack hatte Harper attackiert und versucht sie zu ermorden. Selbst zum Anlass unserer Verpartnerung hatten sie einen Angriff orchestriert.

Ihr Tod war besiegelt. Jeder Einzelne

von ihnen war ein toter Mann. Bis die Sache erledigt wäre, würde ich kein Auge mehr schließen.

Ich wollte Blutrache.

Sie hatten es auf Harper abgesehen. Sie würden sterben.

Die Koordinaten wurden einprogrammiert und nach wenigen Sekunden auf der Transportplattform waren wir bei Mervan angekommen. Er stand mit Styx am Vorderende des Decks und redete mit unseren Vollstreckern und seinen Koalitionskämpfern. Etwa einhundert eiskalte Killer hörten ihm zu. Es waren keine normalen Koalitionskämpfer, sondern Sonderkräfte vom Geheimdienst. Spione und Killer. Darunter nicht wenige Everianische Kopfgeldjäger und mehr als zwei Dutzend Atlanische Bestien. Die restlichen waren Prillonische Krieger, die in Paaren auf die Jagd gingen.

Nie hatte ich meine Leute als schwach angesehen.

Aber in diesem Raum voller

Elitekiller konnten wir uns kaum behaupten.

Ausnahmsweise war es für mich in Ordnung so. Es war okay, dass wir als *weniger wehrhaft* angesehen wurden. Wenn Mervan so dachte und seine sehr große, sehr qualifizierte Kampftruppe einsetzte, um diese Bastarde auszulöschen, dann war das für mich vollkommen in Ordnung. Alles sollte mir recht sein, um die Koalition von Rogue 5 fernzuhalten und Harper so bald wie möglich wieder in unser Bett zu holen.

Styx stand neben dem Doktor, er hatte die Arme verschränkt und blickte finster. Er sah genau nach dem aus, was er war—einem brutalen, gnadenlosen Killer. Ein König der Gesetzlosen. Mit anzusehen, wie mehrere Koalitionskämpfer ihm nervöse Blicke zuwarfen, erfüllte mich mit Stolz. Dass diese riesigen Scheißkerle sich Angesichts meines Bosses fast in die Hosen machten, entlockte mir beinahe ein Grinsen. Aber ich erstickte es. Ich erstickte alles, außer meiner tödlichen Wut.

Zum Teufel mit der Koalition. Zum Teufel mit den Atlanen und den Prillonen und den Everianischen Jägern. Wir waren *unseren* Volkes wegen hier. Unserer Partnerin wegen. Und Doktor Mervan wollte auf keinen Fall, dass irgendjemand in der Koalition mitbekam, dass er Teil des Schmugglerrings war. Was der Grund war, warum jeder Krieger im Raum in Schwarz und Silber gehüllt war. Die Styxschen Farben.

Dass Styx so etwas erlaubte, war eine Premiere. Nur die Ehrwürdigsten trugen unsere Farben, aber diesmal, dieses *eine* Mal würden wir auf Mervan hören und alle Krieger würden wie unsere Legionäre aussehen.

Styx würde Kronos eine Botschaft senden, die sie so bald nicht mehr vergessen könnten. Alle Legionen würden die Botschaft hören, über die

Monster, die kurz davor standen, auf ihren Frachter einzufallen und ihn zu verwüsten. Die Legende um Styx würde weiter wachsen. Niemand würde sich mit uns oder unserer Partnerin anlegen. Weder die Koalition, noch Kronos oder irgendeine andere Legion würde es wagen.

Mein Zorn wuchs weiter und alle anderen würden sich wohl hinten anstellen müssen, um ihrerseits Rache zu verüben. Ich würde es ihnen zuerst vergelten. Für Harper.

"Ich will den Anführer lebend," schärfte Doktor Mervan seinen Kriegern ein, aber Styxs Antwort darauf folgte prompt.

"Dann bekommen Sie ihn besser vor uns in die Finger."

Einige Atlanen lachten bei dieser Bemerkung, aber allen war klar, dass er es bitterernst meinte. Er würde keine Gnade walten lassen. Weder er, noch die Styx-Legion. Ich bewegte mich an Styxs Seite, Schulter an Schulter. Auch ich würde kein Erbarmen kennen. Nicht, nachdem sie meine Partnerin angegriffen hatten.

Cormac neben mir grinste so heftig, dass es ihm fast das Gesicht zerschnitt. Sein Hunger, sein Drang danach, sein Volk, seinen Anführer, seine Familie zu beschützen, war noch primitiver und instinktiver als bei den meisten. Der Zorn, den er verströmte, nährte meinen eigenen, bis ich mich kaum noch zusammenreißen konnte. Wir mussten warten. Zuhören. Keine Ahnung, wie er es schaffte die Fassung zu bewahren.

"Wetten wir?" fragte Khon mit gedämpfter Stimme zu Cormacs Rechten.

Silver drehte zu ihnen um und schüttelte den Kopf. "Wer gegen Styx setzt, kann nur verlieren."

Khon grinste und klopfte mir auf die Schulter. "Ich wette nicht auf Cormac, sondern auf Blade."

Silver lachte. "Wie kann ich gegen meinen eigenen Bruder wetten?"

Ich blickte zu keinem der beiden, sondern starrte auf die Kriegertruppe, die uns den Rücken freihalten würde, dann blickte ich zu unserem Anführer. "Du verlierst."

Silver klopfte mich auf die andere Schulter. "Ich wette fünfzig auf Styx."

"Abgemacht." Khon streckte seine Hand aus und sie besiegelten ihre Wette, während Mervan und Styx uns zu den Transportflächen führten.

Ich folgte ihnen, mein Puls beschleunigte sich und meine Sinne wurden schärfer. Zeit, auf die Jagd zu gehen.

12

tyx

Sobald der peitschende Schmerz des Transports nachließ, wirbelte ich herum und zückte meine Messer. Bereit. Ich hegte keinerlei Absicht, Ionenwaffen zu verwenden. Meine Feinde sollten mir ins Auge blicken, wenn ich ihnen die Eingeweide aufschlitzte.

Das Frachtschiff war recht groß für seinen Typ. Und der Verräter hatte uns von etwa fünfzig Mann Besatzung berichtet, mit doppelt so vielen Gefangenen und mehreren Decks mit erbeuteten Waffen, medizinischen Hilfsgütern und fast eintausend mobilen Transportpflastern, die von den Sanitäterteams benutzt wurden, um die Verwundeten zu evakuieren.

Auf dem Schwarzmarkt waren sie mehr wert, als alles andere zusammen—einschließlich diesem Schiff.

Die Kronos-Legion war scheinbar mit nichts anderem als Raubzügen und Plünderungen beschäftigt. Harpers Team war eines von vielen, das angegriffen wurde. Der Geheimdienst wollte einige von ihnen lebendig. Bei dem Wort *einige* musste ich eine Grimasse ziehen. Sie waren ihnen scheißegal. Gleichgültig, und es war eine gute Sache, dass Harper auf Rogue 5 in Sicherheit war, oder Mervan würde aufgrund dieser Gleichgültigkeit zusammen mit dem Verräter dran glauben müssen. Im Moment aber brauchte ich genau diese

Gleichgültigkeit, um zu bekommen, was ich wollte. Mervan war hinter dem Verräter in seinen Reihen her, der für diese Sauerei verantwortlich war. Jener Sanitätsoffizier, der den Kronos-Leuten die Koordinaten und andere kritische Informationen über die MedRec-Einheiten übermittelte, sobald diese zum Einsatz ausrückten.

Und mir war meinerseits scheißegal, was Mervan wollte. Er konnte von mir aus diesen Verräter finden und mich so direkt zu Kronos führen.

Diese Legion musste vernichtet werden. Ich wollte Blut sehen.

Mervan teilte mit einer Handbewegung seine Leute in Teams auf und eine Gruppe Prillonen und Atlanen bewegte sich flink in Richtung Gefängnistrakt. Zum Glück hatten wir nicht nur den Standort des Schiffs, sondern auch den Blueprint erhalten. Wir hatten alles analysiert und wussten, wo wir hin mussten.

Ein zweites Team schwärmte aus, um

die Frachträume zu stürmen und die Waffen und sonstigen Güter dort zu konfiszieren.

Ein drittes Team würde sich das Kommandodeck vorknüpfen und das Schiff übernehmen sowie die Anführer gefangen nehmen.

Sie bewegten sich schnell, lautlos. Effizient. Aber nicht schnell genug.

Blade rannte neben mir, Cormac, Silver und Khon folgten und wir waren so verdammt schnell, dass wohl nur die Everianischen Jäger uns hätten einholen können. Auf mein Beharren hin aber waren diese zum Gefangenenblock entsendet worden. Dank ihrem Tempo würden sie dort die Unschuldigen vor einem Massaker bewahren.

Ionenfeuer und Kampfgeschrei hallte durch die Korridore. Das Alarmsystem des Frachters schlug an und blitzte rot. Blade knurrte. "Sie wissen, dass wir kommen."

Sie wussten es von dem Moment an,

Ihre skrupellosen Partner

als unsere Gruppe auf der Transportfläche angekommen war. Mein Grinsen wurde immer diabolischer. "Gut."

Hinter uns stampften mindestens zwei Dutzend Koalitionskämpfer durch den engen Korridor, aber sie lagen mindestens eine Minute zurück.

Bis sie eintrafen, würden alle auf der Kommandobrücke bereits tot sein.

Kronos hatte mit seinen Überfällen nicht nur die Styx-Legion hintergangen, sondern alle Hyperioner auf Rogue 5. Sie bedrohten unsere Existenz. Sollte die Koalitionsflotte uns den Krieg erklären, dann würde ein einziges Schlachtschiff ausreichen, um unseren Stützpunkt binnen Sekunden in einen Krater zu verwandeln.

Wir waren Schmuggler, Piraten. Wir agierten im Verborgenen und wir stürzten auch nicht alle anderen ins Chaos, nur um unsere endlose Gier zu befriedigen.

Die Flotte ignorierte uns, weil wir es

ihnen leicht machten. Wir trieben Handel, wahrten den Frieden und hielten den Schwarzmarkt unter Kontrolle. Hin und wieder warfen wir ihnen einen Knochen hin und boten unsere Unterstützung an. Genau wie jetzt, obwohl wir sie dieses Mal nur glauben ließen, dass sie das Kommando hatten.

Sollten wir uns aber von der Leine losreißen oder zu stark an ihr zerren, dann würde ein Typ wie Mervan alles zerstören, was unser Volk aufgebaut hatte. Unsere Waffenruhe war heikel, sie hing an einem seidenen Faden. Und Kronos hatte gegen die Regeln des Systems verstoßen. Er war gierig geworden. Wollte sich zu viel unter den Nagel reißen. Er nahm Gefangene. Wir waren keine Sklavenhändler.

Astra, Cerberus und Siren hatten allesamt zugestimmt, als ich sie kontaktiert und in meinen Plan eingeweiht hatte. Allerdings hatte ich nicht erst um ihr Einverständnis gebeten, diesen Bastard umzubringen. Zum Glück waren sie sowieso einverstanden. Jeder einzelne dieser Kronos-Legionäre auf diesem Schiff würde heute sterben.

Wir trafen auf wenig Gegenwehr, als wir den Gang hinunterstürmten. Am Eingang des Kommandodecks standen zwei Wachen. Sie blockierten die massive Tür und ihre Armbänder waren verräterisch gelb. Nicht rot.

Sie verschleierten nicht ihre Identität, nicht hier. Entweder sie waren ein paar großspurige Bastarde, denen alles am Arsch vorbeiging oder sie waren nie auf die Idee gekommen, dass wir sie finden und auslöschen würden. Diese Arroganz gehörte zum Wesen eines jeden Hyperionen, aber heute würde sie ihnen das Genick brechen.

Ohne mit der Wimper zu zucken, eröffneten sie mit voller Kraft das Feuer.

Der erste Schuss traf mich an der Schulter, aber ich spürte kaum einen Stich. Unsere Körper waren anders als die der anderen Rassen in der Koalition. Unsere Kampfanzüge waren so ausgelegt, dass sie Ionenfeuer streuten—etwas, wovon Mervan keinen blassen Schimmer hatte. Ich war nicht verletzt, wie es bei einem Krieger der Fall gewesen wäre. Nein, ich war stinkwütend. Der Treffer befeuerte nur meine Mordlust.

Ich stürzte mich auf den linken Wachmann und Blade knüpfte sich seinen Kumpanen vor.

Tödliche Rage überkam mich, als ich mich fragen musste, ob er meine Partnerin angerührt hatte. Ob er auf Latiri auf ihren Kopf gefeuert hatte.

Blades Gebrüll hallte wie Kanonenfeuer durch den Gang, er rammte den Mann gegen die Tür und jagte ihm ein Messer in den Hals. Der Hieb war schonungslos und der Todeskampf kurz, ohne Zweifel aber befeuerte er nur seine Blutrunst.

Ich war weniger zivilisiert drauf, konnte mich aber noch beherrschen. Ich wollte den Wachmann vor mir umbringen, ja, aber ich wollte auch eine Botschaft loswerden.

Ich hielt den Kronos-Soldaten an der Gurgel gegen die Wand genagelt und blickte über die Schulter zu Silver. "Nimm das auf. Ich will, dass es überall auf Rogue 5 ausgestrahlt wird."

Ihr Grinsen strotzte nur so vor Bösartigkeit, als sie einen Sensor an ihrer Uniform einstellte und nickte.

Mit zusammengekniffenen Augen blickte ich auf das Aufnahmegerät und hielt den Kronos-Soldaten mit sicherem Griff fest. Seine Hände waren um meine geschlungen, er zerrte und schnappte nach Luft. Ich ignorierte ihn und wandte mich an mein Volk.

"Hier spricht Styx. Dieser Soldat von Kronos ist Teil eines Manövers, bei dem die MedRec-Einheiten der Koalition angegriffen wurden. Kronos hat mit dem Angriff nicht nur das Gesetz der Legionen gebrochen und uns alle mit dieser Provokation in Gefahr gebracht, sondern er hat auch meine Partnerin attackiert."

Blade trat an mich heran und blickte wie gebannt auf den Mann, den ich immer noch gegen die Wand fixiert hielt. Mit blutverspritztem Gesicht und blutverschmierten Händen blickte er in die Kamera, seine Reißzähne waren deutlich zu sehen, als er seine eigene Version einer Warnung all denjenigen zukommen ließ, die gerade zusahen.

"Das ist es, was mit meinen Feinden geschieht." Dann drehte ich mich um und riss dem Täter mit einer Hand die Kehle aus dem Hals, sein Körper fiel zu Boden, nachdem meine Finger sich entfernt hatten. Der Geruch von Blut und Tod erfüllte die Luft, stieg in meine Nase und bewirkte, dass meine Reißzähne ebenfalls hervorbrachen. Überreste seiner Luftröhre und blutige Fleischfetzen in der Hand haltend, wandte ich mich wieder der Kamera zu und sprach so ruhig und besonnen wie möglich. "Die Styx-Legion ist nicht in

Rage. Styx hat auch nicht die Kontrolle verloren. Das hier," ich baumelte ein letztes Mal mit dem blutigen Gewusel vor der Kamera rum, bevor ich es runternahm und näher an die Kamera herantrat. "Das ist, was meine Feinde erwartet. Was mit denen geschieht, die meine Partnerin bedrohen. Partner stehen über den Gesetzen der Koalition. Über dem Gesetz der Legionen. Kein Planet, kein Anführer im Universum wird den Wunsch nach Rache gegen jene leugnen, die einer Partnerin Schaden zufügen wollen. Alle sollen wissen, was sie getan haben und wie ich sie bestrafen werde."

"Sende es sofort rüber zu Rogue 5," sprach ich. "Jetzt sofort verdammt. Wir sollten es morgens, mittags und abends auf allen Sendern ausstrahlen."

Ich wollte die Wahrheit kundgeben. Die Ungewissheit beenden. Die Verräter auslöschen.

Die Koalitionskämpfer holten uns schließlich ein. Ihr Anführer, ein riesiger

Prillonischer Krieger mit dunkler Haut und bernsteinfarbenen Augen blickte irritiert, als er das Gemetzel sah. "Styx, wir sollten sie lebend kriegen."

"Sie hatten es auf meine Partnerin abgesehen," erwiderte ich und berichtete ihm, was sie verpasst hatten, als sie durch die Gänge schlurften.

Anscheinend reichten meine Ausführungen, denn der Prillone achtete nicht weiter auf die toten Körper, sondern deutete mit seinem Ionengewehr auf die Tür. Ich musste mich fragen, ob er zu Hause auf Prillon Prime selber eine Partnerin und einen zweiten Mann hatte. "Lasst uns die Sache zu Ende bringen," sprach er. Ehre wie Pflicht geboten ihm, diese Mission zu vollenden.

Blade blickte mich an. Wir würden als erste reingehen, keine Frage. "Fertig?"

Ich nickte und er hob die Hand des toten Wächters hoch, drückte sie auf den Türscanner und verschmierte dabei das Gerät mit Blut.

Die Tür schob sich auf und wir stürmten hinein, bereit zu kämpfen. Bereit zu töten.

Aber Mervan war schon da. Die gesamte Kommandocrew von Kronos kauerte auf den Knien, ihre Hände und Füße waren mit Metallfesseln fixiert, die so stark waren, dass selbst ein Atlane im Bestienmodus sie nicht hätte durchbrechen können.

Der Doktor thronte über einem der ranghöchsten Vollstrecker der Kronos-Legion, einem Mann, den Blade und ich seit Jahren kannten.

"Was soll das, Mervan? Diese Männer gehören mir."

Doktor Mervan tippte auf das mobile Transportpflaster an seiner Brust. "Du bist zu langsam, Styx. Sie gehören mir."

"Wollen sie mich verarschen?" Ich machte zwei Schritte vorwärts und war bereit, ihm den Kopf abzureißen, aber die Prillonen hinter mir zückten ihre Waffen. Ich würde es nicht schaffen. Sie hatten gewonnen.

"Wegtreten, Styx," befahl Mervan, ohne mich auch nur anzublicken.

Ich wusste, dass er im Recht war und dass ich ihn besser seinen Job erledigen ließ. Er würde die restlichen Verräter aufspüren, ihre Absichten aufdecken und herausfinden, ob sie noch andere Frachter hatten. Andere Kontakte. Mehr Informanten innerhalb der Koalitionsflotte.

Aber das war Mervans Problem und nicht meines.

"Sie können die anderen haben, Mervan." Ich deutete auf den Anführer. "Er gehört mir."

Der Doktor schüttelte den Kopf. "Ich brauche ihn lebendig."

Ich blickte mich um, schaute auf die acht zusätzlichen Gefangenen, die Mervan ins Netz gegangen waren. Es handelte sich nicht um Vollstrecker der Kronos-Legion, sondern um Hyperionen, die ich allesamt wiedererkannte. "Sie haben mehr als genug Gefangene."

"Bei den Göttern, Styx, er gehört mir."

Mervan war ein Verbündeter. Er war mein einziger Kontakt, der mächtig genug war, um Harper aus den Klauen der Koalition zu befreien. Sie gehörte immer noch zu ihnen. Ihretwegen würde ich Gesetze brechen und in den Krieg ziehen. Aber das würde auf Kosten meines Volkes gehen. Es war klüger, diese eine Beute zu opfern. Für Harper. Für die Bewohner von Rogue 5. Für meine Legion. "Schafft ihn mir aus den Augen."

Mervan nickte den Koalitionskriegern im Raum zu und sie versahen die Gefangenen mit mobilen Transportpflastern. Einer nach dem anderen löste sich vor unseren Augen in Luft auf. Sie waren auf dem Weg in einen Koalitionsknast. Man würde ihnen den Prozess machen, sie für ihre Taten hinrichten lassen. Sie *würden* sterben, aber man verwehrte uns das Blut, nach dem wir trachteten. Man verwehrte uns unsere Rache.

Ich blickte Mervan in die Augen. "Versprechen Sie mir, dass er leiden wird."

Seine Mundwinkel verzogen sich zu einer grausamen Grimasse. Er war eigentlich ein Heiler, genau wie Harper. Aber genau, wie Harper nichts als strahlendes Licht im Herzen trug, so war das seine schwarz wie die Nacht. Ich war beruhigt. Er verstand meinen Wunsch, teilte ihn wohl zu einem gewissen Grad.

"Sie haben mein Wort, Styx."

Blades Brustkorb hob sich merklich und seine Hände waren zu Fäusten geballt, als die Gefangenen um uns herum verschwanden und nur noch der Vollstrecker übrig war.

Der Mistkerl blickte zu mir auf, schaute kurz zu Blade, Silver und den anderen und sein Blick flackerte, als ob er unsere Stärke einschätzte. Mit sichtbaren Reißzähnen grinste er Blade an.

"Wie läuft's mit eurer hübschen kleinen Partnerin? Sie hat flinke Beine. Dreimal habe ich sie verfehlt, bis der Atlanische Bastard zurückgefeuert hat." Er neigte den Kopf zur Seite, als ob er auf einer Dinnerparty über eine philosophische Frage sinnierte. "Sag mal, habt ihr sie auch gebissen, als ihr sie in den Arsch gefickt habt? Oder habt ihr sie für mich aufgehoben?"

Blade war so schnell, dass ich ihn nicht einmal sehen konnte.

"Nein!" Ich schrie und das eine Wort hallte an den Wänden wider.

Mervan hatte keine Gelegenheit dazwischen zu gehen, seine Prillonischen Reflexe waren einfach zu langsam für Blades blanke Wut.

Blade umpackte den Nacken des Vollstreckers und drehte ihn nach hinten. Hart. Schnell. Zu kraftvoll.

Er heulte auf, als die Halswirbel nachgaben und knirschten. Er drehte weiter, sein Gesicht war weiß vor Wut. Hinter der wütenden, instinktgesteuerten Fassade war nichts mehr von einem Mann übrig.

Als der Vollstrecker schließlich enthauptet war, fiel mir auf, dass er lächelte. Er hatte Blade provoziert, denn er wusste, dass dessen entfesselte Wut ihn vor Wochen oder Monaten der Folter bewahren würde. Er war sich seines Todes sicher und hatte sein Ende selbst gewählt. Er hatte Blade beleidigt und genau das bekommen, was er wollte. Den sofortigen Tod.

Mervan fauchte ihn an, aber ich stellte mich hastig zwischen Blade und den Prillonischen Spion. Wenn Blade es nicht getan hätte, dann hätte ich es getan. "Mervan, Sie haben andere Häftlinge."

"Er war ihr Anführer," brüllte er und deutete mit dem Arm auf den kopflosen Kronos. Blade könnte dafür in den Knast wandern, denn er hatte gegen einen Befehl gehandelt.

"Nein," konterte ich. "Er war einer von Kronos' Vollstreckern."

Der Prillone brauchte einen Moment, um sich wieder einzukriegen und Blade schleuderte den abgetrennten Schädel wütend schnaufend gegen die Wand. Mit einem schweren, feuchten Schmuddelgeräusch klatschte er gegen das Metall. Blut lief von der Wand und bildete auf dem Boden kleine Pfützen. Der Geruch war streng, widerlich.

Aber es war auch ein äußerst befriedigendes Geräusch. Ich lächelte, als Blade zu uns zurückkam; er war blutverschmiert vom Vollstrecker und dem Wachmann, den er draußen im Korridor erledigt hatte. Er hatte seine Rache bekommen. Ich auch, allerdings stellvertretend durch Blade. Das sollte ausreichen.

"Bei den Göttern, lassen Sie uns von hier verschwinden, Mervan." Der Prillonische Kommandant, der uns in den Raum gefolgt war, ergriff das Wort. "Die Zündsätze sind gelegt. Die Gefangenen evakuiert. Die gesamte

Fracht ausgeladen und raus transportiert."

"Verdammte Hyperioner." Mervan fluchte, aber wir kümmerten uns nicht darum. Was er von uns dachte, scherte mich einen feuchten Dreck.

Dann blickte Mervan auf den Mann ohne Kopf und seufzte. "Haben sie die Daten des Schiffs, damit sie analysiert werden können?"

"Ja, Sir."

"Gut." Mervan redete mit dem Prillonen, blickte aber zu mir. "Verpisst euch verdammt nochmal von diesem Schiff. Ich will euch nie wieder sehen."

Als Zeichen der Anerkennung senkte ich leicht das Kinn. "Ganz meinerseits." Wir beide wussten, dass das unwahrscheinlich war. Blade und ich waren ihr einziger Kontakt zum Schwarzmarkt, zu den Piraten und kriminellen Elementen im Koalitionsgebiet. Er brauchte uns, und wir brauchten ihn.

Was nicht hieß, dass wir uns gerne haben mussten.

Mervan klopfte auf das Transportpflaster an seiner Brust und verschwand, er ließ die Leichen zurück, damit sie zusammen mit dem Schiff in Flammen aufgingen. Und wenn wir nicht schleunigst heraustransportierten, dann würden wir ebenfalls verbrennen. Als ob Mervan sich darum sorgte. Unsere Sicherheit war nicht sein Problem.

Cormac räusperte sich. "Ich habe gewonnen, Silver. Rück die Kohle raus."

"Bastard." Silver motzte nur, als wir dem Koalitionsteam zurück zum Transportraum folgten. "Zu viele verdammte Aliens. Haben mir keinen einzigen Schurken übriggelassen."

Khon blickte über die Schulter. "Silver, mein Schwanz ist willig und frei, falls du irgendetwas erwürgen willst. Und er ist schon ganz hart."

"Khon, halt's Maul."

Blade gesellte sich an meine Seite

und wir ließen die anderen vorangehen. "Ich konnte es nicht, Styx. Ich konnte ihn nicht am Leben lassen. Nicht nach dem, was alles passiert ist und nachdem er auch noch die Klappe aufgerissen hat."

Ich packte seine Schulter und knuffte ihn aus Dankbarkeit. "Ich konnte ihn nicht töten. Es war zu riskant. Da wir aber eine Partnerin teilen bin ich froh, dass du Harpers Rache vollstreckt hast. Deine Hände sind meine, so ist es vollbracht."

Der Mistkerl war tot, egal, wer ihm den Kopf abgerissen hatte.

Wir tauschten einen Blick aus und er hatte verstanden. Harper gehörte uns. Jede Zelle meines Körpers hatte sich den Tod dieses Arschlochs herbeigesehnt. Ob nun durch mich oder Blade machte für mich keinen Unterschied. Aber weil Blade es getan hatte, konnte Mervan mich nicht belangen. Die politischen Konsequenzen blieben auf ein Minimum beschränkt. Irgendwann in der Zukunft würden wir erneut der Flotte unsere Dienste anbieten, aber erst, wenn Mervan sich wieder eingekriegt hatte. Wir hatten bekommen, was wir wollten. Rache. Unsere Partnerin.

Das Schiff würde bald in die Luft fliegen; zum Plaudern blieb keine Zeit mehr. Wir erreichten den Transportraum, die anderen warteten bereits auf der Plattform.

"Lass uns nach Hause gehen und es zu Ende bringen," sprach ich schließlich. Ich war mehr als bereit, zu Harper zurückzukehren. Die Mission war abgehakt. Wir hatten jetzt besseres zu tun. Und wie reizend es mit uns werden würde. Meine Eier schmerzten und meine Zähne traten hervor, als ich mich ans liebliche Aroma ihrer Pussy erinnerte und daran, wie eng sie sich anfühlte. Wie viel enger sie sein würde, wenn wir sie gleichzeitig nehmen würden. Wenn wir sie anknabbern würden.

Blade lächelte, seine Reißzähne wurden noch eindrucksvoller. Dann rückte er sich den Schwanz in der Hose zurecht und im nächsten Moment ließ der Sog des Transports mir alle Haare zu Berge stehen.

Es wurde Zeit, dass wir uns das nahmen, was uns gehörte.

Es war an der Zeit Harper zu beißen und sie für immer zu erobern.

13

Harper

Sie waren zurück. Sie waren wohlauf.

Styx trat zuerst durch die Tür, Blade folgte ihm auf den Fuß. Styxs grüne Augen trafen meine und fixierten mich, als er auf mich zukam.

Bei unserem ersten Treffen auf Zenith, als er mich an der Bar angesprochen hatte, versprühte er dieselbe Intensität, als ob nur ich im gesamten Universum existierte. Damals war es nervenaufreibend.

Jetzt? Jetzt wollte ich diese uneingeschränkte Aufmerksamkeit. Ich wollte alles von ihm. Seine Zuwendung. Seine Liebe. Seine Obsession.

Möglicherweise war es falsch oder dumm oder hundert andere Dinge, die ich weder zu Ende denken noch verstehen wollte, aber zum ersten Mal in meinem Leben spürte ich, dass ich von jemanden *gesehen* wurde. Ich war zwar nie wirklich allein gewesen, sondern von Leuten umgeben, die so hart arbeiteten und kämpften wie ich, aber erst nachdem ich Styx und Blade getroffen hatte, wurde mir klar, dass ich zwar nicht allein gewesen war—aber dennoch einsam.

Ich lief um die Steuerkonsole herum, beinahe hätte ich Ivar umgerannt und warf mich Styx an den Hals. Er bestand aus nichts als fester Muskelmasse, Hitze und Kraft. Ich spürte sie, als er einen Arm um meinen Nacken legte und die andere Hand nach meinem Hintern griff. Wir verschmolzen regelrecht miteinander, so als wären wir zwei Puzzleteile, die endlich ineinander klickten. Ich atmete ihn ein und schloss die Augen, damit seine Hitze alle scharfen Kanten glätten konnte, die Stunden voller Unruhe und Sorge und nackter Panik, sollte einer von ihnen verwundet werden oder nicht zu mir zurückkommen.

Sein Atem fächelte über meinen Hals und er sog mich seinerseits in sich auf. Ich spürte das Streifen seiner Lippen, das Hervorschnellen seiner Zunge und selbst das leichte Schürfen seiner Zähne. Das Gefühl entlockte mir ein Winseln. Es war unschuldig, aber eindeutig. Er würde mich beißen. Und zwar bald. Das Versprechen in dieser unmerklichen Berührung ließ mein Herz höher schlagen und trieb mir Tränen in die Augen. Ich wollte ihn. Sie alle beide. Für immer.

"Liebes," knurrte er.

"Du gehörst mir," antwortete ich.

Ich legte den Kopf zurück, damit ich ihm in die Augen blicken konnte, dann blickte ich über meine Schulter zu Blade. Ich reichte ihm die Hand und er fasste sie, sodass ich auch seine Stärke spüren konnte.

Das war auch bitter nötig. Es war, als ob ich die Verbindung zu ihnen, ihre Energie verloren hatte, als sie von Rogue 5 aufgebrochen waren. Jetzt aber war ich in Gottes Namen wie angefixt und wollte nie mehr ohne dieses Gefühl leben. Jede Minute ihrer Abwesenheit war die reinste Qual für mich gewesen. Ich war rastlos, krank vor Sorge gewesen. Panisch sogar. Der Skribent und Ivar hatten ihr Bestes getan, um mich zu beruhigen und mir von ihren Kampfkünsten berichtet. Sie waren sogar so weit gegangen mir zu sagen, dass ihre Blutrünstigkeit, ihr Bedürfnis nach Rache sie beschützen würde.

Ich betrachtete ihren Zorn und ihre Mordlust eher als Scheuklappen, die sie eventuell ins Verderben führen würden. Aber ich hatte mich geirrt. Gott sei Dank.

"Seid ihr verletzt?" fragte ich und musterte die beiden. Ich sah weder Blut, noch Schmutz oder ramponierte Kleidung. Sie sahen kein bisschen nach tödlichem Gemetzel aus. Jedenfalls nicht nach jener Art Gemetzel, wie ich es gewohnt war.

Styx musste schmunzeln. "Harper, wir wissen, dass du im Kern eine Heilerin bist. Wir würden dir nicht verletzt oder blutverschmiert unter die Augen treten. Du würdest dich nur aufregen und wir würden dich niemals ins Bett bekommen." Er kniff mich in den Arsch, die Botschaft war eindeutig. "Wir werden nicht länger warten, Harper."

Ich hörte auch das heraus, was er nicht aussprach, nämlich dass sie mich bald beißen würden, aber darum ging es mir jetzt gar nicht. "Du meinst, ihr seid verletzt worden und seid vorher zur

Krankenstation gegangen, damit ich mir keine Sorgen mache?"

Styx verdrehte die Augen. Das hatte er bisher nie getan und ich musste davon ausgehen, dass ich die einzige war, die ihn dermaßen frustrieren konnte. Oder er hatte diese verdächtig menschliche Körpersprache von mir übernommen? Zu sehen, wie ein Alien-Krieger diese Geste imitierte, entlockte mir ein Grinsen.

"Harper," knurrte er erneut.

Blade ließ meine Hand los, kam herumgelaufen und presste gegen meinen Rücken. "Wir sind unverletzt, Liebes. Wir haben dir versprochen, dass wir zurückkommen. Hast du etwa an uns gezweifelt?"

Ich blickte über meine Schulter zu Blade, aber er küsste mich sogleich. Seine Lippen waren heiß, stramm und begierig. Wie es aussah, erwartete er nicht wirklich eine Antwort.

"Du gehörst mir, Harper," sagte Styx. "Ich habe dir die Wahl gelassen. Du hättest uns einen Korb geben können. Du konntest zur Koalition zurückgehen. Du hast dich dazu entschieden, dich zu unterwerfen. Willentlich. Ich kann nicht länger warten, Liebes. Der Biss wird dich für immer an mich binden. Ich bin kein Mensch. Es wird kein Zurück geben."

Er sprach diese Worte, während Blades Mund auf meinem lag und seine Zunge mich erforschte, als wäre es das erste Mal. Als Blade schließlich von mir abließ, blickte er mir in die Augen. "Für immer, Harper." Ich nickte. Dieser Kuss, Styx Worte, Blades Versprechen—ich war mit allem einverstanden. Allem.

"Ich will es," wiederholte ich ganz außer Atem. "Ich wollte euch schon bevor ihr zu Doktor Mervan gegangen seid."

Styxs Stimme war ruhig und besonnen, duldete aber keine Widerworte. "Wir wussten, dass du die Wahrheit gesagt hast und wir wollten dich mit einer Verzweiflung, die du dir gar nicht vorstellen kannst. Meine Eier verzehren sich danach, dich zu erobern. Aber erst mussten wir die Verräter von Kronos erledigen. Sie standen uns im Wege, und zwar mehr als nur uns dreien. Sie hätten ganz Rogue 5 ins Verderben gestürzt."

Eine gewisse Autorität schwang in seiner Stimme mit, die des Anführers der Styx-Legion. Obwohl ich das Feuer in seinen Augen sehen konnte und wusste, dass es nur mir galt, so wusste ich auch insgeheim, dass, wenn ich Styx haben wollte, ich sein Bedürfnis nach Macht nicht beschneiden durfte. Er hatte die oberste Gewalt. Und sollte ich die Partnerin des Anführers der Styx-Legion werden wollen, dann würde ich mich damit abfinden müssen, dass Rogue 5 für ihn immer eine Art Nebenfrau bleiben würde. Die Namen auf seiner Haut waren das Symbol einer Last, die er für immer tragen würde und von mir würde man erwarten, dass ich ihm dabei half.

Für mich war das in Ordnung so. Ich

würde ihm erlauben der Anführer zu sein, zu dem er geboren wurde und er würde mir seinerseits gestatten das zu tun, was mir am Herzen lag, was meinem Wesen entsprach. Nämlich anderen zu helfen. Er würde mich nicht daran hindern und Blade würde an meiner Seite bleiben, um mich zu beschützen, während ich die Bedürftigen heilte. Auf dem Verpartnerungsempfang hatte ich den Kronos versorgt, der versucht hatte uns zu töten und er hatte auf mich aufgepasst. Vielleicht war das der Grund, warum wir einfach wie für einander geschaffen waren. Wir befriedigten unsere jeweiligen Bedürfnisse, und nicht nur sexuell. Blade konnte seinen Beschützerinstinkt voll ausleben und Styx durfte mich dominieren und herumkommandieren —und das war durchaus sexuell gemeint. Und ich würde zur Stelle sein, um sie zu heilen, um ihre schweren Bürden zu teilen, wenn es darum ging die Legion zu führen. Die Dynamik zwischen uns funktionierte.

Wir funktionierten.

"Die abtrünnigen Kronos waren auch eine Gefahr für dich," fügte Blade hinzu. Sein helles Haar hing lose über seine Schultern, es war nicht wie üblich zurückgebunden. Keiner der beiden sah aus, als ob er gerade aus einem Kampf zurückkehrte. Sie waren blütenrein, ihre Uniformen tadellos. Entweder der Kampf war eine saubere Angelegenheit gewesen oder sie hatten sich wirklich in Schale geworfen, bevor sie mir gegenübertraten. Ich musste mich fragen, ob sie nicht doch verletzt worden waren und es mir nicht sagen würden. Damit trieben sie es in puncto *Beschützerinstinkt* aber ein bisschen zu weit. Ich würde es sowieso herausfinden, allerdings nicht jetzt. Ich wusste ebenso gut, was nebensächlich war und was nicht.

"Und jetzt?" fragte ich und meinte damit präzise das "waren" in Blades

Formulierung. Sie würden nicht mit hitzigen Augen und steifen Schwänzen vor mir stehen, wenn es nicht endgültig vorbei wäre.

Wenn ich nicht sicher wäre.

Wenn es nicht Zeit wäre, mich zu beißen, zu erobern und zu ihrer Frau zu machen.

Vielleicht war es gut, dass sie wohlauf und clean waren. Nichts stand uns jetzt mehr im Wege—genau, wie Styx es eben gesagt hatte. Nicht einmal ein reinigendes Bad. Mir wurde zusehends heißer. Ihre Körper waren so warm, als sie sich an mich pressten. Und diese Küsse. Gott, sobald sie mich ins Bett kriegen würden, würde ich in Flammen aufgehen. Meine Nippel rieben gegen Styxs Brust, meine Pussy flimmerte und mein Höschen war bereits hinüber. Und wir waren noch voll bekleidet.

Ivar räusperte sich und erinnerte uns daran, dass er und der Skribent auch noch da waren.

Meine Güte. Ich war von meinen Männern wie hypnotisiert und hatte ihre Anwesenheit *total* vergessen.

Styx senkte sein Kinn und dankte den beiden. Ich schaute nicht hin. Ich wollte weder Gelächter noch Unmut oder irgendeine andere Emotion in ihren Augen sehen. Ich schämte mich und das war schon genug.

Aus dem Augenwinkel konnte ich allerdings sehen, wie sie sich ehrerbietig verneigten, bevor sie den Raum verließen. Ihr Job war erledigt. Ich war sicher und ihre Fürsorge wurde nicht länger gebraucht.

"Ab jetzt beschützen wir dich wieder," entgegnete Blade und beugte dabei die Hüften in einer Weise, dass sein Schwanz in exquisiter Manier über die Naht an meinem Hosenboden rieb; ein Hinweis auf das, was er höchstwahrscheinlich schon sehr bald mit mir machen würde. Was Ivar und der Skribent da eben zu Ohren bekommen hatten, war mir jetzt peinlich, nicht aber Blade. Keineswegs. Ich musste die Sache wohl einfach runterschlucken, denn während Blade und Styx mir zwar versichert hatten, dass sie mich mit niemandem teilen würden, so würde ich mich doch daran gewöhnen müssen, dass sie vor den Augen Dritter ihren Anspruch auf mich geltend machten. Solange sich das auf lodernde Blicke, Küsse und hitzige Berührungen beschränkte, würde ich es ihnen durchgehen lassen.

Und ich hatte keinerlei Absicht, ihnen irgendetwas vorzuenthalten. Meine Pussywände zogen sich bei diesem Gedanken sofort zusammen und ich räkelte mich in Styxs Umarmung. "Ich gehöre euch, Jungs. Bitte. Nehmt mich. Beißt mich. Ihr könnt alles haben. Alles, was ihr wollt." Es war mehr als ein bloßes Versprechen, es war die totale Auslieferung. Umfassend. Ohne Rückhalt. Ich übergab ihnen alles.

Styx knurrte, wirbelte mich herum und beförderte mich aus dem Raum.

Erst als wir alleine in seinem Quartier angekommen waren, stellte er meine Füße wieder auf den Boden, genau vor seinem großen Bett. "Zieh dich aus, Liebes. Ich sehne mich schon die ganze Zeit nach deinem zarten Fleisch."

Styxs Kommando machte mir eine Gänsehaut. Damals auf dem Korridor auf der Zenith hatten sie ihre wahre Seite zwar nicht wirklich vor mir versteckt, allerdings waren wir damals in einem halb-öffentlichen Raum. Und auf dem Verpartnerungsempfang hatten sie mich mit gnadenloser Präzision und dreistem Übermut zum Höhepunkt gefingert, aber sie hatten sich auch dort zurückgehalten, denn wieder einmal hatten wir uns auf einem Korridor eingefunden, einem halb-öffentlichen Raum. Selbst als sie mich zum ersten Mal gefickt hatten und ihnen klar war, dass ich ihre Partnerin war, hatten sie sich zurückgehalten, denn ihrem wahren, Hyperionischen Wesen nach hätten sie mich sofort gebissen. Sie hatten diesen inneren Drang unterdrückt, weil ich nicht bereit gewesen war.

Ich hatte nicht darum gebettelt.

Obwohl sie wild und verwegen waren, berechnend und so verdammt dominant, dass sie mich auf Befehl kommen ließen, hatte ich den echten Styx oder Blade noch gar nicht zu Gesicht bekommen.

Das würde sich jetzt ändern. Nein, das *tat* es schon; "Zieh dich aus." war bereits der Anfang.

Mein gesamter Körper erschauderte und ich begann, vor Vorfreude zu zittern.

Nie hätte ich von mir geglaubt, dass ich auf jemanden wie Styx abfahren könnte, jemanden, der mich herumkommandierte und keine Fragen, keine Widerworte duldete. Andererseits war ich nie so erregbar gewesen, wie mit diesen beiden. Meine Orgasmen? Oh ja, sprichwörtlich aus einer anderen Welt. Vielleicht musste ich wirklich erst quer durchs Universum reisen, um herauszufinden, dass ich diese Art Fetisch hatte.

Zwei Männer auf einmal. Dominanz. Und alles, was sie sonst noch so im Hinterstübchen hatten.

Ich wollte alles.

Als sie jetzt mit feurigem Blick und dicker Beule in der Hose vor mir standen, würde ich nicht mucken.

Ich zog mich aus. Nackig. So schnell, wie meine Finger über den Stoff flattern wollten.

Sicher, meine Hände zitterten, aber nicht aus Angst. Sondern Vorfreude. Ich war nicht die einzige, die ungeduldig war. Auf ihre Rückkehr zu warten war grässlich gewesen. Aber jetzt … gab es nur noch sie. Das hier. Götter, fast wäre ich allein schon beim Ausziehen gekommen. Es war, als ob sie Pheromone versprühten.

Zwei große, finstere und gnadenlos waghalsige Aliens standen vor mir, ihre Augen inspizierten jeden Zentimeter meines Körpers. Sie wollten mich mit einer Dringlichkeit und einer Wucht, die ich nie für möglich gehalten hätte.

Ich zog mein schwarzes Oberteil über den Kopf. Ich blickte runter und durch den dünnen BH konnte ich meine steinharten Nippel sehen. Sie konnten sie auch sehen und Blade ballte die Hände zu Fäusten, während Styx nur aufstöhnte. Er rieb seinen Schwanz in der Hose, als ob er weh tat.

Selbstbewusst zog ich meine Stiefel aus und entledigte mich dem Rest meiner Kleidung. Die Tatsache, dass diese beiden großen, sehnigen und dominanten Männer zu nichts anderem imstande waren, als sich die Schwänze zu reiben und die Fäuste zu ballen, gab mir das Gefühl ich würde sie an der Leine halten. Vielleicht würde ich sie bald an ihren blauen Eiern herumführen.

Als sie regungslos dastanden und einfach nur meinen nackten Leib anstarrten, flackerten einige meiner alten Unsicherheiten auf. Selbst im weichen Licht des Schlafzimmers war ich sicher, dass sie jede Unvollkommenheit, jede kleine Delle an meinen Hüften sehen konnten, die keine Sportroutine beseitigen würde. Meine Möpse konnten, auch wenn ich stolz auf sie war, der Schwerkraft auch nicht ewig strotzen. Dann war da noch mein—

"Wunderschön," zischelte Blade und fuhr sich mit der Zunge über die Zähne.

"Weißt du, warum wir hier rumstehen und dich nicht anrühren?" fragte Styx.

Um mich wenigstens ein bisschen zu bedecken, stemmte ich die Hände gegen die Hüften. "Ich dachte, ihr macht das vielleicht wegen—"

Styx schnitt mit der Hand durch die Luft. "Ich weiß, was du sagen willst und ich schneide dir das Wort ab. Solltest du irgendeinen Makel an dir auch nur erwähnen, dann landest du mit rotem Arsch über meinem Knie."

Er meinte es ernst. Ich errötete, und zwar weil sie mich so gut kannten.

"Wir stehen hier rum, weil wir uns zusammenreißen müssen. Damit wir dich nicht sofort beißen. Damit wir nicht unsere Schwänze rausholen und mit zwei schnellen Stößen und spitzen Zähnen über dich herfallen."

Seine aufrichtigen Worte ließen meine Kinnlade herunterklappen. Ich wusste, dass sie scharf auf mich waren. Gierig sogar.

Sie blickten sich einen Moment lang an, dann schauten sie wieder zu mir.

Grinsten.

"Oh."

Sie hatten Reißzähne. Wie Vampire. Ihre Eckzähne waren lang und spitz und furchteinflößend. Ich erstarrte, wie ein Reh im Scheinwerferlicht. Beute. Ich war eine Beute.

Und ich wollte geschnappt werden.

An der Spitze von Styxs Hauern sammelte sich ein leichter Schimmer und ich starrte ihn an und wollte verstehen, was da vor sich ging.

"Serum," sprach er, als ob er meine

Gedanken lesen konnte. "Sobald es in deinem Körper ist, gehörst du mir."

"Und mir," fügte Blade hinzu und fuhr sich erneut mit der Zunge über die Zähne.

"Erregung, Verlangen, Lust. Alles wird sich miteinander vermischen. Das unglaublichste Vergnügen, das du dir denken kannst. Und das ist nur der erste Orgasmus. Danach wirst du gar nicht mehr genug von uns bekommen können."

Ich war nass und als Styx einen tiefen Atemzug nahm, wurden seine hellgrünen Augen plötzlich ganz schwarz. Er konnte den Duft meiner Erregung riechen und stöhnte. Wenn sie runter blickten, dann würden sie sehen, wie meine Säfte meine Pussy einkleisterten.

"Ich könnte den Rest meines Lebens zwischen deinen Schenkeln verbringen. Mit dem Mund stundenlang auf dir drauf," führte er weiter aus.

Bei dem Gedanken ließ ich die

Hüften kreisen. Beide waren oral ziemlich versiert und sie hatten es jedes Mal als Vorspiel eingesetzt. Und sie hatten es dabei nie besonders eilig gehabt, sondern waren auf mir verweilt, bis ich mehrere Male gekommen war. Erst dann würden sie mich ficken. Ihr Vorwand lautete, dass sie mich schön weich und geschwollen haben wollten, willig und feucht für ihre enormen Schwänze. Der Punktestand zum Thema Orgasmus war definitiv zu meinem Vorteil gekippt. Sie waren nicht einmal annähernd so oft gekommen wie ich.

"Willst du meinen Mund haben?" fragte Blade und öffnete seinen Hosenstall, um seinen Schwanz zu befreien. "Willst du das hier?"

Ich starrte ihn an, mit der Hand umpackte er währenddessen entschlossen seinen Schaft, eine dicke Vene pochte die gesamte harte Länge entlang. Seine dicke Eichel war rötlich und aus dem engen Schlitz sickerte

Flüssigkeit heraus. Bei dem Anblick lief mir das Wasser im Mund zusammen.

Ich konnte nur nicken.

"Wo willst du ihn haben, Liebes?" Blades Blick wanderte über meinen Körper und er grinste erneut.

Ich machte den Mund auf und wollte antworten, aber die Worte blieben mir weg. Was zum Teufel war ein Wort? Ich hatte keins mehr. Bilder fluteten stattdessen meinen Geist. Bilder und Erinnerungen und Gefühle. Hände. Münder. Meine heiße, feuchte Pussy, wie sie gedehnt wurde und orgasmisch pulsierte. Der Geruch ihrer Haut. Die Hitze ihre Hände. Ich, wie ich im reißenden Strudel ihrer Lust gefangen war. "Überall." Hände. Münder. Schwänze. Wenn sie nicht bald loslegen würden, dann würde ich auf sie drauf springen. "Los jetzt."

Styxs Augen verdunkelten sich vor Lust und er war fokussiert wie ein Laser. "Dreh dich um. Langsam." Und wieder, was folgte kam mir vor, als ob er meine

Gedanken lesen konnte, "Nicht überall. Wenn wir dich beißen, dann nur Pussy und Arsch."

"Okay," ich drehte mich um. Sie hatten mich immer noch nicht angerührt, aber wenigstens war Styx dabei sich auszuziehen. Als er vollkommen nackt dastand, war ich diejenige, die erstarrte. Er war einfach umwerfend. Groß und kräftig, muskulös und hart. Die Tattoos waren ein sichtbarer Verweis auf seine Aufgabe, auf seine Pflicht. Mein Name auf seiner Brust ließ mich nur noch feuchter werden, schließlich gehörte ich damit ihm. Und diese Piercings ... über die durfte ich gar nicht erst nachdenken, oder ich würde an Ort und Stelle kommen.

Ich kam zum Entschluss, dass ich meine Hände auf meinen Hüften sehr viel besser einsetzen konnte. Also schloss ich die Augen, legte den Kopf in den Nacken und ließ sie sinnlich über meine Haut gleiten, ich berührte mich so, wie sie mich berühren sollten. Ich legte eine Hand an meine Brust und zwickte meinen Nippel, bis er sich zu einer harten Spitze aufstellte. Meine andere Hand glitt weiter runter und schlüpfte zwischen die nassen Falten meiner Pussy.

Mit halb geöffneten Augen beobachtete ich ihre Reaktion und als Blade sich mit zittriger Hand durch die Haare fuhr und Styx einen ratlosen Blick zuwarf, wusste ich, dass ich sie endgültig in die Knie gezwungen hatte. Fragte er ihn um Erlaubnis? Styxs Brustkorb hob und senkte sich immer rasanter.

"Fick dich mit dem Finger, Liebes. Tief."

Ich tat, wie er mir befahl und stellte sicher, dass ich leise stöhnte, als ich mir den Kitzler rieb.

Im Handumdrehen packte Styx mich an der Taille und ich wurde aufs Bett geschleudert und umgedreht, sodass ich ihm gegenüber saß. Als ich mich auf meine Knie aufraffte, bemerkte ich, wie sehr er es genoss mich so herumzuschleudern und zu positionieren. Ich liebte es, dass er mich nicht wie eine Porzellanpuppe behandelte. Ich war nicht zerbrechlich und diese beiden sollten sich besser nicht länger zurückhalten. Ich wollte es heftig. Wild. Fanatisch. Schmutzig. Ich wollte ihre Schwänze. Ihre Reißzähne. Alles.

Blade war noch damit beschäftigt sich auszuziehen, als Styx ein Knie aufs Bett hob und mich an sich heranzog und küsste. Seine Lippen waren fest und geschickt, aber ich erwiderte den Kuss nicht.

Stattdessen zog ich neugierig zurück. Ich legte meine Finger an seinen Mund und strich mit der Fingerspitze über einen seiner Zähne. "Wird es weh tun?" fragte ich. So oder so, es war egal, aber ich wollte es trotzdem wissen. Ich hatte nichts gegen einen Zacken Schmerz, sollte dieser sich mit meiner Lust vermischen, aber ich wollte nicht überrascht werden. Obwohl wir so gut wie gar nichts gemacht hatten, war ich bereits vollkommen außer Atem.

Styx zeigte mir lächelnd, dass seine Reißzähne jetzt verschwunden waren. "Mir wurde gesagt, dass das Vergnügen den Schmerz bei weitem übertrifft."

"Du hast noch nie jemanden gebissen, oder?" Ich musste einfach meine Hände auflegen und über seine harten Muskeln streichen, über die Namen auf seiner Haut, über die Piercings. "Bist du schon mal gebissen worden?" Ein heißer Schwall der Eifersucht überkam mich und ich wollte die Krallen ausfahren und jeder Rogue-5-Schlampe, die es gewagt hatte, meine Partner anzuschauen die Augen ausreißen. Die Vorstellung einer solch intimen Geste und der Gedanke, wie sich ihre Reißzähne ins Fleisch einer anderen bohrten, ließ mich jede Vernunft über Bord werfen. Das absurde Gefühl überwältigte mich im Handumdrehen, ich konnte einfach nichts dagegen ausrichten. Zusammen hatten wir so viel durchgemacht und ich war mehr als bereit, voll und ganz zu ihnen zu gehören. Für immer und mit Narben, die den Rest meines Lebens meinen Hals zieren und jedem diese Tatsache beweisen würden.

Beide schüttelten den Kopf und blickten auf meinen Hals. "Ein Paarungsbiss ist für immer. Liebes. Er ist heilig. Wir beißen immer nur eine Frau."

"Ihr beißt also Jungfrauen?" fragte ich mit hochgezogener Augenbraue und musste mir angesichts dieses schlechten Witzes das Lachen verkneifen. Aber der Humor half mir. Ich stand kurz davor von zwei riesigen Aliens doppelgefickt und gebissen zu werden und eine Art animalisches Paarungsserum injiziert zu bekommen.

Blade machte ein eigenartig puffendes Geräusch und ich schaute zu ihm. Er grinste und ich sah seine scharfen Zähne. "Wir haben auf der anderen Seite des Universums auf dich gewartet. Überleg mal. Das ist fast ein Ding der Unmöglichkeit. Wie gehören dir, Liebes. Du wirst die Erste sein—und Letzte." Er trat einen Schritt näher. "Apropos Jungfrau, hat es dir gefallen, als ich dich mit meinem dicken Schwanz in den Arsch gefickt habe?" Er packte besagten Schwanz an der Wurzel und streichelte ihn. Jupp, sie waren *sehr* geschickt.

Als ich mich an seine Größe erinnerte und wie er mich geduldig und doch entschlossen genommen hatte, zogen sich unwillkürlich alle betroffenen Muskeln zusammen. Er war so tief in mir drin gewesen, hatte mich dermaßen befeuert, dass ich beim hemmungslosen Kommen fast ohnmächtig geworden wäre.

"Ja," flüsterte ich und streckte meine Hand aus. Als Blade nah genug an mir dran war, strich ich mit den Fingerspitzen über seine Eichel und befühlte seine Feuchte dort.

"Harper, ich frage dich ein letztes

Mal. Akzeptierst du uns als deine Partner, und zwar mit dem Wissen, dass wir dich vollständig erobern werden und dass unser Zeichen auf deiner Haut für alle sichtbar sein wird? Alle werden wissen, wo du hingehörst, von wem du beschützt wirst." Er drückte sich meiner Hand entgegen und ich umfasste ihn so gut ich konnte und begann, seine harte Länge mit meiner Faust zu pumpen. Er stöhnte, redete aber weiter. "Sollte dir irgendjemand weh tun, Harper, dann werde ich ihn töten. Ich werde ihn verdammt nochmal töten."

Blades Worte klangen wie ein persönliches Gelöbnis und er legte die Hände an meine Taille und schloss die Augen. Es würde kein Zurück mehr geben. Er gab mir eine letzte Chance, um nein zu sagen. Um fortzugehen— auch, wenn ich wohl nicht sehr weit kommen würde. Wenn ich nämlich nicht bereit wäre, dann würden sie mich umwerben und mir im Rogue-5-Stil den Hof machen. Sie würden so lange nachlegen, bis ich einwilligte, ganz egal, wie lange es dauerte.

Ich musterte Blade, sein helles Haar, seine markanten Züge—ohne auf seine Zähne zu achten. Dann betrachtete ich Styx, er war schwarz und rabiat, herrisch und doch so unglaublich geduldig. Beide waren umwerfend gebaut. Sie waren groß, breitschultrig und muskulös. Ihre Tattoos aber zeigten, dass sie ein großes Herz hatten, dass sie jeden, der dort aufgelistet war beschützten und führten. Mich eingeschlossen. Mein Name auf ihren Oberkörpern war nicht zu übersehen. Genau wie die Piercings, jene kleinen Stäbe, die in ihren Brustwarzen steckten. Meine Finger hatten daran herumgespielt, meine Zunge hatte an ihnen geschnippt und tat jetzt dasselbe mit Styxs Nippelschmuck. Sie hatten mich zwar noch nicht gebissen, aber sie hatten ununterbrochen wiederholt, dass ich ihnen gehörte. Dass ich ihre Partnerin war. Und der sichtbare Beweis dafür wurde mir und allen anderen stolz vorgeführt.

Auch ohne Biss hatten sie mich bereits erobert. Ich gehörte ihnen längst. Sie warteten nur darauf, dass ich sie als meine Männer akzeptierte.

Sie waren so mutig, so stark; ich musste mir in Erinnerung rufen, dass auch sie Gefühle hatten, dass ich wahrscheinlich die einzige war, die sie schonungslos demolieren konnte. Die einzige Person, die sie wirklich verletzen konnte.

Aber das war nicht meine Absicht. Nein. Ich wollte ihre Schwänze, jene Kolben, die jetzt stolz und stramm nach oben ragten und sich federnd ihren Nabeln entgegenkrümmten. Jeder Teil von ihnen, von ihrem alphamännischen Beschützerinstinkt bis zu ihren ultraheißen Körpern gehörte mir.

Spannungsgeladen warteten sie, bereit sich auf mich zu stürzen, mich zu erobern. Ich musste nur das eine Wort aussprechen, das sie entfesseln würde.

Das ihre dunkelsten Gelüste hervorbringen würde, ihren tiefsten Drang danach, mich zu vereinnahmen. Mich gleichzeitig zu nehmen, mit einem in meiner Pussy und dem anderen tief in meinem Arsch. Mit ihren Köpfen links und rechts von mir, während ihre Fangzähne sich in mein Fleisch bohrten. Und dieses Serum. Ich konnte es kaum erwarten.

Ich atmete tief durch und ließ es raus. Das hier war jener Moment, der mein ganzes Leben verändern würde. Und trotzdem verspürte ich keinerlei Zweifel. Keine Reue.

"Beißt mich. Nehmt mich. Ich will euch. Euch beide."

Jetzt war ihre Geduld am Ende. Ihre Muskeln entspannten sich zwar sichtlich —hatten sie etwa befürchtet, dass ich nein sagen würde?— aber sie verschwendeten keine Zeit mehr. Im Gegenteil, geschwind wirbelten sie mich herum, sodass Styx auf der Bettkante saß und ich mich auf seinem Schoß wiederfand und sein Schwanz gegen unsere Bäuche presste.

"Wollen wir uns nicht ... ähm, hinlegen?" fragte ich und musste daran denken, wie sie mich vorher genommen hatten. Ich hatte zwar einige Pornos gesehen, aber keine doppelte Penetration. Der Akt ging mit etwas Planung einher. Ausrichtung. Penetrationstiefe. Körperteile, die den Weg versperrten. Ich war flexibel, aber keine Turnerin. Ehrlich gesagt hatte ich keine Ahnung, wie sie es anstellen würden. Aber so, wie sie davon redeten, hatten sie sich die Sache gründlich ausgemalt und ich war sicher, dass sie wussten, was sie taten. Als Styxs Hände auf meinen Brüsten aufsetzten und an meinen Nippeln herum zupften, überließ ich mich endgültig ihnen. Ich fuhr den Rechner in meinem Schädel runter und erlaubte mir, einfach nur zu *fühlen*. Es war so verdammt gut.

Ich blickte über meine Schulter und sah, wie Blade auf dem Boden hinter mir auf einem Knie hockte. Sein silbernes Haar schimmerte im Licht. Ich wollte mit den Fingern hindurchfahren, aber wie es aussah, hatten sie andere Pläne.

"Nimm mich in deine enge Pussy," sprach Styx und bediente sich seiner Fingerspitzen, um mein Gesicht zu sich umzudrehen. Er verlagerte die Hüften und sein Schwanz rieb zwischen uns. Er fauchte. "Wir werden uns um dich kümmern."

Das wusste ich zwar, hörte es aber liebend gerne. Wie auch immer sie mich gemeinsam erobern würden, sie hatten einen Plan. Und ich vertraute darin, dass sie es ordentlich anstellten. Bis jetzt war jedes Mal einfach großartig gelaufen.

Styx legte eine Hand an meine Hüfte und half mir dabei, auf die Knie zu kommen, dann richtete er seinen Schwanz auf meinen Eingang aus. Ohne Umwege glitt er in meine Spalte hinein, schließlich war ich klitschnass. Ich senkte meine Hüfte und dehnte mich langsam um ihn herum, zuerst nahm ich seine pralle Eichel, dann den dicken Schaft tiefer und tiefer. Ich achtete auf Styx und erkannte seine Bedürftigkeit. Ich wusste, dass er es einfach liebte, in mir zu stecken. Ich stoppte erst, als ich wieder auf seinen Schenkeln aufsaß, diesmal aber gänzlich aufgespießt.

Ich musste stöhnen; Styx knurrte. Es war so gut. Meine Pussy kräuselte sich um seine harte Länge. "Ich muss mich bewegen."

Ich konnte nicht mehr stillhalten. Ich musste die Reibung spüren, wie sein hartes Fleisch über jedes einzelne meiner Nervenenden glitt. Mein G-Punkt—von dem ich vor Styx und Blade gar nicht ahnte, dass ich einen hatte—schwoll an und brachte mich mit jedem Gleiten seines Schwanzes fast über die Schwelle.

Ich packte Styxs Schultern und hob und senkte mich, während er die Hüften nach oben stieß. Ich war dabei ihn zu reiten und hatte alles andere um mich herum vergessen, bis Blades Finger über meinen Hintereingang strich.

Er war glitschig, mit kühlem Gleitgel beschmiert und drang mühelos in mich ein. Keine Ahnung, wo das Gleitgel herkam, Logistik war aber sowieso nicht mein Problem. Es war nicht der Moment, um über irgendetwas nachzudenken. Ich bremste meine Hüften, damit Blade in mich eindringen konnte—er hatte mich sehr gewissenhaft darauf vorbereitet und sichergestellt, dass ich mich zu entspannen wusste und ausatmete, wenn er reinwollte. Ich mochte es. Sehnte mich danach. Sicher, es brannte leicht. Dieser Druck, dieses seltsame Gefühl, dort geöffnet zu werden war … anders. Aber mein Körper störte sich nicht daran. Nein. Es gefiel ihm. Er liebte es. Er sehnte sich nach der Art, wie meine Nerven unter seiner Berührung regelrecht aufflackerten. Er hatte mich bereits hinten gefickt und sein Schwanz hatte mich unmöglich weit auseinander gedehnt, aber nur er allein. Meine Pussy war damals leer gewesen. Nur einer von ihnen.

Diesmal wollte ich mehr. Ich verzehrte mich regelrecht danach.

Obwohl Blade gut bestückt war und meinen Arsch unglaublich weit gedehnt hatte, war Styx es gewesen, der noch tiefer in meinen Anus eingedrungen war und mich wie kein anderer zuvor ausgefüllt hatte.

Für die Eroberung würde es wohl Blade werden, der sich meinen Arsch vorknöpfte und Styx, der meine Pussy nahm.

Styx hob die Hand und vergrub sie in meinem Haar. Er neigte meinen Kopf zur Seite und nahm sich meinen Mund. Seine Zunge glitt ein und aus, während Blade mich mit seinem Finger bearbeitete und Styxs Schwanz mich ordentlich dehnte. Ich konnte nicht mehr denken, konnte den Empfindungen gar nicht mehr folgen, als Styxs andere Hand auf meine Lenden wanderte und meinen Körper so krümmte, damit mein Kitzler mit jeder Bewegung seiner Hüften an seinem Körper rieb.

Blade fickte mich immer schneller, er weitete mich für seinen Schwanz, während Styx mich tief und langsam fickte und dem Orgasmus immer näherbrachte, und zwar genau, wie er es wollte.

Ich überließ ihm die totale Kontrolle, sie formten, füllten, fickten mich wie es ihnen lieb war.

Der erste Orgasmus staute sich langsam in mir auf, wie ein schlafender Vulkan baute sich der Druck in meinem Inneren auf, bis ich ihn nicht mehr halten konnte.

Styx hielt mich fest, sein Arm war wie ein Stahlträger um meinen Rücken geschlungen, als er meine Hüften runterdrückte und meine Beine immer weiter auseinanderspreizte. Blades Finger machten sich an meinem Arsch zu schaffen und seine freie Hand glitt an meine Brust und begann tüchtig meine Nippel zu zwicken und zu zerren, was Elektroschocks in meine Mitte sendete. Meine Pussy zuckte krampfartig, meine Zehen kräuselten sich. Meiner Kehle entwich daraufhin ein Ton, den ich selbst nicht wiedererkannte. Blade führte vorsichtig einen weiteren Finger ein und dann noch einen, bis er mit der Dehnung zufrieden war und ich bereit für seinen Schwanz war. Erst dann zog er heraus.

Ich stöhnte und fühlte mich leer, als allein Styx mich ausfüllte. Blade kicherte und verpasste meiner verschwitzen Schulter einen flüchtigen Kuss. "Einen Augenblick, Liebes. Schon bald werde ich in dir sein."

Er hielt Wort, denn sobald er seinen Schwanz mit Gleitgel eingeschmiert hatte, spürte ich, wie seine Eichel gegen meinen bestens gewappneten Hintereingang presste. Styx hielt meine Hüften, er rührte sich nicht und blieb komplett in mir drin, seine Eichel presste gegen meine Gebärmutter, dort, wo er seinen Samen hineinpflanzen würde. Wo er mich mit *seiner* Essenz füllen würde. Er würde mir alles geben. Sein Samen gehörte mir. Sein Schwanz gehörte mir. Sein Körper gehörte mir.

"Mir. Du gehörst mir. Ihr alle beide." Meine Worte waren mein Gelöbnis an sie, mein Schwur. Jetzt war ich an der Reihe ihnen zu sagen, was genau ich erwartete. Ich war aufgeheizt, mein Puls hämmerte wie verrückt. Mein gesamter Körper war nachgiebig und erregt. Bedürftig.

Blade legte eine Hand auf meine Schulter und drückte mich vorwärts gegen Styxs Brust. Ich konnte spüren, wie die harten Stäbe seiner Piercings an meinen hochempfindlichen Nippel rieben.

Styx tropfte der Schweiß von der Augenbraue und ich leckte seinen Kiefer ab, ich kostete das salzige Aroma seiner Haut. Blade drang tiefer in mich ein und ich wimmerte. Mein Körper gab schließlich nach und er ploppte in mich hinein.

Als seine pralle Eichel drin war, rührte er sich nicht. Stattdessen beugte er sich vor und küsste meine Schulter. "Ich liebe deinen straffen Arsch," hauchte er, während er ein Stückchen tiefer in mich eindrang.

"Oh Gott," flüsterte ich. Ich war so voll und Blade war kaum in mir drin. Zu sagen, dass es mit den beiden heftig war, wäre eine Untertreibung gewesen.

Es war beeindruckend, weil ich zwischen ihnen war und mich ihnen beiden unterwarf. Ihre Dominanz war überwältigend. Mir blieb nichts anderes übrig, als sie reinzulassen. Sicher, ich könnte sie zurückpfeifen und sie würden sofort wieder herausziehen, aber meine Unterwerfung beruhte ja auf diesem Wissen. Ich lieferte mich ihnen aus. Dem Gefühl, sie beide in mir zu haben.

Gleichzeitig.

Mein Körper brannte. Er vibrierte.

Schmerzte. Dehnte sich. Pulsierte. Ich war alles gleichzeitig. Ich gehörte ihnen.

Blade glitt etwas tiefer hinein, dann zog er zurück. Er fickte mich langsam und vorsichtig, während Styx komplett still hielt. "Ich muss kommen," warnte ich und küsste Styx am Hals, dann versuchte ich meinen Kitzler an ihm zu reiben.

Es war zu viel. Ich konnte mich nicht länger zurückhalten. Ich war einmal gekommen und es fühlte sich an, als ob diese kleine Aufwärmung mich überempfindlich und leicht erregbar gemacht hatte. Oder sie waren der Grund.

"Noch nicht," keuchte Styx. "Lass Blade ganz hinein. Gut so. Weiter. Ja, ich spüre, wie er tiefer und tiefer reingeht. Ich kann spüren, wie du unsere Schwänze zerquetschst. Du musst den Orgasmus zurückhalten."

"Warum?" quengelte ich, da es fast unmöglich erschien. Ich zitterte vor Lust, Styxs Worte aber hielten mich an der

Schwelle zurück. Ich wollte ihnen gefallen.

"Weil wir zusammenkommen werden. Wir werden dich beißen und dir unseren Samen geben und dir unvergleichbares Vergnügen bereiten."

Meine Finger umklammerten Styxs Bizeps, während Blade in mich hineindrückte. "Bin fast da."

Styx fiel rücklings aufs Bett und zog mich gleich mit runter. Ich spürte, wie Blade die Position wechselte und vom Knie auf die Füße ging, seine Hand presste neben meinem Kopf aufs Bett. Ich spürte seinen Torso, wie er gegen meinen Rücken drückte, als er ein letztes Mal in mich hineinstieß. Beide saßen jetzt auf dem Bett und beide waren sie so tief in mir drin, dass ich nicht mehr zu sagen vermochte, wo ich aufhörte und sie anfingen.

Beide zogen heraus und pumpten wieder hinein. Sie füllten mich aus, fickten mich langsam und so verdammt tief.

Ich presste die Stirn gegen Styxs Brustkorb und zitterte. Winselte. Das war nicht mehr ich. Ich war zu etwas anderem geworden. Verloren. Von der Hitze überwältigt. Von der Lust. Vom Vergnügen.

"Es ist soweit, Liebes," knurrte Styx. Er stützte sich auf und seine Bauchmuskeln verspannten sich, als er anfing meinen Hals zu küssen.

Blades Gesicht wanderte zu meiner anderen Schulter, er knabberte mit seinen Zähnen an mir herum und verweilte dann an der Stelle, wo er mich beißen würde. Er küsste die zarte Stelle, während er herauszog und mich wieder ausfüllte.

"Ja, bitte! Ich muss—"

Den Satz brachte ich nicht zu Ende.

Sie bissen mich, ihre Münder lagen zu beiden Seiten meines Halsansatzes. Ich spürte, wie sie die Lippen öffneten und dann die Spitzen ihrer Reißzähne, als sie mein Fleisch durchbohrten.

Einen heißen, grellen Moment lang

tat es dermaßen weh, dass ich aufschrie. Im nächsten Augenblick war der Schmerz weg und wandelte sich in Genuss. In ein Wohlgefühl, das so intensiv war, dass ich mich nicht zusammenzog. Ich schrie nicht. Ich atmete nicht. Ich war gefangen. Harper war weg. Ich war ein Teil von ihnen. Verbunden. Ich gehörte ihnen. Angekommen. Ihre Körper waren mein Fels in der Brandung, mitten in einem Sturm der Gefühle, der so stark war, dass ich nicht mehr folgen konnte.

Ich verlor sie Kontrolle über meinen Körper. Meine Nippel pochten und schmerzten. Meine Pussy sprudelte nur so vor Erregung und meine überschäumenden Säfte signalisierten Styx, dass er mehr als willkommen war, dass ich ihn so tief wie möglich in mir haben wollte.

Ich spürte, wie ihr Samen mich ausfüllte. Sie waren stocksteif und stöhnten, während ihre Zähne sich weiter in mich bohrten. Ihre Schwänze pulsierten vor Wonne und pumpten nur so in mich hinein.

Ich war nichts. Und alles zugleich. Ich spürte, wie das Serum in meinen Blutkreislauf strömte, wie es in meine Knochen drang. Sie hatten recht; ich würde eine notgeile Partnerin geben, sollte es sich von jetzt an immer so anfühlen.

Wie nach einem Unterwassertauchgang schnappte ich nach Luft. Ein gewaltiger Atemzug und dann ein Lustschrei. "Ja!" brüllte ich. Ich konnte mich nicht bewegen. Festgenagelt, auf ihren Schwänzen aufgespießt und mit ihren Reißzähnen in meinen Hals verhakt saß ich in der Falle. Ich gehörte ihnen. Und es gab keinen Ort im Universum, an dem ich lieber gewesen wäre, als mein Körper sich nur so kräuselte. Der Orgasmus überrollte mich wie eine Flutwelle, er wälzte durch jeden Muskel, jede Zelle mit einem Vergnügen, dass ich nie zuvor gespürt hatte. Es war erschreckend und unübertrefflich zugleich, riskant und dermaßen süchtig machend, dass ich niemals genug davon bekommen würde.

Mein Körper krümmte und wand sich, als die orgasmische Unterströmung mich aufs offene Meer der Wonne hinauszog. Die Empfindung beherrschte mich. Brachte mich um den Verstand.

Als es vorüber war, hoben sie die Köpfe und leckten meine Bisswunden mit ihren blutigen Zungen. Ich dachte, sie würden herausziehen. Dass wir fertig waren.

Ich lag falsch. Ihre Schwänze blieben hart. Sie hatten nur das Tempo verlangsamt und fickten mich weiter, während sie ihrerseits vom Orgasmus überwältigt wurden und von ihrem Biss wie berauscht waren.

"Gut so?" fragte Styx mit abgehakter Stimme.

Ich hob den Kopf, blickte zu ihm hinunter. Er blickte etwas verunsichert und ich musste lächeln. Benommen. "Wahnsinn."

Darauf grinste er.

Blade stützte sich mit einer Hand ab und seine andere Hand strich über meinen Rücken.

"Du hast uns zu deinen Partnern gemacht, Harper. Jetzt wird gefickt."

Wieder fing er an, sich langsam in mir zu bewegen, sein Samen aber flutschte besser als das Gleitgel.

"Müsst ihr euch nicht ausruhen?"

Styxs Augen blitzten verschlagen.

"Sieht es etwa so aus, als ob unsere Schwänze sich ausruhen wollen?"

"Ähm, nein."

Blade küsste meinen Hals und rockte weiter. "Schnall dich an, Liebes. Wir werden erst aufhören, wenn du vor Lust zusammenklappst."

Mit offenem Mund wartete ich darauf, dass Styx ihm widersprach. Tat er aber nicht.

"Wieder," sagte Styx stattdessen. "Und wieder."

Sie hörten nicht mehr auf mich zu ficken. Und zwar den ganzen Tag lang.

Und zwar auf Weisen, die ich mir nie hätte vorstellen können. Ich musste immer wieder kommen und jedes Mal war besser als zuvor. Ich war unersättlich. Geil. Alles, was sie gesagt hatten, stimmte. Es war perfekt. *Sie* waren perfekt.

Ich gehörte ihnen und sie lieferten den Beweis.

Bis, genau wie Blade gesagt hatte, sie ein paar Minuten lang aufhörten und ich vor Erschöpfung zusammenklappte.

Behütet schlief ich ein. Warm. Ausgepowert. Beschützt.

Überglücklich. Geliebt. Sie gehörten jetzt mir. Mir.

Für immer.

EPILOG

S tyx, zwei Wochen später

"Kommt." Silver führte Harper, Blade und mich von meinem Quartier zu einem großen Bankettsaal. Harper war in der Mitte, Blade und ich liefen links und rechts von ihr den Gang entlang.

Wir beide hielten ihre Hand.

Das hier war meine neue Normalität, unsere Partnerin befand sich sicher und behütet in unserer Mitte. Mit ihrer Sanftmütigkeit, ihrem Lachen und ihrer sinnlichen Unterwerfung hatte sie unsere barbarischen Instinkte besänftigt.

Sie hatte uns nicht einfach nur akzeptiert. Sie hatte sich unterworfen. Voller Anmut hatte sie sich uns ausgeliefert und sie trug jetzt unser Zeichen. Der bloße Anblick der Bissspuren machte mich hart.

Wir hatten uns nicht zurückgehalten, nachdem wir von der Kronos-Mission zurückgekehrt waren. Unser Bedürfnis sie zu erobern war ein rein animalischer Instinkt gewesen und wir mussten uns vergewissern, dass sie sicher war und uns gehörte.

Unsere Wildheit hatte ihr aber keine Angst gemacht. Im Gegenteil. Je hemmungsloser wir vorgingen, desto feuchter wurde ihre Pussy, desto härter wollte sie gefickt werden. Tiefer. Einfach... mehr.

Eine Tatsache, die ich mir zunutze gemacht hatte.

Jeder auf Rogue 5 hatte die Bilder

vom Kronos-Frachter gesehen. Silver, meine durchtriebene Vollstreckerin, hatte ihr Aufnahmegerät eingeschaltet, als wir in die Kommandobrücke eingestiegen waren. Sie hatte die Aufnahmen zurechtgeschnitten und sie zeigten, wie ich dem Kronos-Soldaten die Kehle rausriss, dann meine Warnung und dann eine Aufnahme von Blade, wie er dem Vollstrecker den Kopf abriss und ich mit gleichgültiger Miene danebenstand.

Das Video hatte auf der Mondbasis den gewünschten Effekt.

Styx war mächtiger als jemals zuvor. Die Kronos-Legion blieb unauffällig, sie leckten ihre Wunden und blieben auf der Hut.

Die Anführer der anderen Legionen halfen mir dabei, sie im Auge zu behalten und sie zurechtzuweisen und würden das auch in absehbarer Zeit tun.

In Silvers Video gab es keine Prillonischen Krieger, keine Atlanen und auch keinen Doktor Mervan. Sie war clever. Sie wusste, dass die Styx-Legion als grausam wahrgenommen werden musste. Gnadenlos. Stark.

Und Harper?

Von den Aufnahmen hatten wir ihr nichts gezeigt. Sie wusste, dass ihre Partner skrupellos waren, aber ich wollte sie von der Gnadenlosigkeit, die mit meiner Rolle als Anführer einherging, beschützen. Solche Grausamkeiten würde sie nicht zu Gesicht bekommen. Es war nicht einfach, aber jedem war klar, dass sie abgeschirmt werden musste. Vielleicht war sie sich dessen auch selber bewusst. Jedenfalls hatte es keine Diskussionen gegeben, ja sie hatte die Aufzeichnungen sogar ganz bewusst vermieden.

Wir hatten sie erobert und sie strahlte vor Glück. Das Serum hatte sie ohne Zweifel ganz versessen auf uns gemacht, aber das war gar nicht nötig gewesen. Sie war willig gewesen, und zwar vom ersten Moment an in der Bar auf Zenith. Unser Volk liebte sie. Nach ihrem selbstlosen Einsatz auf dem Empfang, als sie Vollstreckern und Captains fremder Legionen genauso unerschrocken das Leben gerettet hatte wie unseren Leuten, war sie zu einer Art Berühmtheit geworden.

Alle vergötterten meine Partnerin. Alle wollten ein Stück von ihr. Eine Berührung. Ein Hallo. Ein Küsschen für die Kleinen. Ein Lächeln.

Während ich an Respekt dazuverdiente, wurde ihr die Zuneigung meiner Leute zuteil. Auf dem gesamten Mondgürtel kannte ich nicht niemanden, der mich *mochte*.

Es machte mich wahnsinnig. Ich war mir der politischen Tragweite dieser Gegebenheit bewusst, dem Einfluss, den ich auf die anderen Legionen ausüben könnte und wie sehr ihre Leute uns zuhören würden. Ich verstand es und doch hasste ich die Vorstellung, sie mit anderen zu teilen.

Schließlich waren wir beschützerische, eifersüchtige Arschlöcher.

Blade war noch schlimmer. Er war ihr Schatten, immer auf den nächsten Angriff gefasst.

Aber dieser unerbittliche Beschützerinstinkt war der einzige Grund, warum ich überhaupt atmen konnte, wenn sie außer Sicht war. Wenn sie nicht mit mir war, dann war sie mit ihm.

Götter. Wer hätte gedacht, dass Liebe so verdammt kompliziert sein konnte?

Silver ging langsam, ihre Uniform war nigelnagelneu. Ihr Haar war zu einem raffinierten Zopf geflochten und nur selten machte sie sich so viel Mühe damit.

"Was ist los, Schwesterchen?" Blade klang neugierig, heiter. Jetzt, seitdem Harper bei uns war, lächelte er viel öfter als sonst. Zum Teufel, ich lächelte auch viel mehr.

"Eine Überraschung. Haltet einfach die Klappe und spielt mit."

Mitspielen? Tat ich sonst nie. Ich wusste wissen, was Sache war. Um vorbereitet zu sein. Einen Plan zu haben. Zu führen.

"Silver, ich mag keine Überraschungen." Meine Stimme klang weder erfreut noch neugierig, sondern irritiert. Sie hatte uns gestört, als wir im Bett zugange waren. Harper lag auf meiner Brust, Haut an Haut. Herz an Herz. Mit meinem Schwanz tief in ihrer Pussy und meinem überquellenden Samen, weil es für ihre enge Grotte immer viel zu viel war. Es war meine Lieblingsposition. Silvers Türklopfen hatte mich um kostbare Momente mit meiner Partnerin gebracht.

Silver lachte, als sie dem Gang entlang lief und die Tür zum größten Versammlungsraum im ganzen Styx-Territorium öffnete.

Wir folgten ihr hinein und Harper machte große Augen. Meine Kehle schnürte sich zu, und zwar so heftig, dass ich nicht imstande sein würde etwas zu sagen. Ich quetschte Harpers Hand.

"Bei den Göttern." Blades ehrfürchtiger Ausruf sagte alles.

Die gesamte Legion war versammelt. Dreitausend Mann. Kinder tollten herum, sie lachten und kreischten und tobten, als wäre es das jährliche Geschenkefestival. Sie waren sich der Bedeutung des Moments nicht bewusst, aber irgendwann würden sie es verstehen.

Die Menge trat zur Seite und bildete für uns eine Schneise, die bis zu einer Plattform führte, wo der Skribent uns zusammen mit Khon, Cormac und Ivar erwartete.

"Silver?" Sie lachte nur, ignorierte aber meine Frage.

Was zum Teufel war hier los? Ich witterte keine Gefahr, sondern starke Emotionen.

Wir folgten Silver auf die Bühne

hinauf und alle ... verstummten einfach. Selbst die Babys schienen den Atem anzuhalten. Das Schweigen war so eindringlich, dass der Skribent nicht einmal die Stimme heben musste, um gehört zu werden.

"Willkommen, Styx-Legion."

Dann brach lauter Jubel aus und dauerte so lange an, bis der Skribent die Hand erhob, um die Masse zum Schweigen zu bringen.

"Wir haben uns zu Ehren unserer neuen Dame und ihrer Partner versammelt. Unser Blut. Unser Herz. Unsere Stärke."

Gejubel. Unglaublich laut. Der Raum erbebte mit lautem Jubelgeschrei und Harpers Brustkorb hob und senkte sich rapide und ihre Hand war dabei, mit ihrem festen Griff das Blut aus meiner abzuquetschen. Sie mochte zwar heilen, aber sie hasste es einfach, im Mittelpunkt zu stehen.

Blade warf mir einen Blick zu.

"Weißt du, was zur Hölle hier vor sich geht?"

Ich schüttelte den Kopf und musterte die jubelnde Masse. Es kam nicht oft vor, dass alle so verdammt glücklich aussahen. "Keine Ahnung."

"Seid ruhig, alle beide." Harper lächelte betreten und Tränen stiegen ihr in die Augen. Sie wusste es. Verfluchte weibliche Intuition.

Blades Verwunderung wurde zum reinsten Beschützermodus, als er sie weinen sah. "Was ist los? Bist zu verletzt? Warum weinst du?" Er brüllte regelrecht und zog sie an sich heran, um sie zu untersuchen.

Sie aber stieß ihn lachend von sich weg. Wir entspannten uns. "Ihr beide könnt einem ganz schön auf die Eier gehen."

"Auf die Eier gehen? Was soll das heißen?" wollte ich wissen. Manchmal wurde ihr Erdendialekt von der NPU einfach nicht richtig in unsere Sprache übertragen.

Der Skribent trat zur Seite und deutete mit der Hand auf unsere Vollstrecker, die sich in der ersten Reihe im Publikum versammelt hatten. Sie traten nach vorne und zogen ihre Oberteile aus. Die Männer standen mit nacktem Oberkörper vor uns und Silvers Brust war nur mit einem dünnen Band bedeckt, dass beim Kampf ihre Brüste umhüllte.

Die Styx-Legion grölte zustimmend und mir wurde mulmig. Zum ersten Mal war ich derartig überrumpelt, dass ich nicht wusste, wie ich darauf reagieren sollte.

Es war unmöglich. Kein Outsider hatte jemals—nein.

Silver stieg als Erstes auf die Plattform und kniete mit nackten Schultern vor dem Skribenten nieder. "Ihr Name ist Harper, Skribent. Und sie gehört mir."

Spannung machte sich in der Menge breit, als der Skribent sich nach vorne beugte und Harpers Namen in Silvers

Brust stach. Das Surren der Nadel war das einzig hörbare Geräusch im Saal.

Cormac, Ivar und Khon taten es ihr gleich und Harper geriet zusehends ins Schwanken. Wir traten näher an sie heran, umgaben sie mit unserer Hitze, unserer Stärke, unserer Liebe, während das Schauspiel sich in die Länge zog.

Auf meine Vollstrecker folgten die Captains.

Und die wurden gefolgt von den zivilen Anführern der einzelnen Sektoren.

Meine Vollstrecker standen stramm und zollten ihren Respekt, bis der letzte Tropfen Tinte gestochen war. Als es vollbracht war, wandten wir uns der Legion zu. Sie knieten nieder und jeder Mann, jede Frau zog den Kragen zur Seite, um das frisch verheilte Mal ihrer neuen Markierung zu enthüllen. Die gesamte Styx-Legion hatte sich Harpers Namen als Bekundung ihrer Zuneigung und Ergebenheit auf die Haut tätowieren lassen. Sie war zwar unsere Partnerin, aber sie gehörte ebenso sehr unserem Volk.

Harper löste sich aus meinem Griff und lief zum Skribent, dabei wischte sie sich die Tränen aus den Gesicht.

Sie machte sich ihrerseits obenrum frei und ging vor ihm auf die Knie.

Ohne zu zögern, sprang ich an ihre Seite und wollte sie abschirmen, damit nicht jeder sie so zu sehen bekam. Sie hatte nur ihren schwarzen BH an und obwohl dieser schlicht war, zeigte er mehr Haut, als es mir lieb war. Ihr Körper war allein für meine Augen gedacht—und Blades. Ich riss ihr das Oberteil aus der Hand und deckte sie zu, allerdings mit wenig Nutzen.

Sie ignorierte meine Bemühungen und sprach, "Ich werde sie alle aufnehmen."

Der Aufschrei, der daraufhin durch die Menge ging, ließ das vorherige Gegröle wie das müde Jammern eines Babys erscheinen.

Als der Skribent die Nadel ansetzte,

machte Blade einen Satz nach vorne und packte ihn am Handgelenk. "Nein!" Panisch blickte er zu mir, er fürchtete den Schmerz, den Harper dabei erleiden würde.

Harpers blickte zu mir auf und die Liebe und Opferbereitschaft in ihren grünen Augen bewirkte, dass ich voller Demut vor ihr auf die Knie fiel.

"Bist du dir sicher?" fragte ich sie. Meine Stimme war leise, niemand hörte uns.

Sie nickte. "Ich bin sicher."

Mein Blick fiel auf die Narben zu beiden Seiten ihres Halses. Sie waren gut verheilt und im Vergleich zu ihrer hellen Haut nur etwas gerötet. Dank dieser Markierungen aber würde niemand ihre Zugehörigkeit infrage stellen. Der Doppelbiss. Er reichte ihr nicht. Sie wollte mehr. Sie wollte so sein wie wir. Ich legte eine Hand auf ihren Rücken und hielt das Shirt über ihre nackte Haut, damit sie sich nicht vollständig entblößte.

Sie mochte allen Anstand vergessen haben, also kümmerte ich mich für sie darum.

Blade stand über uns aufgetürmt und behielt die Legion im Auge. Er nickte einmal.

Ich blickte zu Harper. Sie wartete. Sie war bereit, meine Antwort zu akzeptieren, aber wahrscheinlich wusste sie auch, dass ich nachgeben würde. Sie wusste, dass es ein wichtiges Signal an unsere Leute war. Für sie. Und überraschenderweise auch für mich.

"Ein Name sollte ausreichen. Skribent," sprach ich.

Er grinste, dann legte er den Kopf leicht schief. "Da stimme ich zu."

Während ich meine Partnerin so gut wie möglich bedeckt hielt und Blades aufmerksamer Blick über uns wachte, wurde ihr der Name "Styx" ins Fleisch tätowiert. Blade legte ihr beruhigend die Hand auf die nackte Schulter, während die Nadel immer wieder ihre Haut durchstach.

Ich achtete peinlich genau auf irgendwelche Zeichen des Unbehagens auf ihrem Gesicht. Mein halber Körper war mit Tinte voll tätowiert; ich wusste, wie es sich anfühlte, aber ich würde ihr Einhalt gebieten, sollte es Harper zu viel werden. Ihre Wangen nahmen Farbe an und sie atmete gleichmäßig durch ihren halb geöffneten Mund, blieb aber regungslos. Stoisch.

Währenddessen büxte ein Kleinkind seiner Mutter aus und krabbelte schnurstracks auf die Bühne. Das Mädchen konnte noch nicht einmal laufen, aber sie schaffte es bis zu meiner Partnerin und krabbelte auf ihren Schoß.

Alle verstummten und warteten auf die Reaktion meiner Partnerin.

Ich wusste es schon.

Harper lächelte das Baby an und küsste es auf seine zarte, kleine Wange und der Saal versank ein weiteres Mal im Jubel.

Harper hielt das Kind in den Armen,

während der Skribent ihr das Zeichen unserer Legion genau über dem Herzen ins Fleisch tätowierte.

Sie blickte auf die Menge, hoch zu Blade, hinunter auf das Baby in ihren Armen und dann hoch zu mir.

"Ich will auch so eines," verkündete sie. "Und ihr werdet mir eines machen."

Mein Herz sprang fast entzwei. "Du bist ganz schön herrisch, oder?"

"Das hast bist jetzt noch nicht mitbekommen?"

Ich grinste. Mein Schwanz drückte schmerzhaft gegen meine Uniformhose, als ich daran denken musste, wie ich sie mit meinem Samen füllte, wie er Wurzeln schlug und unser Kind in ihr heranwuchs. Ein Mädchen, mit ihrem Haar und ihren grünen Augen. Oder ein Junge, ein kleiner Raufbold, aber ein großzügiger und fürsorglicher. Ein Mix aus Harper und ihren Partnern.

"Ja."

"Ja, weil du es mitbekommen hast?"

"Ja zum Thema Baby."

Ich funkelte Blade an. "Du könntest bereit schwanger sein," mahnte er.

Sie schüttelte den Kopf und wirkte plötzlich ganz traurig. "Nein, Koalitionskämpfer und Freiwillige bekommen Empfängnisverhütung. Meine wird noch bis Ende meiner Dienstzeit wirksam bleiben."

Sie strich mit der Wange über den flaumigen Scheitel des Babys, dann überreichte sie es der Mutter. Als der Skribent sein Werk vollendet hatte, richtete er sich auf und ich drehte ihre Schultern so, dass sie mir gegenüberstand und ich meinen Namen auf ihrer Brust bewundern konnte.

Bei dem Anblick musste ich aufstöhnen.

Blade ging in die Hocke. "Wenn wir hier fertig sind, gehen wir auf die Krankenstation und machen es rückgängig." Typisch Blade. Wir wollten sie nicht verärgern, auch nicht in dieser Angelegenheit. Ich hätte lachen sollen. Zwei skrupellose Anführer, die von einer

Frau von der Erde in die Knie gezwungen wurden.

"Denk an all die Male, an denen wir dich zur Übung gefickt haben," fügte ich hinzu.

Sie antwortete mit einem strählenden Lächeln, ihre Hand aber hob sie an ihre gerötete Haut. Ich wusste, dass sie den ReGen-Stift jetzt ablehnen würde, aber sobald wir weit weg von der Legion und auf der Krankenstation waren, würden wir sie komplett wiederherstellen. Insbesondere, wenn wir ihr ein Baby in die Röhre schieben würden.

"Ich liebe euch, euch beide."

Ich zog sie in meine Arme und küsste sie. Leidenschaftlich. Ich beanspruchte sie vor versammelten Augen der Legion und sie schlang die Arme um meinen Nacken.

Als sie aufstöhnte und nach Luft schnappte, ließ ich von ihr ab. Die Legion pfiff und johlte vor Begeisterung und Blade rückte näher.

"Harper, ich liebe dich."

Blade nahm mir das Wort aus dem Mund und wir wandten uns unseren Leuten zu.

Alle hatten zugesehen, wie mein Name, der Name unserer Legion in ihre Haut gestochen wurde. Das reichte. Sie mussten sie nicht weiter begaffen. Blade und ich allerdings schon. Götter, wir würden sie ficken und dabei unser Zeichen bewundern, wir würden es abküssen und gleichzeitig in sie hineinstoßen und der Name bewies genau wie die Narben an ihrem Hals, dass sie uns gehörte.

Silver verneigte sich inbrünstig vor unserer Partnerin und ihre Worte sprachen allen Anwesenden aus der Seele. "Willkommen daheim."

Alle sprachen ihr nach. Alles andere wäre abwegig gewesen. Sie hatten ihre Gefolgschaft demonstriert und Harper hatte ihnen im Gegenzug ihre Loyalität bewiesen. Es war Zeit nach vorne zu blicken und, für den Moment jedenfalls, friedlich weiter zu leben. Wenn sie ein Baby wollte, dann war es unser Job ihr eines zu machen. Jetzt sofort. Ich stand auf, hob Harper in meine Arme und warf sie über meine Schulter. Die Menge bildete erneut eine Schneise, als Blade und ich zusammen mit unserer völlig verdutzten Partnerin aus dem Raum und Richtung Krankenstation stapften—sehr zur Freude des Publikums.

Dort angekommen blickten die Ärzte verwundert auf. Besorgt sogar.

"Meine Partnerin wünscht sich ein Baby." Ich legte meine Hand auf ihre Schulter. Blade tat es mir gleich und beanspruchte ihre andere Schulter. "Macht sie fruchtbar. Ich erledige den Rest."

Mit knallroten Wangen schrie sie meinen Namen hervor und blickte zu mir auf. "Herrisch, oder?"

Ich grinste. "Mit dir? Auf jeden Fall. Doktor, loslegen." befahl ich.

Eine Ärztin kam mit einem Stab

angelaufen, einen, den ich nie gesehen hatte.

"Ja, Doktor," motzte Blade. "Wir haben eine Partnerin zu ficken. Ein Baby zu zeugen."

"Es gibt ein Problem," wandte die Ärztin ein. Sie legte den Kopf zur Seite und blickte Harper an.

Ich zog meine Partnerin in meine Arme und hielt sie fest. "Ein Problem? Ist sie krank? Dann machen Sie sie wieder gesund."

Die Ärztin lachte. In diesem Moment präzise wollte ich ihr am liebsten den Kopf abreißen. Merkte sie denn nicht, dass ich panisch vor Angst war?

"Styx," sprach sie und versuchte, mich wieder zu beruhigen.

Aus dem Augenwinkel konnte ich sehen, wie Blade geradezu erstarrte.

"Styx," wiederholte sie. Sie wartete geduldig, bis mein Hirn sich wieder auf sie konzentrierte, anstatt auf all die eventuellen Gefahren für unsere Partnerin.

"Ich kann sie nicht fruchtbar machen."

Mein Herz setzte aus und mir war noch nicht klar, wie vernichtend diese Worte waren. Bis jetzt hatte ich keine Ahnung, dass ich ein Kind wollte. Und dann wurde es mir fortgerissen. Götter, Harper würde am Boden zerstört sein. Sie würde—

"Ich kann sie nicht fruchtbar machen, weil sie es bereits ist. Sie ist schwanger."

Harper erschrak und ihre Hände fielen auf ihren flachen Bauch.

"Was?" Wir antworteten im Dreierchor.

Die Ärztin blickte lächelnd auf ihren Examensstab. "Es ist noch sehr früh, aber der Sensor arbeitet genau. Sie sind schwanger, verehrte Partnerin des Anführers Styx. Herzlichen Glückwunsch."

"Aber, aber ..." Harper wurde plötzlich ganz schlaff. "Auf der Erde haben sie mir vor dem Transport eine

Verhütungsspritze gegeben. Die sollte über zwei Jahre lang wirken."

Die Ärztin zuckte nur die Achseln. "Ich kann weitere Tests durchführen, aber die Standarduntersuchung hat keinen Anlass zur Sorge gegeben. Sie sind bei bester Gesundheit. Kommen Sie in ein paar Wochen wieder, oder wenn sie irgendwelche Zweifel haben."

Jetzt brach ich in Panik aus. Mein Puls raste schneller als auf dem Schlachtfeld. Sie war nicht krank und doch bekam ich eine Heidenangst. "Ich habe sie über meine Schulter geworfen."

"Ich war beim Ficken vorhin etwas grob mit ihr," fügte Blade hinzu.

Die Ärztin lachte nur. "Ich empfehle ihnen zwar nicht, sie lange über der Schulter zu tragen, aber dem Baby haben sie damit nicht geschadet. Und was Geschlechtsverkehr angeht, so versichere ich ihnen, dass es keine Einschränkungen gibt."

Ich blickte über Harpers Kopf zu

Blade. Ein Grinsen machte sich auf seinem Gesicht breit. "Ein Vater."

"Ja," antwortete ich. Ich neigte Harpers Kinn nach oben und küsste sie zärtlich.

"Oh nein, ihr werdet mich jetzt doch nicht die ganze Zeit mit Samthandschuhen anfassen, oder? Die Ärztin hat eben gesagt, dass es keine Einschränkungen gibt."

Blade schaufelte Harper in seine Arme und beförderte sie aus der Krankenstation. Über die Schulter rief er der Ärztin ein Dankeswort zu.

Ich folgte ihm und stellte sicher, dass er sie nicht fallen ließ. Ich führte mich auf wie ein Vollidiot, aber unsere Partnerin trug unser Kind. Wir hatten es ihr eingepflanzt. Plötzlich kam ich mir unglaublich viril vor. Mein Schwanz pulsierte, meine Eier schmerzten mit meinem sehr potenten Samen.

"Schneller, Blade. Wir haben eine Partnerin zu ficken."

Harper blickte über Blades Schulter

zu mir. "Das Baby ist aber schon hier drin."

"Ja, aber wir sind bisher immer sehr gründlich vorgegangen. Es lohnt sich, so weiter zu machen." Es war lächerlich, aber irgendwie hatte ich zusammen mit meinem Herzen auch den Verstand verloren.

Nicht nur um Harper musste ich mir jetzt Sorgen machen, sondern auch um ein Baby. Ich war erledigt. Ich würde der einzige pussyhörige Anführer auf dem gesamten Mondgürtel sein.

Ich grinste, als wir mein Quartier erreichten und Blade sie behutsam auf dem Bett absetzte.

Solange es sich um Harpers Pussy handelte, würde es mir nichts ausmachen.

"Ausziehen," befahl ich.

Ich beobachtete, wie Harpers Augen vor Verlangen ganz glasig wurden und sie zog unversehens ihre Hose runter, damit wir ihre Pussy bewundern konnten.

Ja, wir waren pussysüchtig und wir würden den Rest unseres Lebens jeden einzelnen Moment davon auskosten.

―――

Lies als Von den Viken erobert nächstes!

Das Einzige was die drei ehemaligen Koalitionskämpfer Calder, Zed und Axon miteinander vereint ist der jahrelange Kampf gegen die Hive—und die Neugierde auf den Lohn für ihren Einsatz: Eine eigene interstellare Braut.

Alle drei finden sich auf der Transportstation auf ihrem Heimatplaneten Viken ein, um ihre Braut in Empfang zu nehmen, werden aber mit zwei wenig erfreulichen Überraschungen konfrontiert.

Erstens: Allen drei Männern wurde ein

und dieselbe Frau zugeteilt und keiner ist bereit sie zu teilen.

Zweitens: Ihre Partnerin hat das Match abgelehnt.
Sie weigert sich die Erde zu verlassen und nach Viken zu transportieren.

Sie wird keinem auch nur die Chance geben, ihr Herz für sich zu gewinnen.

Diese Krieger werden sich allerdings nicht so einfach entmutigen lassen.

Als einer der drei beschließt, selber zur Erde zu reisen und seine Partnerin zu suchen, werden die anderen ihn nicht alleine aufbrechen lassen.

Sie werden ihre Partnerin verführen.

Sie erobern.

Einer nach dem anderen werden sie ihre

Braut zähmen und sie für sich beanspruchen.

Auf dass der Beste der Männer gewinnen möge …

Lies als Von den Viken erobert nächstes!

WILLKOMMENSGESCHENK!

TRAGE DICH FÜR MEINEN NEWSLETTER EIN, UM LESEPROBEN, VORSCHAUEN UND EIN WILLKOMMENSGESCHENK ZU ERHALTEN!

http://kostenlosescifiromantik.com

INTERSTELLARE BRÄUTE® PROGRAMM

DEIN Partner ist irgendwo da draußen. Mach noch heute den Test und finde deinen perfekten Partner. Bist du bereit für einen sexy Alienpartner (oder zwei)?

Melde dich jetzt freiwillig!
interstellarebraut.com

Ihre skrupellosen Partner

BÜCHER VON GRACE GOODWIN

Interstellare Bräute® Programm

Im Griff ihrer Partner

An einen Partner vergeben

Von ihren Partnern beherrscht

Den Kriegern hingegeben

Von ihren Partnern entführt

Mit dem Biest verpartnert

Den Vikens hingegeben

Vom Biest gebändigt

Geschwängert vom Partner: ihr heimliches Baby

Im Paarungsfieber

Ihre Partner, die Viken

Kampf um ihre Partnerin

Ihre skrupellosen Partner

Von den Viken erobert

Die Gefährtin des Commanders

Ihr perfektes Match
Die Gejagte

Interstellare Bräute® Programm: Die Kolonie

Den Cyborgs ausgeliefert
Gespielin der Cyborgs
Verführung der Cyborgs
Ihr Cyborg-Biest
Cyborg-Fieber
Mein Cyborg, der Rebell
Cyborg-Daddy wider Wissen

Interstellare Bräute® Programm: Die Jungfrauen

Mit einem Alien verpartnert
Seine unschuldige Partnerin
Die Eroberung seiner Jungfrau
Seine unschuldige Braut

Zusätzliche Bücher

Die eroberte Braut (Bridgewater Ménage)

ALSO BY GRACE GOODWIN

Interstellar Brides® Program
Mastered by Her Mates
Assigned a Mate
Mated to the Warriors
Claimed by Her Mates
Taken by Her Mates
Mated to the Beast
Tamed by the Beast
Mated to the Vikens
Her Mate's Secret Baby
Mating Fever
Her Viken Mates
Fighting For Their Mate
Her Rogue Mates
Claimed By The Vikens
The Commanders' Mate
Matched and Mated

Hunted

Viken Command

The Rebel and the Rogue

Interstellar Brides® Program: The Colony

Surrender to the Cyborgs

Mated to the Cyborgs

Cyborg Seduction

Her Cyborg Beast

Cyborg Fever

Rogue Cyborg

Cyborg's Secret Baby

Interstellar Brides® Program: The Virgins

The Alien's Mate

Claiming His Virgin

His Virgin Mate

His Virgin Bride

Interstellar Brides® Program: Ascension Saga

Ascension Saga, book 1

Ascension Saga, book 2

Ascension Saga, book 3

Trinity: Ascension Saga - Volume 1

Ascension Saga, book 4

Ascension Saga, book 5

Ascension Saga, book 6

Faith: Ascension Saga - Volume 2

Ascension Saga, book 7

Ascension Saga, book 8

Ascension Saga, book 9

Destiny: Ascension Saga - Volume 3

Other Books

Their Conquered Bride

Wild Wolf Claiming: A Howl's Romance

HOLE DIR JETZT DEUTSCHE BÜCHER VON GRACE GOODWIN!

Du kannst sie bei folgenden Händlern kaufen:

Amazon.de
iBooks
Weltbild.de
Thalia.de
Bücher.de
eBook.de
Hugendubel.de
Mayersche.de
Buch.de
Bol.de

Hole dir jetzt deutsche Bücher von Grace Goodwin!

Osiander.de
Kobo
Google
Barnes & Noble

GRACE GOODWIN LINKS

Du kannst mit Grace Goodwin über ihre Website, ihrer Facebook-Seite, ihren Twitter-Account und ihr Goodreads-Profil mit den folgenden Links in Kontakt bleiben:

Web:
https://gracegoodwin.com

Facebook:
https://www.facebook.com/profile.php?id=100011365683986

Twitter:
https://twitter.com/luvgracegoodwin

ÜBER DIE AUTORIN

Hier kannst Du Dich auf meiner Liste für deutsche VIP-Leser anmelden: https://goo.gl/6Btjpy

Möchtest Du Mitglied meines nicht ganz so geheimen Sci-Fi-Squads werden? Du erhältst exklusive Leseproben, Buchcover und erste Einblicke in meine neuesten Werke. In unserer geschlossenen Facebook-Gruppe teilen wir Bilder und interessante News (auf Englisch). Hier kannst Du Dich anmelden: http://bit.ly/SciFiSquad

Alle Bücher von Grace können als eigenständige Romane gelesen werden. Die Liebesgeschichten kommen ganz ohne Fremdgehen aus, denn Grace schreibt über Alpha-Männer und nicht

Alpha-Arschlöcher. (Du verstehst sicher, was damit gemeint ist.) Aber Vorsicht! Ihre Helden sind heiße Typen und ihre Liebesszenen sind noch heißer. Du bist also gewarnt…

Über Grace:

Grace Goodwin ist eine internationale Bestsellerautorin von Science-Fiction und paranormalen Liebesromanen. Grace ist davon überzeugt, dass jede Frau, egal ob im Schlafzimmer oder anderswo wie eine Prinzessin behandelt werden sollte. Am liebsten schreibt sie Romane, in denen Männer ihre Partnerinnen zu verwöhnen wissen, sie umsorgen und beschützen. Grace hasst den Winter und liebt die Berge (ja, das ist problematisch) und sie wünscht sich, sie könnte ihre Geschichten einfach downloaden, anstatt sie zwanghaft niederzuschreiben. Grace lebt im Westen der USA und ist professionelle Autorin, eifrige Leserin und bekennender Koffein-Junkie.

https://gracegoodwin.com

www.ingramcontent.com/pod-product-compliance
Lightning Source LLC
LaVergne TN
LVHW011755060526
838200LV00053B/3601